U0726610

征服六个你 2

无影
有踪
/著

广东旅游出版社
GUANGDONG TRAVEL & TOURISM PRESS

中国·广州

图书在版编目（ＣＩＰ）数据

征服六个你．2 / 无影有踪著．— 广州：广东旅游出版社，2019.6
ISBN 978-7-5570-1807-8

Ⅰ．①征… Ⅱ．①无… Ⅲ．①言情小说－中国－当代
Ⅳ．① I247.5

中国版本图书馆 CIP 数据核字 (2019) 第 072102 号

出　　版　人：刘志松
总　　策　划：邹立勋
责　任　编　辑：梅哲坤

广东旅游出版社出版发行
（广东省广州市环市东路 338 号银政大厦西楼 12 楼）
邮编：510060
邮购电话：020-87348243
广东旅游出版社图书网
www. tourpress. cn
湖南凌宇纸品有限公司印刷
（长沙县黄花镇黄垅新村工业园区财富大道 16 号）
880 毫米 ×1230 毫米　32 开
9.5 印张　237 千字
2019 年 6 月第 1 版第 1 次印刷
定价：36.80 元

目录

CONTENTS

C O N T E N T S

2

• • •

Chapter 1 分歧

▼

不再被困在阴暗狭小的世界里，

不再是独自舔舐伤口的怪物……

他有了她，他能在黑暗中紧紧抱住她。

他对她有着最确切最清晰的拥有。

他能感觉到自己的存在。

宫垣下车，一步一步向舒雅南走来。大长腿迈得很慢，他像是在极力克制着什么。走得近了，舒雅南看到他眼里的火焰，嫉妒、憎恨、疯狂，种种极端的情绪混杂在那黑色瞳仁里。

　　宫垣逼近时，舒雅南往后退了一步，他伸手，抓住她的手腕。

　　他紧紧攥住她的手，盯着她的眼睛，嘴唇在发颤，质问她："为什么是他？！"

　　"你、你是……"一个名字在心中呼之欲出。

　　"为什么？我为你而生，你却背叛我！"他加大手劲，舒雅南觉得自己的手腕快要被捏碎了，可是男人的眼神更痛，黑洞洞的眼中流着看不见的血。

　　他嘶哑着声音，一字一字逼问道："为什么跟他在一起？为什么选择宫垣？"

　　舒雅南心中一痛，叫出了那个名字："轻音。"

　　他的眼神在那一瞬间变得柔软了，说道："是啊，我是轻音，你的轻音。"他陡然又变得狠厉，质问她，"为什么要抛弃我？为什么选择他？"

　　"轻音，你听我说……"舒雅南很慌乱，因为轻音的眼神太可怕，带着毁天灭地的恨意和绝望。她颤抖着说，"你就是宫垣，宫垣就是你。我是跟你在一起……"

　　"不是！"轻音厉声打断她，"我是轻音！他是宫垣！我们不一样！我们都在争夺这个身体的主宰权！你选择他，我就会死！"

　　轻音的眼神越来越悲伤，说道："我会彻底死去，再也无法出现，再也无法爱你。"

　　"轻音……"

　　"啊——"轻音突然松开舒雅南的手，抱着脑袋蹲下，像是头痛欲裂，歇斯底里地叫着，"我不会输——雅雅是我的，你休想抢走她！我要杀了你！"

舒雅南站在一旁，面露惊骇之色。

陈秘书迅速指示两名保安，趁着宫垣思维混乱的时候将他制住，又从车上拿出备用的镇静剂，往他身上注射。他的疯狂渐渐平息，直到闭上眼睡过去。

舒雅南目睹全程，眼泪扑簌簌地往下掉。

陈秘书安排人把宫垣抬上车，转头对舒雅南说："小舒，别怕，过一会儿少爷就好了。"

舒雅南颤抖着唇问："我能上车陪他吗？我想等他醒过来。"

"好。"陈秘书点了下头。

他知道，少爷醒来后最想看到的人就是她。

房车内，舒雅南陪坐在昏睡的宫垣身边。她心里有着说不出的疼，比针扎还难受，她将宫垣抱入怀中，脸埋入他冰凉的颈间。

宫垣悠悠醒转时，眷恋的香气飘入鼻端，睁开眼，如愿以偿看到了那张脸。

曾经无数次，他醒来的第一意识是他为什么要活着，为什么不能就此死去。可这一次，他心中充满庆幸——谢天谢地，他还能醒来，还能看见她。

"醒了？有没有不舒服？脑袋还疼吗？"舒雅南紧张地连声追问。

"我很好，不痛。"宫垣倾身，抱住舒雅南的腰，将她紧紧地搂入怀中。

不痛，更痛的他都经历过，没有依靠，没有慰藉，没有温暖，什么都没有，只有深入骨髓的孤独和痛苦。

舒雅南终于放下心，声音都带了哭腔："刚才吓死我了，我以为你要自己杀死自己。"

宫垣表情一变，坐直身子，语气轻松地道："别怕，那是吓你的。"他还有残留的意识，当时轻音出现了，他在跟他争夺主导权。

他抓紧她的手，说道："你放心，谁都取代不了我。我一定是最后的赢家。"

舒雅南用悲伤的眼神看他，宫垣移开眼，声音变得冷硬："舒雅南，我从来不需要同情，更不需要怜悯。"

舒雅南将他抱住，一句话也没说。

宫垣没说话，也没动。

空气寂静，氛围渐渐变暖。

两人呼吸交织，沉默的不是冰冷，无声的温情在流淌。

拥抱良久，却仿佛只是片刻，直到陈秘书来提醒，舒雅南才依依不舍地放开宫垣。

舒雅南下车，站在车外，看车子驶出视线范围，方才转身离去。

宫垣在的时候，舒雅南无法专心工作，她以为宫垣走了就好了。没想到，宫垣走了，她仍无法专心工作。至少，在不拍戏的时候，她常常会想到他。

她不知道宫垣是怎么想的，但上一段失败的感情，令她学会了内敛和克制。即使心里想，她也没有主动联系他，没有打电话没有发信息。

苏娜现在除了关心舒雅南的工作外，还时常关心她和宫垣的感情进展。

当她问起时，舒雅南淡淡地道："他回去忙了，我们最近没什么联系。"

苏娜惊呼："没联系？怎么会没联系？他没找你？连电话都没有？"

"嗯，电话都没有。"

"微信呢？微信发没发？"

"我们没加微信。"

"我的天，还有你这么谈恋爱的？那你给他打电话呢？他接吗？你怎么不去要微信？"

"我也没给他打电话。"没什么事打电话，她觉得是骚扰。

"你这么不走心，当心宫总被人勾走了。现在外面那些小妖精可厉害着呢！"

舒雅南笑了笑，说："属于我的，别人抢不走。不属于我的，留不住。"

苏娜无奈，只得长叹一声："但愿宫总就喜欢你这清新脱俗的范儿。"末了，她又叮嘱，"艺人的黄金期只有那么几年，你现在年纪不小了，要好好把握机遇。"

舒雅南挂了电话去洗漱，再次坐回到床上，脸上敷着面膜，脑子里想着明天的戏和台词。想着想着，她把手机拿起来，点开微信，通过手机通信录查找好友。上次宫垣给她打电话，她把他的电话号码存下来了，但是，好友里没有……看来他这个电话号码没有绑定微信。

舒雅南甩开手机，内心有淡淡的怅然。患得患失，若即若离，时而甜蜜时而失落，这不都是恋爱综合征的"症状"吗？所以，她是真的栽进宫垣这个大坑里了？

另一边，寰亚大厦，过了下班时间，宫垣仍在会议室里与众下属开会。

会议结束后，宫垣回到办公室，继续加班加点地处理公务。陈秘书说："明后两天的日程都排开了，去横店影视城的飞机已经安排好。"

宫垣点了一下头。

他拼命工作不过是为了早日见到她。

《传奇》片场。

这是一场在假山旁的亲热戏。女主角与男主角在假山旁，演了一出活色生香的戏码。他们这么做的目的，是给上面人派来的探子看，迷惑对方。

一身西装革履的宫垣，低调地走入片场外围。他自带超强气场，周围的人默默避开一段距离。

场记板打下，舒雅南和江雅伦出现在镜头里。她婀娜玲珑的身姿，随着跨步的摆动，妖娆惹火。镜头推移，她走到江雅伦跟前，在他腿上坐下。

宫垣皱起了眉。

舒雅南媚眼如丝，手指在江雅伦的唇瓣上摩挲，表情极尽挑逗。她端起一杯酒，浅啜一口，红润莹亮的唇瓣，不断靠近他。

宫垣表情阴沉至极，对一旁的陈秘书道："现在、立刻、马上喊停！还有，把导演给我叫过来，我要跟他谈谈。"

他黑着脸，转身离去。

片场里，舒雅南就要跟江雅伦拍摄那场吻戏，导演突然喊"卡"。

围观众人不解，一切进行得很好啊，画面的演绎，两人的互动，感觉全出来了。

导演说："全体休息片刻。"

舒雅南朝导演看去，原本是想找他交流交流自己哪里没做好。但她发现，他跟在一个熟悉的身影后面。

那个……不是陈秘书吗？他怎么会出现在片场？

难道宫垣来了？舒雅南不动声色地悄悄尾随他们，看到导演上了一辆商务车。

是宫垣吗？舒雅南不好贸然上前，带着疑惑离去了。如果宫垣来了，自然会找她。

片刻后，导演重新回到片场。舒雅南以为要继续刚才那场戏，但导演已经在安排另外一个场景。舒雅南坐在一旁休息，有点莫名其妙。

午休时间，导演召开了一个短会，主创人员尤其是三大编剧悉数到场。导演交代："女主角的激情戏都要改一改，吻戏要通过借位完成，比这更大的尺度不能有。改不了的就直接改剧情。"

舒雅南一愣，马上说："导演，我觉得我没问题的……我可以配合剧情需求。"作为一名演员，基本素养必须有。

导演轻咳一声，道："与你无关，只是为了方便送审，现在审片也很严格。"

他又对编剧组说："务必在两天内提交修改后的剧本。"

这个短会的核心思想，就是舒雅南的戏全得清汤寡水了。会后，导演把舒雅南单独留下来，说："小舒啊，你有什么想法和意见，都可以提出来。我们会想办法做出相应改善。"

"导演，我真没什么问题，我觉得一切都很好。"舒雅南马上表态。

"哦，那就好。"导演笑着点头。

因为临时改变拍摄计划，浪费了不少时间，晚上要加拍夜戏。不过，暂时没有舒雅南的戏了。舒雅南不太开心，突然被强行要求改戏，她想都不用想也知道，一定是宫垣横加干涉。舒雅南正郁闷时，陈秘书来片场接她了。

驱车一个多小时，陈秘书将她带到一间中式餐厅。穿着红色唐装的女侍者推开一扇古色古香的木门。

包间内空间宽敞，格局雅致，细节处布置精美，淡淡的香薰，令人心旷神怡。墙壁上的工笔画和灯具上的仕女图，将古典意境展现得淋漓尽致。

宫垣坐在雕花木桌前，桌上摆放着手提电脑，他目光专注地看着电脑屏幕，手指在键盘上游移。舒雅南进来时，宫垣从屏幕前抬起头，冷凝的神色在那一瞬间变得温和了。

她在他对面坐下，他合上了电脑。

一道道精致的菜肴，放在漂亮的器具里，陆续被呈上。舒雅南饿了，打算先吃饱，再跟他理论。

饭毕，食物撤去，两人被引至一侧的茶桌旁坐下。茶艺师为他们沏茶斟茶。斟了两次后，茶艺师将一壶泡好的西湖龙井置于案上，转身离去。

舒雅南放下茶杯，润了润喉咙，刚想开口说点什么，宫垣起身，走到她身旁，拉起她。他揽着她的腰，将她圈入怀中，抬起她的下巴，低头咬上她的唇瓣。

舒雅南用力将他推开。

宫垣停下动作，抬眼看她。

舒雅南咬唇道："你过来找我，就是来做这个的吗？"

"不是。有什么问题吗？"宫垣问，松了松脖子上的领带。

整装后，她站起身，调整情绪，再次看向宫垣道："请你以后别干涉我拍戏。什么戏能接，什么戏不能接，我有分寸。"

宫垣眼神沉郁，为自己点燃了一支烟，开口道："以后接戏，剧本先给我过目。"

"为什么啊？"舒雅南抗议，"你是不是管得太多了？"

"只要是寰亚参与投资的影视项目，你可以随意挑选。其他公司的项目，如果你看上了，也可以跟我提。但是，前提是剧本必须给我过目。"宫垣吐出一口烟圈，淡淡地道。

宫垣的话意味着她可以承包大小银幕了。但是，这一刻，她极其反感这种话。有种很微妙的羞辱感，刺激着她的神经。

舒雅南正色，语气和称呼都变了，冷冷地道："宫总，谢谢您的格外开恩，但是我不需要。按照正常途径和我的发展趋势，新世纪会给我最合适的资源安排。您别横加干涉就行。"

宫垣将烟头掐灭在烟灰缸里，走近舒雅南说道："如果我要干涉，就会直接封杀你。"

他伸出手，摩挲着她的双唇，低声道："我知道这是你的事业，我可以给你空间，但你不要超越我的底线。拍戏可以，但不准有吻戏，不准有裸露戏份，更不准有床戏。爱情戏份重的角色少接，尽量不接。"

舒雅南拍掉宫垣的手，她第一次深刻地体会到两人对资源掌控的巨大落差。他可以给她最好的发展前景，却也能牢牢控制她的一切。

这种极不平等的受制于人的关系，令舒雅南感觉很糟糕。她向来心高气傲，当初宁愿选择一无所有的凌岩，也不多看那些自以为是的"富二代"一眼。

可她如今不是初出茅庐的小姑娘，在娱乐圈里摸爬滚打过多年，她太懂现实的残酷，深知硬碰硬是最幼稚无知的行为。

舒雅稳定情绪，淡淡地说："不早了，我该回酒店休息了。明天还有工作，不能耽误。"说完，转身就走。

宫垣看着她的背影，伸手似要拉住她，却又顿在半空。

她的冷淡漠然，令他眼中阴霾密布。

陈秘书见舒雅南出来，问道："小舒这么快就回去啊？"那里有休息的套房，宫垣安排他订了一间，他以为两人会一起在那儿过夜。

舒雅南离开后，陈秘书马上去包间请示宫垣。

"舒小姐要走，少爷要送她吗？"

宫垣抽着烟，一言不发，他怎么可能没感觉出她对他的冷淡和抵触？宫垣用力吐出一口烟圈，说："你送她回去。"

车内，只有舒雅南与陈秘书两人。陈秘书问她："小舒，你跟少爷怎么了？"

舒雅南靠在椅背上，疲惫又不满地说："话不投机半句多。"

陈秘书大致猜出来了，两人不愉快。面对舒雅南还好，一想到回头要面对内心不爽的宫垣，他就有些压力。怎么那让人如沐春风的状态，就不能多保持一阵呢？

"是不是因为少爷要求改戏的事儿啊？"陈秘书又问。

"他管得太宽了。"舒雅南忍不住抱怨起来，"他不管别人怎么想，一切都要服从他的想法。"

"小舒，你要理解少爷呀。哪个男人看到自己心爱的女人跟其他人亲热会高兴？少爷本来是去片场看望你的，谁知道正巧看到你跟那位男演员的亲密戏，当时脸都绿了。"

心爱的女人，这几个字让舒雅南心里微妙地紧了一下。

"说到底，还是因为在乎你。男人对自己心爱的女人都会有占有欲。"

又是心爱的……舒雅南听得一阵阵头大，这种肉麻词汇真的很难安放在宫垣那种面瘫冰山身上。

而且他对她的感情到底是什么样的，她都不确定。

舒雅南说："不管怎么样，他不该独断专行。他有什么看法和意见，应该先跟我商量，我们一起讨论。而不是他想做什么就做什么，然后理所当然地命令我。"

陈秘书点头："你说得对。"

"你能想象他那高高在上的样子吗？他是我领导，我就不说什么了。可……"她顿了一下，接着道，"既然他要在一起，我就是他女朋友，不是他的下属。他以这种居高临下的态度对我，我受不了。"

陈秘书连连点头："小舒说得对，的确是少爷做得不好。"随即他话锋一转，"可是，少爷没被人爱过，他不知道怎么去爱人。"

舒雅南愣住。

陈秘书说："小舒，少爷在感情上的不成熟，还需要你多体谅多包容，不要过于苛责他。

"比起一般人，他会有更强的占有欲，他很没有安全感。他紧闭的世界，只有你一个人走进去了。你是他的唯一。他对你的感情很特殊，不仅是爱，还有其他很多东西，这些关乎着他的一切乃至生命。"

舒雅南手足无措，低声道："我有那么重要吗……"

陈秘书淡淡一笑，眼神里却没有半分戏谑之色，说道："你很重要，非常重要。小舒，少爷他真的离不开你。"

"哪有那么夸张……"舒雅南嗫嚅道。

"你跟 Anger 就相处得很好，你把对 Anger 的那份温柔和耐心用在少爷身上，一定会百炼刚化为绕指柔。"

"Anger 比他好相处啊。他看起来凶，实际上很呆萌，而且他给人的感觉太痛苦，让人很想去关心他帮助他！"

"嗯。"陈秘书点头，"少爷这种内敛的性格比较吃亏，不招女孩子怜爱。"

舒雅南无奈极了。

下车时，陈秘书又说："小舒，虽然少爷不懂怎么爱人，但你不要怀疑他对你的爱。如果你能用心去引导他，用温柔包容他，他一定不会让你失望。"

舒雅南心中微动，嘴上质疑道："他可从没说过爱我。"

次日，宫垣待在酒店里办公，从上午忙到下午。这忙呢，基本是忙着训话。集团分部的相关负责人都被他喊来轮流挨训。

又一个人被骂得战战兢兢，夹着尾巴离去时，陈秘书问道："少爷打算把晚餐定在几点？"

宫垣翻着文件，没作声。

陈秘书说："昨晚我送舒小姐回去的时候，她说想跟你一起用餐。"

宫垣手下动作停顿，轻声问道："她是这么说的？"

不等陈秘书应答，他站起身到："走吧，去片场。"

陈秘书看着桌上那些凌乱的文件，真心同情那些负责人，做了一天泄愤的炮灰。

去往片场的路上，陈秘书说："舒小姐昨晚跟我说了一些话。"

"说什么了？"宫垣立马问道。

"她说每次看到你都很开心，看不到你的时候总在想你。"

"哦？"宫垣的嘴角不经意上扬，"她可没跟我这么说。"

"女孩子嘛，怎么会明说这些话？"陈秘书笑道，"但是她对少爷的心意，连我都能看出来。即使知道少爷的情况，她没有远离，也没害怕。当少爷被其他人格占据时，她毫不犹豫地选择你。其他人格来找她，她会不断要求他们，不能做出危害你的事情……"

那一瞬间，宫垣脑海中闪回了很多画面。

在酒吧外的那次，她涕泪交流，声嘶力竭地叫着他。当他醒来时，她在他怀里喜极而泣。

她为了他，把轻音逼走。

是啊，每一次醒来时，他都能看到她。映入他眼底的关切和忧虑，她含泪的眼睛，是他见过的这世上最温柔最动人的东西。

陈秘书说："少爷，舒小姐真的对你很好，很用心。"

"嗯……"宫垣点了一下头。

"但她说，你不喜欢她。"

"胡说！"宫垣当即否认。

"她说你从没亲口说过喜欢她，对她不够温柔体贴，不考虑她的感受，她没有被爱的感觉。"

宫垣沉默半晌，低声道："矫情。"随即，他又问，"那她有没有说，怎么才会有被爱的感觉？"

"这个倒没有说。不过我觉得，少爷可以从第一步做起，先向她表白。对女人来说，表白是极其重要的仪式，在她们心中很重要。"

宫垣沉默半晌，再次道："女人就是矫情。"

横店影视城，《传奇》片场。

下午最后一场戏还在拍摄中，导演接到一通电话。放下电话后，他高声宣布："今天的晚餐由 Anya 朋友请客。"

舒雅南猛地一愣。她的朋友？谁啊？

她走到导演跟前，问道："是谁呀？"

导演满面春风，低声应答："寰亚宫总。"

最后一场戏拍完后，片场外停了一辆又一辆面包车。车门打开，穿着白色制服的大厨们和统一着装的服务生鱼贯而出。

一张又一张餐桌架起，拼接成大四方形，桌面陆续摆上各类食物，品种多样，中西餐毕备。从家常小炒到高档海鲜，应有尽有。大厨们还在现场烹饪，这热闹的场面，无异于将五星级酒店的自助餐搬进了剧组。

众人吃得欢天喜地，直呼过瘾。当然，他们也不忘向舒雅南道谢。隔壁剧组的人听说今晚这里有自助餐狂欢，都跑过来蹭饭吃。

舒雅南刚想找宫垣时，陈秘书来到她身边，微笑道："少爷在等你。"

上车后，舒雅南忍不住问："他怎么突然请全剧组吃饭？"

陈秘书笑道："少爷觉得，帮你团结同事，会让你开心。"

"他想让我开心？"舒雅南这么说着，嘴角已经弯起来了。

车子在一家五星级海景酒店外停下。舒雅南随着陈秘书的带领，上了顶楼。

电梯门打开，舒雅南抬步走入这浪漫的空中楼阁，透过全玻璃无死角观景窗，看到前方海浪翻涌，后方万家灯火，漫天散落的星辰，悉数落入眼底。藤蔓植物的清香，和着风浪声，让人心情舒畅。

中央的白色餐桌上放着欧式烛台，烛火在如水的月光下轻轻摇曳。宫垣身着黑色西服套装，坐在桌前，表情略微有些紧绷。

但他优雅的坐姿和俊美的脸庞，融入舒雅南眼前的画面中，添了赏心悦目的一笔。

听到脚步声，他转过头，看到舒雅南时，脸色更不自然了。

他站起身，走到舒雅南跟前，手上多了一个红色锦盒，一颗璀璨的大钻石出现在舒雅南眼前。

"送给你。"

舒雅南愣怔地看着那枚大钻戒，没有接。

他拉起她的手，将那个盒子塞入她手中，说道："不喜欢就扔了，以后带你亲自去定制。"

"你为什么送我东西？"她犹疑地问。

"想送就送，有问题吗？"他反问。

"哦，这倒没有。"他难道不知道送钻戒意味着什么？

他拉着她的手，走到餐桌旁，亲自为她拉开座椅。舒雅南坐下，微笑道："谢谢。"

宫垣道："我爱你。"

说完，他转过身，走向餐桌的另一端。

听到这句话，舒雅南差点没反应过来这三个字代表着什么意思。因为他说得很平淡，就跟随口说句喝水吧吃饭吧一样稀松平常，不带什么感情助词，她甚至怀疑自己听错了。

可是，真的是那三个字……

最具有分量的表白。

舒雅南看着宫垣的背影，愣住了。当然，她没有看到他微红的脸颊和紧张的眼神。

宫垣不爽地想，三个字而已，他居然心跳得厉害。

他坐回到椅子上。

两人在烛光中对视，又突然一起低下头，默默地吃着眼前的食物。现场有一支管弦乐队，演奏着旋律悠扬的《卡农》。

小提琴曲在耳边回荡，烛光下，两人的脸色都染有红晕。

吃得差不多了，舒雅南放下餐具，擦了擦嘴角，看着宫垣柔声道："我们跳个舞？"

两人走到一起，她的手搭在他肩膀上，他的手扶上她的腰肢，随着悠扬的旋律，缓缓起舞。

她抬起脸看他，他正在看她，对视的瞬间，她看到了他眼底的迷恋。舒雅南神情娇羞，垂下眼睑，依偎在他怀里，问道："宫总，你不忙吗？"

"不要叫我宫总。"宫垣皱眉。

"那我叫你什么？宫垣？小宫？垣垣？"舒雅南抬起头，看他那一脸严肃又不满的表情，故意调侃道，"可是这些称呼跟你的气场实在太不搭了，还是宫总适合你。"

"雅雅，"宫垣看着她的双眼说，"以后可以叫我垣垣。"

心脏好像突然被什么用力揪了一下。

雅雅……垣垣……

那么陌生，又那么熟悉，仿佛一直埋在她心底，在这一刻突然被挖出来，带来强烈的心悸。

宫垣低下头，吻住她的唇。

她抬手环上他的脖颈，喘息着说："垣垣。"

"嗯。"

"刚刚那三个字，你再说一遍……"

"哪三个字？"他的嘴唇吻着她的唇瓣。

"我爱你。"

"哦，知道了。"宫垣轻应，勾起嘴角，灼热的吻蔓延到她脸侧。

"你……"舒雅南后知后觉自己被耍了，噘嘴道，"我要听你说！"

宫垣将她拦腰抱起，走向一侧纱幔飞舞的水床。

舒雅南侧过脸看去，刚刚一直在演奏的管弦乐队，不知道什么时候都离开了。

他将她紧紧抱住，在她耳边哑声道："我爱你。"

这一次，她听得清清楚楚。

激情过后，他依然将她紧紧抱着，一动不动。两人能听到彼此强有力的心跳声。舒雅南伸出手，手掌在他背脊上轻轻抚摸，在他发间缓缓穿梭，一下又一下。无声的抚慰，温柔的指尖，熨烫着他的每一根血管和神经。

宫垣闭上眼，深吸一口气，体内流淌着前所未有的安全与温暖的感觉。

• • •

Chapter 2 情殇

她真真切切地意识到，

宫垣比任何人都要强，

又比任何人都要脆弱。

次日，舒雅南醒来，已近正午。

宫垣坐在床边看剧本，见她醒来，说道："新版剧本送过来了，我已经看过，没什么问题。把你送到片场我就走了。"

"哦。"舒雅南心里浮起不快，懒懒应声。

宫垣放下剧本，将她搂入怀中，说："我会抽时间来看你。"

"我知道你忙，其实我也忙，过阵子就要开始录专辑了，得两头跑，也不知什么时候在片场……"

宫垣脸色微沉："别绕弯子，不想见我就直说。"

舒雅南穿好衣服，淡淡地道："不是这样的。"

她不想惹他心情不好，省得他又干涉她的工作，她演出的剧本还得给他过目审批，这感觉真是……一言难尽。

宫垣走上前，抱住舒雅南，抬起她的脸庞，用力吻下去。

舒雅南察觉到他的意图，用力推开他："别闹了，等会儿还得去拍戏。"

宫垣不悦地问："难道陪我不比拍戏重要？"

舒雅南张张嘴，哑然失笑，这个问题荒唐极了。

宫垣又说："你拍戏多少片酬，我都可以给你，只要你陪在我身边。"

舒雅南发现宫垣不是在开玩笑，也不是逗她玩，他眼神很认真，是真的在向她提议。

舒雅南挣出宫垣的怀抱，接连后退几步，直到退得足够远，她仍用那种惊愕的眼神看他："宫垣，你把我当什么？我不是你的东西。"

"我没把你当东西。"宫垣眉头紧皱，解释道，"你是我的女人，我想让你时刻陪在我身边。"

"这不可能，我有自己的工作。"

宫垣毫不在意地道："你不需要工作，我可以养你。"

"养我？你打算怎么养我？"舒雅南气极反笑，"我是不是得像个乞丐一样，每个月跟你伸手要钱？"

她讥讽的语气，令宫垣心生不悦。但他克制了心中的不快，平静地道："我可以给你寰亚的股份，每年的分红足够你去投资电影。"

他以为自己对舒雅南足够迁就了，他完全没有感受到舒雅南的怒点，更不知道，此话一说，只是在火上浇油。

"宫总果然豪气，出手够大方，被你这么下血本包养，我是不是该深感荣幸？"

舒雅南笑容转冷。她走到沙发前，从包里翻出宫垣昨晚送她的钻戒，放到桌上。

她转过身，看着宫垣说："我用六年的时间明白一个道理，任何时候都不要为一个男人放弃自我。现在的我不会为任何人而活，我有自己的人生，自己的事业，自己的追求，虽然不及你家财万贯，但我乐在其中。

"宫总，如果你想要的是一只乖乖待在笼子里的金丝雀，请你另找他人。"

宫垣沉着脸，一言不发，让人感觉风雨欲来。

舒雅南毫不退缩："我们在一起，是平等自愿的关系，不是买卖，不是束缚。而且，我非常不喜欢你对我的工作指手画脚。你的身份和地位，你有多少钱，甚至你能给我什么，我都不在乎。如果不是因为轻音和西凡他们对我那么好，我不会将错就错跟你在一起。"

是的，她对每一个人格都有感情，也是那些点点滴滴的碎片，让她潜移默化接受了他。

宫垣瞳孔骤缩，走近舒雅南，抓住她的肩膀，咬牙道："难道你跟我在一起，是为了那几个该死的怪物？"

"他们不是怪物。"舒雅南无惧他眼底的怒火，反驳道。

宫垣面无血色，猛地将舒雅南推开。

她接连踉跄几下，站稳身体，动了动唇，最终还是一言不发地走了。

陈秘书来找宫垣核对行程时，发现他坐在床脚，一支接一支地抽烟。地上满是凌乱的烟头，四周烟雾缭绕，十分呛人。

陈秘书忍不住道："少爷，过多抽烟对你的身体不好。"原本以他的情况就不该抽烟。但他知道，烟草是宫垣让自己镇定下来的一种方式。

宫垣一言不发，持续凶猛地抽烟。

陈秘书打开平板电脑，向他汇报接下来几天的行程安排。他的汇报完毕，宫垣依旧沉默。

半晌，他喑哑的声音响起："怎么才能让她喜欢我……"

"少爷，你是说舒小姐吗？"陈秘书说，"她本来就喜欢……"

"她不喜欢我！"宫垣打断他的话，沙哑的声音带着怒意，"她根本就不喜欢我！她只是在同情我可怜我！她对那几个怪物才是真感情！"

陈秘书斟酌着用语说："少爷，这是你的错觉吧……"

"不是错觉！我很需要她，她完全不需我！我想时刻跟她在一起，她不懂我的感受！"

"少爷，你太激动了……"

"怎么办？"宫垣站起身，烦躁地踱步，说道，"怎么才能让她喜欢我？我不能让那些怪物得到她。"

"少爷，不要急。"陈秘书观察着宫垣越来越焦躁不安的表情，有些担忧了。

"啊——"宫垣抱住脑袋，身体摇晃不稳，跌倒在地。

陈秘书快步上前，扶住宫垣道："少爷，不要再想了！"

陈秘书忧心忡忡，感情是一把双刃剑，起正面效果的话，可以将宫垣从泥潭里拉出，如果起负面效果，则会令他跌入万丈深渊。偏偏他敏感、偏执、强势，情绪不稳定，连爱自己都不会的人，怎么知道好好去爱人？

片场内，陈秘书心急火燎地找到舒雅南，说："小舒，少爷陷入了昏迷之中。"

舒雅南脸色一变，猛地攥紧了手中的剧本。

"我带你去看看他？"

她表情几番变化后，用平淡的语气道："不去。"

陈秘书脸色微沉："小舒，少爷是被你刺激导致昏迷，你不去看看他吗？"

舒雅南沉默片刻，说："我们现在的情况比较特殊，我不适合去看他。有些事是我的底线，我无法退让，这得靠他自己去想明白。"

陈秘书叹息，颔首："舒小姐，我能理解你。你能做到这一步，已经付出了很多。"

舒雅南胸臆间漫溢着一股悲伤。这悲伤不是为她自己，是为宫垣，为轻音，为Anger，为那些残缺的碎片。

她低声道："不要这么说，我自己现在心里也很乱。"

她需要跟宫垣拉开一段距离，给他空间，也给自己空间缓冲。如果不把情绪整理好，只会使情况越来越糟。

宫垣在医院里醒来，立马坐起身，环顾四周。

没有看到期盼的那个身影，他表情呆滞，眼神当即黯了下去。

陈秘书解释道："小舒这段时间在赶拍摄进度，所以……"

"她根本不想看到我。"宫垣打断他的话。

"少爷可能对她有点误会……"

"够了！"宫垣冷声呵斥，"不要再提她。"

宫垣出院后，一刻不停地离开了影视城。

接下来的日子，他如常工作，如常进行各种商务洽谈，甚至以往很少参加的应酬也来者不拒。宫垣一直都是劳模，成年后，他的人生除了与人格作斗争，就是无休止的工作。他在二十岁正式进入寰亚后，用七年时间的耕耘升至集团副总经理，众人心服口服。

虽然宫垣本身就是工作狂，但他这段时间的状态，还是令陈秘书很担忧。他几乎日夜不停，像个快速旋转的陀螺，不知疲惫。身体实在吃不消的时候，他便利用药物帮助睡眠。而且，他的气场比以前更阴郁了。宫垣没提过舒雅南，陈秘书也绝口不提，但他比以往任何时候更加关注宫垣的一举一动。

与此同时，舒雅南在剧组里专心拍戏。

艺人的工作在外人看来光鲜亮丽，身处其中方才能深刻体会，枯燥的重复，疲惫繁忙，压力巨大。曾经红透半边天的舒雅南，深知其中滋味，所以在凌岩的期盼下离开了。

再次回来后，她的心态变了，她热爱这份工作，热爱这份工作给她带来的一切。当年她凭借天资和运气，得到太多，多到不懂珍惜。现在她知道了，这世上从来没有什么唾手可得的东西，她怀着一颗感恩的心，珍惜得来不易的机会。

在《传奇》剧组里，最拼的就是女一号舒雅南。有一场戏，女主衣衫褴褛，被敌军推进池塘里羞辱。恰好安排这场戏时，舒雅南例假来了，她忍着痛苦，坚持拍摄。一场戏来回拍了几次，她冻得嘴唇乌青，居然笑着说："这个效果妆都化不出来……"

与她对戏的男配角廖俊言眼眶直发酸，又一次 NG 后，压力大得差点哭出来："南姐，对不起……我……我情绪没到位……"

导演都想骂人了，舒雅南上岸裹着毯子，温声道："你太小心翼翼了，动手的时候不要怕伤到我，该怎么样就怎么样，真想照顾我就放开了去演，一条就过对大家都好。"

廖俊言用力点了一下头。是的，他有所顾忌，剧组里谁不知道舒雅南来头很大，这场戏他要羞辱她，语言和动作多有冒犯，心理压力极大。

在舒雅南的宽慰下，廖俊言想明白了一个理儿，再这么拖下去才真是坑人。一旁待机的江雅伦主动上前，跟廖俊言试戏，给他找肢体语言的感觉。

一切准备就绪，场记板打下，现场寂静无声。舒雅南被推进水塘里，脸色苍白，黑发凌乱，但她眼角眉梢俱是锋利的神情，明明身处困境却仿佛傲视天下的女王。

"说，他在哪儿？"廖俊言跳进水里，揪起她的长发，扯着她的头皮。

舒雅南痛得皱起眉头，嘴角冷冷笑着："我怎么知道那负心汉去哪儿了，你们倒是把他找出来啊。"

"不说是吧？"廖俊言狞笑，捏起她的下巴，低头啃了上去，手掌撕扯着她褴褛的衣衫。

她面无表情，明知挣扎不过，身子僵硬得仿佛一具尸体，只是那倔强的眼神，透着刻骨的凌厉，满载痛与恨。眼里的水光被她生生逼走，她不愿为这种卖国贼流下哪怕一滴泪水。

"卡！"导演话音落，全组人都松了一口气。

完成拍摄的舒雅南立马去泡热水澡，姜汤感冒药都用上了。剧组特地安排理疗师为她舒筋活血。舒雅南半死不活地躺在榻上时，小助理在她身边心疼得直掉眼泪："南姐，你干吗这么折腾自己啊？！"

舒雅南淡淡笑道："进了片场，我就是一名演员，这不是折腾，好好演戏是演员的基本素养。再说了，深入体验角色处境，才能最精准地演绎角色。"

她心里清楚，她不是二十出头的小女孩，不能再吃青春饭，她必须锤炼自己的演技，走上实力派的道路。

小助理撇撇嘴，不知道该怎么说了。反正她是闹不明白，舒雅南明明现在人气起来了，还有一个金主男朋友，为什么要在剧组里吃苦受累？不过也因为这样，她觉得舒雅南很不一样，她身上有着令她敬佩又向往的一股拼劲儿。

深夜，陈秘书突然接到管家急电，迅速来到宫垣的住宅。

他快步跑到二楼的书房。书房内酒气弥漫，地面上是乱七八糟滚动的酒瓶子，还有碎了一地的玻璃碎片。宫垣倒在地上，手腕上是一道长长的口子，殷红的血液在地板上蜿蜒流淌。他闭着眼，已经陷入昏迷之中，家庭医生正在为他止血。

陈秘书看着眼前刺目的血腥画面，差点站立不稳。

豪宅的特护中心内。

宫垣面无血色，躺在病床上，手臂上插着输液管。陈秘书红着眼眶守在他身旁。他突然发现，宫垣这段时间真的消瘦了很多。

宫垣醒过来后，陈秘书哽声道："少爷，你这是干什么……"

宫垣睁着眼睛，看着上方虚空，勾起嘴角，眼底一片阴冷："我赢了……还是我赢了……"

"少爷……"

"谁也休想出来。我不会给任何人接近她的机会。"

宫垣的状态稳定后，陈秘书调出了书房的监控。

早在几年前，宫垣就在自己住的这栋豪宅各处装上了摄像头，以便其他人格突然出现时，监控他们的行动。

书房内，他坐在大班椅上，对着电脑查看着什么。片刻后，他从电脑前抬起头，眼神突然放空，失魂落魄般呆呆坐着。陈秘书看得内心一阵酸楚。他知道，这段时间，少爷常有这种现象，会突如其来地发愣，整个人就跟被抽空灵魂了一样，只剩下身体。

镜头里的他，缓缓回过神，拨通了桌上的内线电话。没多久，保姆按照吩咐，送来几瓶洋酒。宫垣开始喝酒，他一边喝一边呓语，通过视频录像，听不清楚他在说什么。他喝得越来越多，摇摇晃晃地从椅子上站起来，接着又摔酒瓶子……

他突然倒在地面上，痛苦地翻滚，他的手掐在自己脖子上，狠狠地扼着自己，脸色憋得通红，快要窒息。他猛地翻过身，口里发出一声怒吼："舒雅南是我的女人！她是我的女人！"

他仰躺在地，放声大笑，笑容疯狂肆意："我跟她在一起了！你就是个可怜卑微的寄生虫！她怎么会爱你？她选择的是我！

"我要杀了你！杀了你！"

他目眦尽裂，眼底是可怕的疯狂，恨不得将眼前的一切挫骨扬灰。他伸出手，摸到了一块大的玻璃碎片，猛地往手腕上扎去。

宫垣痛得倒吸一口凉气，被扎刺的那只手紧紧握着另外那只。他表情扭曲地与自己博弈。

身体的虚脱，心里的绝望，让他放弃了挣扎。

死了也好，同归于尽……

再也没有痛苦，再也没有噩梦，再也没有求而不得。

手腕的伤口越来越深，他脸上有歇斯底里的疯狂，有可怕的报复欲望，有万念俱灰的绝望。

眼前一片血色弥漫开来，恍惚中，他仿佛看到了那双眼睛。

那是一双很美很美的眼睛，眼里充满了关切和担忧。当他最无助的时候，当他从混沌中醒来，那双眼睛深深地看着他，像是要看到他孤独的灵魂里去。

他涣散的神志，倏地凝聚起来。

他用力抓住另一只手，咬着泛白的唇，哑声道："不能死……"

"胆小鬼，哈哈哈！"那是一副嘲弄讥讽的嘴脸。

"我不怕死！"他瞳孔紧缩，牢牢握着那只手，说道，"但是死了，再也看不到她了……"

"我们都……再也看不到她了……你舍得死吗……"

另外一只手忽然松开。

他仰躺在地，眼底的狠厉褪去，显出一种难言的柔情："不能……我不能死。我要守护雅雅，只要有她在，我就不能死。"

割开的伤口，鲜血越流越多，他的意识越来越模糊，最终昏死在地面上。

虽然这只是录像回放，陈秘书的后背却已经冷汗涔涔，他大气都不敢出。

看完后，陈秘书关掉视频，深吸一口气。他埋下头，用力抓着脑袋。

舒雅南，还是那个女人。他知道宫垣这段时间的反常和压抑，都是因为她。他内心痛苦，不堪重负，其他人格就会成为强者。

这次如果不是其他人格及时收手，只怕抢救都已经来不及。

再这么下去，他真会自己毁了自己。

影视城。

舒雅南刚拍完一场戏，导演喊"卡"后，助理将手机递给她，说："接连打了几个电话，挺急的。"

舒雅南接过来一看，是陈秘书。她微微一愣，回拨过去。

"陈秘书，你好。"她礼貌地打着招呼，"刚刚在忙。有事吗？"

陈秘书问："舒小姐，最近还好吧？"

舒雅南轻声应道："嗯。"

她又问："他……还好吗？"他们已经一个多月没联系了。

陈秘书沉默片刻，说："不好，很不好。少爷现在正躺在病床上。"

"怎么了？发生了什么事？"舒雅南吃了一惊，连声追问。

她记得前阵子宫垣还出席了新世纪的高层会议。两人没有碰面，但她看到过他的背影。他的气质仍是那么冷清孤傲，颀长的身形，在众人簇拥下，挺拔出众。拉开一段距离看他，她甚至有些恍惚了。

"你愿意来看望他吗？"陈秘书问。

舒雅南沉吟片刻，说道："我愿意。"

当天晚上，舒雅南排空了档期，与陈秘书会面。

陈秘书看到舒雅南，目光停留了三秒，微笑道："舒小姐越来越漂亮了，光彩照人。"

他在称赞她，可是舒雅南没听出愉悦之意，反而觉出一种说不清的意味。她还发现，他对她的称呼从比较亲切的"小舒"，变成了比较客气的"舒小姐"。

陈秘书看着明艳照人的舒雅南，想到躺在病床上奄奄一息、苍白消瘦的宫垣，心中很不是滋味。外强中干的宫垣，在这段感情纠葛中败得一塌糊涂。

上车后，舒雅南再次问道："宫垣怎么了？发生了什么事？"

陈秘书叹了一口气，说："自从上次你们吵架后，少爷没日没夜地工作，几乎没怎么休息。他有空了就酗酒，精神状态十分糟糕。我知道他很想你，跟你分开的这段时间，他过得很痛苦，很压抑。但他一直在逼自己，绝口不提你的名字。"

舒雅南两只手绞在一起。

"那天晚上，他把自己关在书房喝酒，结果出事了……绷得太紧的神经不堪重负，其他人格都想趁机主宰这个身体。他与他们激烈搏斗，甚至割腕自残。还好管家发现得及时，不然后果不堪设想……"

"他……"舒雅南讷讷无言，感觉心脏被紧紧揪着。

"少爷已经在病床上躺了一周，到现在仍是不吃不喝，只能靠注射药物维持生命。"陈秘书怅然道，"舒小姐，少爷的状况很不好，如果你要去看他，请顾及一下他的情绪。不管他说什么，希望你都不要计较，不要使他的情况雪上加霜。"

"对不起。"好半晌，舒雅南方低低开口。

"这是少爷自己的问题，你无须抱歉。"陈秘书温声道，"我只希望你对他更宽容一点，毕竟……他跟正常人不一样。"

两人来到宫家豪宅，陈秘书先将她带到监控室，说道："你可以看看那天晚上发生的事情。"

当宫垣的身影在画面上出现，舒雅南心头颤了颤。

画面里的男人，失魂落魄，疯狂酗酒，他突然自己攻击自己，表情痛苦扭曲……

舒雅南低下头，手掌捂住脸，泪如雨下。

陈秘书关掉视频，看着抽泣的舒雅南，低声道："舒小姐，如果不是少爷情况堪忧，我不会再找你。我已经无法判定，你的出现，对少爷是救赎还是更加残酷的折磨。我知道你没有错，你没有义务对少爷的生命负责。错在他不该爱上你，他的生命无法承受爱情带来的种种煎熬。"

舒雅南哭着道："对不起，我不知道……"

陈秘书轻轻拍她的肩膀："你真的没有错。不用自责。"

他把视频给她看，只是想让她明白，宫垣并不像外表看起来那么强势冷酷，他内心深处的孤独无助，他与身体内人格斗争的艰难挣扎，都隐藏在他厚厚的保护壳之下。他还想让她知道，她对宫垣来说有多重要。即使她没有出现，也在关键时刻，决定了他的生死。

两人离开监控室后，走向特护中心。

走到门边，他们还没靠近，发现门开着，里面传来声音。

"你还要像个废人一样躺多久？对外宣称你去国外度假，可你连视频会议都不参与，现已引发各种揣测，集团内流言蜚语不断。老爷子下周会亲自来看你。你要还是这副要死不活的样子，我们这么多年的努力都白费了！寰亚只能拱手让人！宫垣，你听到我说话没有？"病床前的中年男人，面色愠怒，"宫宴和宫意现在风头正盛，你还以为自己的位置坐得很稳吗？"

躺在床上的年轻男子，表情空洞，一言不发，就如一个活死人。

中年男人猛地揪起他，气急败坏地斥道："你这个废物！……我们怎么会生下你这种怪胎！当年该死的是你！你害了阿颖一条命，早就该死了！"

陈秘书快步走入，拉开激动的宫志诚，低声道："少爷现在身体状况不佳，需要好好休息才能恢复过来。"

"都躺了多少天了！难道连打个电话开个视频会议都办不到吗？！"宫志诚气得将一摞文件砸在宫垣身上，纸片四下纷飞，映着他苍白的容颜和男人盛怒的脸孔，"如果你连给我赚钱都办不到，活着还有什么用？！"

宫垣仍毫无反应。

宫志诚吐出几口郁气，厉声道："你自己看着办吧，老爷子下周会亲自过来。寰亚玩儿没了，你可以痛痛快快去死了，再也没人拦着你！"

他转过身，大步离去。

舒雅南站在门边，看着宫志诚冷硬的背影，心中阵阵发凉。

他不是他的父亲吗？为什么面对伤痕累累的儿子，他不仅没有丝毫关心，反而是诸多逼迫和责难？他难道不心疼宫垣吗？

作为父亲，骂出口的话，字字诛心，比仇人还可怕！

病房内再次恢复安静。

陈秘书低声说："少爷，舒小姐来看你了。"

宫垣如死灰般的脸色，瞬间有了变化。他表情染上薄怒，哑声道："谁准她来的！"沙哑的声音，因力气不足，虚软了许多。

陈秘书面带难色，舒雅南走入房中问道："陈秘书，我可以跟他单独聊聊吗？"

陈秘书点头，离开病房。

舒雅南走上前，坐在床边，垂下头看着宫垣。

舒雅南是第一次见到宫垣这么虚弱的模样。此时的他，一改曾经在她心中强势霸道的形象。一个多月没见，他的脸庞更加瘦削了，颧骨瘦得凸出来,一张脸苍白到几乎看不出血色。

她突然真真切切地意识到,宫垣比任何人都要强,又比任何人都脆弱。

她的目光游移到宫垣的手腕处,那里被纱布包扎着。

如果面对他的要求,她能好好应对,妥善解决,如果她耐心地陪在他身边,是不是可以避免这些事情?即使有人格暴动,她是不是可以保护他?

她以为她懂宫垣的苦与痛,她以为她能理解陈秘书的那些话,原来,她根本无法感同身受。她因他的言行生气,她以常人的行为方式来要求他,却忘了他本身就深受精神疾病折磨。

舒雅南低下头,额头抵上他的额头,轻声呢喃:"对不起……"

垂危的那一刻,他的话她听得清清楚楚。因为想要再看到她,他的自我博弈和解了,他的自残行为停止了。

舒雅南的手覆上他手腕上的纱布,哽声道:"是我不好……我还没有学会怎么跟你相处。"

宫垣闭上眼,及时遮掩了眼底的水光。

・ ・ ・

Chapter 3 光芒

让过去都过去，让未来到来。

以后，他的阴霾，她的失意，他的创伤，

她的落寞，

都有彼此的怀抱来安放。

特护中心内，舒雅南陪在宫垣身边，声音温柔地说着话。

即使他不说话，她也不恼，有一搭没一搭地闲聊，说着最近工作上的事情。她就要推出新专辑，正在紧锣密鼓筹备中，最近接了几个大牌的代言，《传奇》里她的戏快要拍完了，接下来又要拍一部偶像剧……

安静的房间里，只有她轻柔的声音在空气里流淌。

一阵突如其来的手机铃声，打破了这份宁静。舒雅南从包里拿出手机，是苏娜打来的。她接通，站起身，就要往外走时，垂着的右手突然被拉住。

她回过头，见宫垣紧紧盯着她，呼吸加剧。他缠着纱布的那只手，紧紧抓着她的手，阻止她离去。

"我怕接电话打扰到你。"舒雅南又坐下，说道，"那我就在这里接。"

挂电话后，舒雅南给陈秘书打电话，请他安排人送食物过来。

片刻后，几个餐桌陆续推入，上面摆放了十多种汤和十多种粥。陈秘书随着两名营养师一起走入。他惊喜地问道："少爷愿意进食了吗？"

"只能试试看了。"舒雅南说。

宫垣有专门的护理团队，现在大伤初愈，食物尤其搭配精心。舒雅南看得眼花缭乱，在营养师逐一介绍各种食物后，她端出一盅上品燕窝粥。

舒雅南坐到床边，对宫垣说："吃点东西吧。"

宫垣不作声，紧抿的唇表现出了他抗拒的态度。

舒雅南说："你把粥吃了，我就多陪陪你。"

她抬起手一看，说："已经十点半了，我十二点就得休息。不吃的话，我再待半个小时就得回去了。"

宫垣愠怒地瞪了她一眼，作势要起身。陈秘书赶忙上前，扶着他坐起。

舒雅南笑着送了一口粥到他唇边。

一小盅粥很快吃完，舒雅南又在营养师的推荐下，选了另外一种。

"一碗粥一小时，再吃一碗，可以再续一个小时。"

宫垣面色不悦，但还是一口口把她喂的第二碗粥吃了。

接着，她又端起一盅人参汤。宫垣见状，皱着眉别开脸，就差背过身了。他的确是胃口不好，一点也不想吃东西，勉强吃两碗粥，已经很为难自己了。

舒雅南说："一碗鸡汤，包夜。"

宫垣转过脸，目光灼灼地盯着她手里的鸡汤。

"拿过去，自己喝。"

之前还一脸抗拒的宫垣，伸手端过鸡汤，自己喝了起来。

陈秘书在一旁看得内心叹息，少爷，你要不要这么听话？

宫垣吃完后，舒雅南接过保姆递来的纸巾，亲自为他擦拭着嘴角。他看着她，试探般缓缓伸出手，缓缓覆上她的发丝……

舒雅南慢慢靠近他，脑袋枕在他肩头，将他环抱住。

宫垣身体微微一颤，另一只手将她抱住，渐渐收紧。

陈秘书心头一酸，眼眶都湿了。他挥挥手，示意其他人退开，自己随即离开。他多么庆幸自己把舒雅南叫来了。少爷的强撑已到极限，所以才会发生那么凶险的一幕。当他看到舒雅南时，眼底燃起了真正的光亮。

舒雅南抬起头，碰上宫垣的唇，两人吻了很久很久。

这天晚上，舒雅南陪在宫垣身旁，与他一起睡觉。

她枕在他肩上，手臂环着他的胸膛，在不知不觉中睡着了。

黑暗中，一双充满幽怨和控诉的眼睛盯着她……

"雅雅，为什么要选择宫垣？为什么是他？！最爱你的人是我！你该爱的是我……"

"你们是同一个人啊！"她急忙说道。

"不是，他是宫垣！我是轻音！我可是为你而生的轻音！"

"轻音，你就是宫垣，你是他的一部分……"

"我不是他！你爱上宫垣，就会杀了我。当你不再需要我，我会失去存在的意义。"

他的眼神那么哀伤，他的表情那么绝望，他的身影在黑暗中渐渐消失。

舒雅南拼命向前跑着，追逐他的步伐："轻音……"

"我是为你而生，只有你能杀了我。雅雅，你要这么对我吗？"

"不！我没有……"

"宫垣他是有预谋的，他要消灭我，就得让你爱上他。他要摧毁我的信念，扼杀我存在的意义。难道你忘了，他冒充我对你不轨，他不爱你，你只是被她利用的工具。"

"不！不是这样的……"

"雅雅，你清醒点，不要被他骗了！"

"轻音，是你让宫垣割腕吗？"

"是！他侮辱你，侵犯你，我不会就这么放过他！雅雅，我一定会夺过宫垣的身体，我要一直陪在你身边！"

"别这样，轻音……"

黑暗中，男人的身影向她靠近，他的双眼满是希冀和渴求。他抓住她的手说道："雅雅，只有你能让我出来。雅雅，用你的心呼唤我，我好想你。你把我关得太久了，让我出来好吗……"

他抱着她，哀求她，眼里是求而不得的爱与痛。

舒雅南心神紊乱，不知所措地道："你出来了，宫垣怎么办？他怎么办？"

"雅雅，你不让我出来，我会疯掉！我要杀了宫垣！下一次我会把刀子插向他的心脏……"

舒雅南心神一凛："不要！"

"让我出来，雅雅……让我出来看你一眼好吗？"

舒雅南彻底乱了阵脚。

"雅雅，用你的心呼唤我……"

舒雅南猛地坐起身，额头冷汗涔涔。

正是后半夜，特护房内亮着一盏淡淡的橘色壁灯，清幽的月光从窗外映入。

舒雅南转过头，正看到宫垣睁开眼睛。

"怎么了？"宫垣问，作势就要起身。

舒雅南赶忙稳住他，重新躺下，说道："没什么，就是做了个噩梦。"

宫垣伸手绕过她的肩膀，将她搂入怀中，轻轻拍着她的后背，轻声说："不要怕。"

寂静的深夜里，他的声音里带着从未有过的轻柔。

舒雅南抬头看他，见他眼眸如星，闪着清冷的光。她想到在监控录像里看到的那个人，扭曲的脸上是歇斯底里的疯狂，时而乖戾狠毒，时而万念俱灰，时而伤心绝望。

心中五味杂陈，她忍不住眼眶发热。

原来宫垣也可以拥有这样纯澈如水的目光啊，而且这双眼睛是那么好看。

她钻入宫垣怀中，忍不住潸然泪下。

咸涩冰凉的液体淌在肌肤上，宫垣抬起舒雅南的脸庞，擦拭着她滚下的泪，低声问道："怎么哭了？"

"我刚刚梦到轻音了。"舒雅南哽咽道，"他说他想出来……"

宫垣脸色一变。

"你很想他吗？"宫垣俯在舒雅南上方，看着她的眼睛说，"你想叫他出来吗？"

"我……上次把他逼走，我心里一直很愧疚……"

她素净的脸上写满了无措、忧郁，他看得清清楚楚，心里泛起说不清的难受。仿佛她的痛苦，可以牵动他的神经，令他更加痛苦。

最终，他的手指在她脸庞上摩挲，擦拭着她的泪，轻声道："如果你想见轻音，就把他叫出来吧。"

"你怎么……"宫垣会说出这样的话，让舒雅南难以置信。

他不是最恨那些人格吗？不是跟他们势不两立吗？

宫垣垂下头，埋入她的脖颈间，哑声道："雅雅，我不想再孤军奋战，我没有力气了。如果你的选择不是我，我成全你。"他宁愿在黑暗中永不醒来。

舒雅南心头猛然一颤！

她仿佛再次看到他在视频里万念俱灰的神情，那是被抽空一切的颓然无力，是放弃所有的绝望妥协。

她宁可看到强势霸道的宫垣，也不愿他花草枯萎般毫无生气。

"雅雅，你想他就叫他，让他出来吧……"宫垣再次抬起头，看着舒雅南的眼睛说。

"不！"舒雅南脱口而出。

"不要这样！"猛然窜出的恐惧，令她全身骨髓发凉，她将宫垣用力抱入怀中。

"我知道你很辛苦，你撑得太久了，不要放弃好吗？你不是一个人在努力，有我在！我会一直陪着你！垣垣，你是独一无二的，谁也不能取代你。"

"雅雅、雅雅……"他低声叫着，沙哑的嗓子好似再也发不出其他的声音。

他像个婴儿般依偎在她怀里，没有强悍的武装，没有坚硬的外壳，没有高冷倨傲的神情。他剥开千疮百孔的灵魂，紧贴着她的心脏，聆听她的心跳声。

他什么都没说，舒雅南却那么真切地感觉到他的依赖和脆弱。

她翻个身，用力地吻住他。

一个深深缠绵的热吻结束后，她捧着他的脸庞，看着他说："垣垣，谁也不能取代你。因为他们都只是你的一部分，我们一起努力，把那些属于你的碎片都拼合起来，好吗？"

他静静地看着她。

"垣垣，你就是你，你不会消失，不会被取代。把那些碎片捡起来，会让你成为更好更完整的人。"

"那样你会爱我吗？"他抬起手，指尖摩挲着她的肌肤，目光看进她眼底，"不再是同情，是爱情。只要能换来你的爱，我会竭尽全力。"

"爱。"舒雅南毫不犹豫地应声，"我爱你。不管能不能拼起那些碎片，我都爱你。因为爱你，我要陪你走出黑暗，摆脱噩梦，成为一个完整的快乐的人。"

宫垣将舒雅南用力抱入怀中。

她再次问："可以吗？垣垣，接纳他们，把他们变成你的一部分。"

他抚着她的发丝，说道："只要你爱我。"

舒雅南含泪微笑。

宫垣太脆弱，脆弱到全身都竖起厚厚的坚硬的刺。但在扎伤别人时，那些长在身上的刺，同样令他自己遍体鳞伤。只要给他很确切的爱，消弭他内心的不安全感，他会自己拔掉所有的刺。他会变得比任何人都要纯粹，都要更渴望爱。

次日，舒雅南陪伴了宫垣一整天。两人已经没有之前吵架冷战的阴影，俨然是最甜蜜的一对情侣。他们吃饭，说话，亲吻，看着彼此满足地微笑。但有些东西，在不经意间改变了。

比如，他知道看她的脸色了。

比如，他会听她的话了。

当天晚上，舒雅南要离去时，宫垣拉住了她说道："再陪我一晚好吗……"

看他像只小狗般可怜祈求抚摸的眼神，舒雅南迈不动脚步了。

深夜，两人在床上接吻，舒雅南快要窒息时想要逃离。她喘息着，调侃道："宫大老板转性了，居然吃素不吃荤。"

宫垣翻个身，躺到一旁，深吸几口气，哑声道："我想，但是你不想，我可以忍……"

他不敢再随心所欲了。只要她能陪在身边就好，其他的，他不强求了。

舒雅南伏在他胸膛上，低低地笑。

难道是以前被他的气势打压得太狠，她居然很享受看到宫垣委曲求全的模样。

她在他身上打着圈圈，说道："我也不是不乐意。可前提条件是，你得快点恢复健康才行。"

舒雅南笑着翻滚开："快睡觉吧。我明天有很多事忙。"

宫垣眼底滑过一丝落寞，但还是老老实实地睡觉了。

接下来的日子，在忙碌中过得飞快。舒雅南忙着拍戏忙着录歌，还要忙着照顾宫垣。好在宫垣同样迫切地希望身体好起来，不到半个月时间，他已经恢复得差不多了。

舒雅南本以为他身体好了，她会轻松些，哪知道即使不是需要照顾的病人，他也是需要陪伴的恋人。不管她在哪里，他最多隔天就要跟她见面。即使有时候，只是把她带上飞机，索取一个吻。

其实宫垣这段时间很忙，分管的一家公司在海外上市，还有一家控股公司在做并购，扩张版图。寰亚董事长，也就是宫垣爷爷，把集团内部管理的担子也分给他了。管理多琐碎，每天都有一堆决策在等着他做。但他的地位又一次提升了。众人私下议论，下一次换届时，差不多就是宫垣升任总经理的时候了。

这天，舒雅南来到寰亚，陪宫垣一起吃晚餐。正巧在这个商圈有通告，她就忙里偷闲，自己过来了。现在她出入寰亚大楼，都得戴着大黑超和面罩。

八十八楼的餐厅里，两人一起吃着晚餐，舒雅南说："我都没你的私人手机号。"

宫垣说："我没有私人号码。"

"哦。"舒雅南了然地点头。通过这段时间的接触，她发现宫垣的确没什么朋友。他工作之外的私人空间，好像只有她存在。

但宫垣马上打了个电话，片刻后，有工作人员亲自送来两张电话卡和两部手机。他们现场装上，向他们介绍这情侣卡的用途等。宫垣点头接过，扬了扬手里的手机，说："以后这就是我的私人号。"

舒雅南忍不住笑起来。大老板良好的工作习惯，都能带入到恋爱中，提出任何问题，马上解决。

吃过晚饭，宫垣带着舒雅南一起进入办公室。还没落座，办公桌上的内线电话响起来了。他接起来，沟通了几句后，很抱歉地对舒雅南说："临时开个会。"

舒雅南马上说："没关系，我也该走了。"

宫垣将她一把揽入怀里："不准走。等我一会儿，我很快就好。"

宫垣把几个高层召到隔壁的会议室，他们察觉到宫垣脸上的不悦，尽量长话短说。

二十分钟后，那些人离去，宫垣推开办公室的门。舒雅南坐在一侧的沙发上，对面的投影屏幕上正播放着她跟 Anger 在一起的画面——她在海滩上一遍又一遍地给他梳头。

宫垣坐到舒雅南身侧，有些不自在地解释道："陈秘书拍的。"

"原来他还是兼职狗仔。"舒雅南低低一笑，"看着另一个自己是什么感觉呢？"

"嫉妒。"宫垣直言不讳，掩饰不住的酸溜溜的语气，"你对他们太好了。"

舒雅南说："这就是你呀，只是你没有了那一部分记忆。"

宫垣刚想要反驳，忍住了。

他凑过去亲吻舒雅南的唇瓣，把她吻得气喘吁吁，呢喃着："你要补偿我，要对我更好。"

两人在沙发上一番甜蜜纠缠后，他搂着她一动不动，意犹未尽地说："我们住在一起吧。"这样就有更多时间在一起了，相思不相见的滋味太难熬。

"不要。"舒雅南果断拒绝。

"为什么？"宫垣问，马上又说，"我可以保证，你不愿意的时候，我不会勉强。我只想有更多的时间跟你在一起。"

"除非结婚，我不同居。"舒雅南说。

她再也不想未婚的时候，自己形同已婚女人。

"那你嫁给我吧。"宫垣说。

"这种事情哪有这么草率的！"舒雅南捏着他的脸，轻笑着。心里还有一句话，她没说出来：你的婚姻，只怕自己也不能做主。

舒雅南知道自己很不理智。今年她已经三十一岁了，不是无所顾忌谈一场轰轰烈烈的恋爱，不在乎天长地久只要曾经拥有的青春年华。她最明智的选择是趁着现在事业和美貌都还在，找一个靠谱的可以托付终身的男人。她跟宫垣的未来，模糊到她自己都看不清……

豪门难进。宫家这种高不可攀的豪门，更是难如登天。

可即使看不到前路，她也想这样，一步一步地走下去。每当他用那种渴望的眷恋的眼神看着她时，她就无法用理性去思考，无法衡量自己的得失。

她觉得自己疯了。

关于未来，不能多想，不能深究，她也不想给宫垣造成任何负担。他才二十八岁，这个年龄的豪门公子，又是事业型男人，正是在商场上开疆辟土的时候。

就这样，爱着吧，只要有爱，只要幸福。

《传奇》的拍摄在紧锣密鼓推进中，舒雅南近期戏份密集，几乎都待在剧组里。

农历七夕节前一天，舒雅南凑到导演跟前，笑眯眯地道："导儿，我想请两天假。"

导演心领神会，挥挥手说："这两天没你什么事儿，爱干吗干吗去！"

舒雅南的敬业毋庸置疑，拍戏没法照顾，在这种不算重要的事情上，导演巴不得多照顾照顾她。

七夕节的早上，舒雅南回到S市家里，委托助理采购了一堆食材。她在精心打扮一番后，开车出门。

车子开到宫垣的半山豪宅外，她拿出手机，给他打电话。她提前没有告诉他，并佯装忙到不知情，是想给他一个惊喜。这个情人节，她想跟他一起度过。

电话接通，舒雅南的心跳快了几分，昨天跟他通话时她还瞒着自己的行程。

"知道我现在在哪儿吗？"舒雅南笑着问道。

电话另一端的宫垣下了车，走入舒雅南下榻的酒店。

他迈入酒店大堂，回道："难道一大早就去影棚了？"

他进入电梯，上楼，往她的房间走。

舒雅南下车，往豪宅走去。

两人心照不宣地都在沉默，她走到他家大门外，他走到酒店套房外。

"我在你家门外。"

"我在你房门外。"

两人异口同声说着，话音落，一起愕然。

"你在哪儿？你去剧组了？"舒雅南惊诧地问。

"嗯。你在哪儿？"

舒雅南懊恼得直跺脚，说道："我在你家门外，还说给你一个意外惊喜，哪知道……你居然不声不响地过去了！"

宫垣失落，又失笑："那你现在回家，我马上去找你。"

"嗯……"

车子开回市区，高楼大厦林立，舒雅南穿梭在车流中，不急不躁，这个意外的错过，造成了遗憾，却也给了她美丽的心情。虽然没有马上见到他，她心中却有种窃喜的甜蜜。

原来在她想着他的时候，他也在想着她。

原来在她想给他惊喜时，他也想给她惊喜。

舒雅南回了家开始打扫卫生后，为晚餐做准备。各种食材都洗好备好了，该提前煮的也下锅了。按照时间推算，宫垣今晚八点前应该能到，两人还能吃个烛光晚餐，共度情人节的夜晚。

舒雅南在期盼的心情中忙碌着，身姿轻盈，像飞舞的花蝴蝶。傍晚六点，宫垣打电话来告诉她，受天气影响机场管制，还没起飞。舒雅南的心情瞬间低落下来，但她在电话里温声道："不急，安全第一。"

八点时，宫垣告诉她上飞机了，舒雅南问了航班号，出发前往机场。

候机大厅里，舒雅南穿着黑色铅笔裤，白色紧身T恤搭配棒球服外套。口罩、墨镜、鸭舌帽全副武装。防噪耳麦戴在耳朵上，她一边听着轻摇滚音乐，一边拿着纸笔写歌词。

投入创作的她非常专注，专注到忘了周围的一切。头顶覆下一片阴影，她都没有察觉。

直到一只手将她手里的本子抽走，她才从惊愕中抬起头。

"写什么，这么出神？"宫垣拿着本子看。

舒雅南取下墨镜，看着他俊美的脸，粲然一笑，上前一步，将他紧紧抱住。

宫垣动作顿了一下，缓缓低下头，看着怀里的女人，嘴角一点点往上扬，他抬起双臂同样抱住了她。

"你怎么认出我的？"舒雅南埋在他怀中问道。她没有说她要来接机，并且这么全副武装，他居然能走到她跟前。

宫垣下巴抵着她的帽子，说道："就是知道是你。"

他走出VIP通道后，目光在大厅内扫过，落在她身上时停住了。宽大的衣服掩盖了身形，帽子挡住了头发，口罩和墨镜遮住了面容，连专注明星八卦一百年的狗仔都认不出来。但他就是知道，一定是她。有她在的地方，周遭一切都是灰暗的背景，唯有她在发光。

城市道路五光十色，街道边是相互依偎的情侣们，甜蜜的气息洋溢在空气中。

商务车内，司机在开车，陈秘书坐在副驾驶位，中间坐着两名保镖，舒雅南跟宫垣坐在后排。两人十指相扣，舒雅南歪着脑袋靠在宫垣肩膀上。

车子行驶到舒雅南家大门外，众人相继下车。

眼见他们还亦步亦趋地跟着她和宫垣往门前走，舒雅南诧异地问："你们不放假？"

陈秘书愣住。舒雅南转头看宫垣："你也太压榨员工了，这也要人陪着？"

陈秘书赶忙说："我们有假期，但是……"

"你们回去吧。"宫垣打断他的话。

宫垣从不说废话，他说出来就是命令，陈秘书很了解他，没再多说什么，带着两个保镖止步于门前。

舒雅南关门时，朝他挥挥手，陈秘书回以微笑。

别墅内亮着灯光，落地玻璃窗的窗帘拉开，映出里面的身影。陈秘书看到那两人再次拥抱在一起，笑着转身离去。

上车时，他擦了一把眼角涌出的液体。是不是年纪大了，最近越来越感性，感性到自己都受不了。可是，很多年了，真的有很多年了，少爷第一次不是在工作中度过节日。

这一次的情人节，他身边不是工作人员，不是防范他出状况的保镖，而是他的爱人。

回了家，宫垣拿出送给舒雅南的礼物。

舒雅南从下车时就看到工作人员拿着这个，离开的时候小心翼翼地递交给宫垣。舒雅南当时就在心里猜测，这是送给她的礼物吗？可是像宫垣这种没有情趣的人，还会想到送礼物？

现在宫垣郑重其事地拆封，她确定了，真的是给她的。

舒雅南心跳得飞快，按捺住激动和期待，安静等待。

宫垣从包装盒里拿出卷筒，又从卷筒里抽出一卷用丝带系上的纸，边拆边说："弄这么麻烦。"脸上隐隐带着一丝尴尬。

舒雅南抿着唇笑："垣垣送我什么？好期待哦。"

宫垣将东西递给她，一本正经地说："送给你，节日快乐！"

舒雅南"扑哧"笑出了声，表情愉悦又甜蜜："谢谢亲爱的！"

她解开丝带，徐徐展开那张纸，自己的脸出现在眼前……

这是一幅油彩画，画里的女人置身于浩瀚星辰之中。月色清浅，星光熠熠，她的双眼是星空与月色中的第三种绝色。舒雅南看着画里的人，久久回不了神。

"喜欢吗？"宫垣在一旁问道，霸道总裁的气场不见了，反倒像个忐忑的孩子，表情带着一丝紧张，"这是我画的。"

舒雅南无法从画上移开目光，过了好半晌，方愣怔地道："你笔下的我，好美。”

不是五官多美艳，而是那双眼睛迷人，那种眼神，含着无法形容的温柔。

舒雅南不知道，原来她的眼睛这么迷人。

宫垣上前一步，从身后将她轻轻环抱住，脸颊贴着她细软的发丝，低声道："因为在我眼里，你就是这么美。"

突如其来的情话，令舒雅南红了脸，一颗心荡漾着，嘴角不由自主地弯起弧度，只是笑，连话都不知道该说什么。

"你送我的礼物呢？"宫垣问。

"啊？"舒雅南还在心神荡漾中没回神。

"难道你没有给我准备礼物？"宫垣转过她的身体，板着脸看她，像是要生气。

舒雅南瞧他那小家子气的模样，忍不住又笑了。

她故意逗他："哎呀，我哪里知道你会送我礼物，我都没特意准备。垣垣，你不会生我气吧？"

她可怜巴巴地看着他。

宫垣脸上闪过一丝失望，很快又装作无所谓地说："没什么，我不在意。"

舒雅南笑着抱住他，踮起脚，在他耳边轻声道："今天的礼物，是我自己。还有一个礼物，过段时间才能给你，先保持神秘感。"

宫垣笑了，刮着她的鼻子笑道："还卖关子。"

舒雅南将那幅画小心翼翼地放好，开始忙着准备晚餐。现在十点多，还能赶上两个人情人节共进晚餐。

那些食材该洗的该切的都准备好了，就等下锅。舒雅南系上围裙，在厨房里打转。宫垣跟在她身后，就像条尾巴。虽然厨房不小，可是身旁时刻有个人，一转身走路都挡着，便似乎有些碍事。

舒雅南嫌弃地道："你出去看电视呀，别杵在这儿。"

"没什么我能帮忙的？"宫垣问。他脱下外套和开衫，里面是一件白衬衣，衬衣袖口挽起半截，露出白皙结实的手臂。

"没有。"

"那我看你做，学习。"

舒雅南调侃道："宫总日理万机分分钟上亿元的进出，还有闲工夫学做饭？"

宫垣表情认真地道："我也想做饭给你吃。"

舒雅南舀起一勺汤试味，听到他这句话时一个晃神，不小心被烫到，上下嘴皮子直舔。

"怎么这么不小心？家里有没有烫伤膏？我去给你拿！"

舒雅南瞧他着急的模样，忍着笑说："好，我告诉你在哪儿。"

她圈住他的脖子，缓缓踮起脚，宫垣环上她的腰。他以为她要凑到他耳边说话，两人距离不断拉近，她突然轻吻他的唇瓣，冲他眨眼一笑："不烫了。"

宫垣被电得恍惚，好几秒才反应过来，低头按住她的脑袋，一阵狂亲。

他越亲越激动，将她压在料理台上，舒雅南推阻他："好了、好了，我还要做饭呢，你不饿呀？"

"我饿，非常饿。"宫垣哑声道，将舒雅南往肩上一提，扛着她去了卧室，扔到床上。

虽然她知道小别胜新婚，她也挺想温存的，可是……

"别急呀，先吃饭！"

"我要我的礼物！"

"你……没羞没臊……唔……"

舒雅南所有的理智和抗拒，都被他火热的激情融化。

隐退的这几年，舒雅南的厨艺愈加精湛，以前凌岩每次从外地回来，第一件事就是迫不及待吃她做的饭菜。也只有在吃饭的时候，她能感受到他的愉快和对她的夸奖。可到了宫垣这儿，怎么完全不一样了！

一个小时后，在舒雅南的抗议下两人暂停腻歪。

再次回到厨房，舒雅南才发现之前在炖鱼头汤都没关火，熬干了……舒雅南掐了一把跟在身旁的宫垣："看你干的好事！"

宫垣一脸无辜。

很快，舒雅南将四菜两汤端上桌，外加一盘水饺。她将音响打开，放着老情歌。

缠绵的音乐缭绕室内。舒雅南在宫垣身旁落座，为他盛了一碗排骨莲藕汤。宫垣喝着舒雅南亲手煲的汤，温热的暖流从舌尖一路烫到心脏。

原本在情人节，大家都会选择去吃西餐，但舒雅南特地在家里做了一顿色香味俱全的中式大餐。她喜欢中餐这种温暖又温馨的感觉，比西餐和烛光更让她觉得浪漫。

宫垣低下头，眼睛被雾气晕染。跟舒雅南在一起之前，任何节日对他而言都形同虚设。别人计划着跟亲友爱人聚会，期盼着节日和假期，他无所期，无所待。他只能待在办公室或是偌大的房子里，看着一份又一份文件，用工作遗忘刻在骨子里的冰冷。

他一口接一口地喝汤，直到一碗汤喝完，喉咙仍干涩得发紧。

"尝一尝饺子，我自己包的。"舒雅南夹起一个饺子，用汤匙接着，送到宫垣嘴边。

她把给 Anger 喂食的习惯带到宫垣身上了。宫垣微愣，听话地张开嘴，饺子入口鲜香。

"好吃吗？"舒雅南问。

宫垣点头："这是我第一次吃饺子，原来这么好吃。"

"你没吃过饺子？"舒雅南惊愕地问，"你妈妈没包过饺子？"

宫垣摇头。

舒雅南发现他眉头蹙起，眼神有点不对，赶忙停止话题，笑着道："你喜欢吃的话，以后我还给你做呀。"

宫垣眼里快要聚起的阴霾，很快散去。

饭后，两人靠在沙发上看电视，舒雅南懒洋洋地依偎在宫垣怀里。他低下头亲吻她，她面上带着三分羞怯七分甜蜜，慢慢地回应他。

安静的夜晚，他们拥抱着彼此，感受那细腻的绵长的沁入心肺的爱意。

让过去都过去，让未来到来。

以后，他的阴霾，她的失意，他的创伤，她的落寞，都有彼此的怀抱来安放。

• • •

Chapter 4　爱意

对，我爱他。

无论他是什么样的人，

无论他有什么毛病，我依然爱他。

你不理解没关系，

我不需要任何人去理解。

因为这爱，只关乎我跟他。

七夕节过后，舒雅南回到剧组，加紧拍摄最后的戏份。

最后一场戏，她以身殉国，直到死，男主都没来得及救她。没有看到爱人最后一眼，她流下不舍的泪水……镜头最后定格在她脸上，长达十秒钟的特写。

拍完后，剧组一片欢腾。

当晚杀青宴上，众人举杯狂欢。几杯酒下肚，影帝江雅伦对舒雅南推心置腹地说："你很有演戏方面的天赋，能深入到角色的内心，感觉抓得准，缺点就是用力过猛收不回来，好好磨炼，我看好你。"

舒雅南笑容灿烂："谢谢江哥提点。"

"我们小舒前途无量！"导演凑过来笑道。

"那得要导儿以后继续带我啊。"舒雅南主动给导演添满酒。

"以后你片酬飙升，我请不请得起还是个问题。"

"只要导儿约戏，一切都好说。"

酒局发展到最后，大家忆苦思甜说着以前在剧组里的种种事情。舒雅南听着，热泪盈眶，为了这群为梦想而奋斗的人。

次日，大家各奔东西，舒雅南心中很不舍。几个月的拍摄期，她和剧组的前辈们亦师亦友，相处愉快，就像是一个大家庭。

可是戏拍完了，大家就得为下一个目标奋斗，身在娱乐圈，不得不适应这种节奏。

舒雅南没有休息时间，《我最亲爱的你》进入了宣传期。虽然她在剧里演出的是戏份不多的女三号，但经过这大半年，通过比赛和绯闻炒作等一系列舆论攻势，她的人气已如日中天，剧组将她作为重要卖点，宣传海报上处于仅次于男主角女主角的重要位置。

当初的女主角雯静，已经消失在大众视野中，即便在节目宣传期，也没有露面，也不见微博有任何反应。对此官方称雯静已息影，不配合参与任何活动。

于是，活动中最出风头的女演员就是舒雅南了，上综艺节目时，除了易子涵，她是出镜率最高的一位。舒雅南不急不躁，不抢风头，温柔恬静的台风，为她赢取了大批粉丝，个人微博粉丝数量直线飙升。

香蕉电视台即将推出一款室外真人秀，作为下半年的王牌节目，正在接洽各路明星。他们将收视担当定位在易子涵身上，再三抛出橄榄枝。

这天在香蕉台录完节目，回酒店的路上，易子涵跟舒雅南聊起来："你觉得《一路向前》怎么样？"

舒雅南知道这个节目，苏娜在给她争取各种真人秀资源，她挑出几个作为最优选择，其中就有这一档节目。舒雅南说："很不错啊，香蕉台出的综艺，差不多都很火爆。"

易子涵沉默了一会儿，又问："那你想上吗？"

"我不是你呀，这个不是我想上就能上的。"舒雅南说的是实话，易子涵是当红一线流量小生，微博粉丝四千多万，拥有大票迷妹，而她的微博粉丝才几百万。

"那些嘉宾我都不熟，一个人去没意思。你要愿意上，我跟节目组打个招呼，咱俩一块儿上。"

"好啊，我先问问娜姐，看具体时间安排。"

对于易子涵这个提议，苏娜得知后双手赞同，香蕉台的综艺节目就是收视保障，之前还捧红过气艺人，没有时间也要排开时间上。

经过易子涵的提议和苏娜的运作，舒雅南跟香蕉台顺利签订了参加真人秀的合约。

苏娜对舒雅南笑道："贵人运不错，与易子涵都能交好。他可是出了名的脾气大爱黑脸，不知怜香惜玉。"

舒雅南立马反驳："是那些媒体胡说八道，他性格很好，又有礼貌。他对粉丝也特别好，我觉得喜欢他的迷妹很有眼光。"

"你别成为他的迷妹就行，你可是名花有主的人。"苏娜旁敲侧击。其实她不担心舒雅南，倒是易子涵，热心得出乎她的意料。这也是位有背景的主儿，就怕到时候他跟宫垣杠上，如果闹出争风吃醋的事，舒雅南必然沦为舆论炮灰。

舒雅南闻言失笑："想哪儿去了？他就跟我弟弟一样。"

一个月后，真人秀第一期开拍，《一路向前》一共六位嘉宾，四男两女的搭配，四个男明星年龄跨度较大，除了小鲜肉易子涵，还有不老男神、综艺大咖。女明星一个是舒雅南，一个是二十出头的新生代小花沈鸢，年轻水灵，凭借几部大热的电视剧迅速上位。以舒雅南才刚复苏的势头，进这个嘉宾阵容，的确是沾了易子涵的光。

苏娜说："你别怯场，你不是缺资源的人，就算这个节目没起风浪，还可以让宫总出资弄个综艺节目，召集一批男神来给你提鞋。"

舒雅南正色道："娜姐，工作是工作，感情是感情，我不喜欢公事私事纠缠在一起。"

"好、好。"苏娜从善如流道。她能理解，女孩子嘛，谈恋爱动了感情，都难免有些骄矜，尤其她并不想攀附男人仰人鼻息。不过以舒雅南现在的势头，就算没有宫总那层关系，也是新世纪的力捧对象。

《一路向前》第一期在原始丛林里拍摄，主题是野外求生。

拍摄第一天，节目组没收了嘉宾所有通信工具和电子产品，接下来为期三天的拍摄将在与世隔绝的情况下进行。舒雅南进组前跟宫垣说过，但是她不知道来了之后不能联络，没有特地提到这一点。

当天，宫垣给舒雅南打电话打不通，几次都是关机，他心里不淡定了。

为了给她空间，他已经尽量不频繁找她，不过分占用她的时间，但是，如果连联络都联络不上……

宫垣安排人了解舒雅南的去向，得知她是在蜀地的原始丛林里进行拍摄，更不淡定了。

陈秘书劝慰道："我相信小舒不会拿安全问题开玩笑，节目组也不会，必要的保障措施一定会实施到位。少爷不用太为小舒担心。"

"她现在都联系不上！"宫垣的焦虑丝毫没有缓解。

在此之前，他根本不知道舒雅南要去那么恶劣的环境里拍节目，现在知道了，手机又打不通，完全不了解她的情况，他怎么能不担心？

她会不会遇到危险？会不会发生意外？在节目组里是不是吃苦受罪了？

这些问题在脑海里盘旋不去，宫垣果断着手安排行程，乘专机前往。

他一刻都不耽搁，专机抵达机场后，又转乘直升机飞往峡谷丛林。夜幕降临时，他来到了节目组的拍摄地。

丛林间空地上搭建起的一排木屋，就是这一期嘉宾的住所。随行工作人员联系节目组导演时，宫垣径自去找人了。

四个男嘉宾和两个女嘉宾，每人住一个单间，晚上自行铺床和洗漱，这些都被摄像头录着。易子涵端着脸盆出来借水，今天由于发扬绅士风度输掉游戏的他，没有水资源，得从其他嘉宾那里借。

摄像跟在他身边拍他，问道："打算去跟谁借水？"

他头上戴着黑色发带，一脸冷淡的帅气，说道："去找舒雅南借水。"

"为什么是舒雅南呢？"摄像很八卦地问。

易子涵依然是一张寡淡脸："跟她最熟。"

宫垣走过来时，正巧听到她们的谈话，拦在易子涵跟前，问道："舒雅南在哪儿？"

易子涵一脸莫名其妙地打量着他，这人一身高定西装，明显不是节目组的工作人员，看着眼生，也不像新来的嘉宾。

"你谁啊？"

摄像以为这是节目组安排的插曲，镜头一直对着宫垣拍。

宫垣直言不讳："我是舒雅南的男朋友，她人在哪儿？"

摄像手猛地一抖，摄像机都快扶不稳了。

好大的料！节目组居然把舒雅南的男朋友请来了！等等……不对啊！舒雅南男朋友不是影帝凌岩吗？

宫垣对着摄影挥挥手："别拍了。"

摄像感觉有些遗憾，但迫于他强大的气场，还是从了。

摄像走后，易子涵扯下发带，揉了揉凌乱的短发，说："我正要过去，一起。"他莫名觉得不爽，因为宫垣的衣冠楚楚、挺拔俊逸，显得他粗糙邋遢。

易子涵揉着乱发的背影，映入宫垣眼中，他眼神有些恍惚。

他身体似站立不稳往后退了半步，他用力握拳，却没控制住体内的剧烈冲撞。

易子涵走了几步，没见人跟上来，回头催促道："走啊。"

宫垣眼底波光流转："小哥哥，你要去哪儿呀？"清朗的男人声线，被捏着嗓子叫出了柔媚的感觉。

这次不只是摄像身子发抖，易子涵都抖了抖。

易子涵怀疑自己出现了幻觉，宫垣轻移莲步，面容带笑，眨着眼靠近他。

如果这是一个女人，无疑是极有风情极有魅力的女人。但这是男人，还是有着一张霸道总裁脸和高大身躯的男人。

易子涵吓得手里洗脸盆都掉地上了，惊愕地后退。一进一退间，易子涵撞到墙上，宫垣的脸凑近他，呼吸喷在他肌肤上，却又没有过分靠近，尺度把握得刚刚好，他弯着嘴角道："有没有人说过，你长得很像我前男友？"

易子涵一脸见鬼的表情，猛地一巴掌盖在宫垣脸上，纯正直男的他崩溃地叫道："谁来把他弄走？"

易子涵将宫垣一把推开，水都忘了借，慌不择路地往自己房间跑。

"小哥哥——小哥哥——"宫垣跟在易子涵身后。

易子涵冲进房里，在他关上门的前一刻，宫垣撞到了门上，顺利破门而入。

两人撞到一起时，易子涵跟染上瘟疫似的，崩溃大叫："走开！救命啊，快来人——"

剧烈的动静，把其他房间的人惊动了。舒雅南知道易子涵水资源紧张，而她有一桶水，她正想来问问他要不要水，就听到里面杀猪般的叫声。走得近了，她还听到另外一个声音……

"小哥哥——别跑呀，我们来玩个游戏好不好？"

舒雅南赶在其他闻声而动的人之前，快步走到门前，推开房门，果然……

舒雅南在看到宫垣的瞬间，就认出来了，现在这个是 Rose！

她反手关上门，将其他人拦在门外，说道："没什么，他们在闹着玩呢。"

"舒雅南！这变态是来找你的！你快把他拉出去！"易子涵看到舒雅南，犹如看到救星。

舒雅南跑上前，拉开宫垣，相比易子涵的一脸迷茫手足无措，舒雅南对付 Rose 就老练多了。易子涵心烦意燥：之前被拍下来的尴尬画面，一定要销毁，彻底销毁！

女人跟伪娘对垒，无非就是掐啊扯啊挠啊，几个回合下来，Rose 败给了蛮横的舒雅南。

舒雅南把她压在床上，低声道："Rose，我知道是你，不要给宫垣添乱！"

Rose 气得翻白眼："凶女人，每次都管我！还是明丫头好。"

"子涵，给我找条绳子来。"舒雅南头也不回地说。

Rose 表情一变，说道："你要干吗？你想绑我？"

"不老实的人，就用五花大绑的方式解决。"舒雅南干脆豁出去了。

"宝贝儿，咱们有话好好说呀。"Rose 变得可怜巴巴的，说道，"我什么都没做啊，只是见那小哥哥长得好看，想跟他玩。"

"你能好好说话吗？"

"我能！"

舒雅南看他信誓旦旦地保证，打消了绑住他的主意。

"那你跟我回房间。"

"干吗去你房间？跟你睡吗？不要！"Rose 轻哼，翻个身，侧卧在榻上，一只手支着脑袋，朝一旁的易子涵抛媚眼。

易子涵起了一身鸡皮疙瘩，背过身，拿后脑勺对着他。

舒雅南想了想，这么把 Rose 带出去，太招摇了，而且指不定她会闹出什么幺蛾子。她跟易子涵商量："要不咱俩今晚换个房间，你去我房里睡吧。对了，我房里有水，你正好能用上。"

"你确定……你搞得定他？"易子涵迟疑地问。要不是担心她，他早就走了。他一眼都不想再看这个变态。

"放心吧，我没问题。"舒雅南笑道。

易子涵看看她，又看看宫垣，表情一言难尽。

易子涵走后不久，门外响起敲门声。舒雅南去开门，陈秘书站在门边，Rose 一看到陈秘书立马往后缩，表情畏惧。

陈秘书往里看了一眼，问道："少爷出了什么事吗？"

舒雅南看他身后站着两个严阵以待的保镖，心中了然，Rose 出现了，大概就是给宫垣进行强制注射药物，使他昏迷。

她知道这是最干脆有效的解决办法，但她不想，不想冰凉的药物一次次流入宫垣的体内，侵蚀他的躯体和神经。

舒雅南关上房门，走出来跟陈秘书聊天："没事儿，我们刚才在闹着玩。我都没想到，他会突然跑过来看我。"

舒雅南轻松的表情和话语，令陈秘书放心了些。他感叹道："少爷听说你在丛林里拍节目又联系不上，担心你出事，一路心急火燎地赶来，劝都劝不住。"

舒雅南心里暖流涌动："我来之前也没想到节目组会要求跟外界切断联系，害他担心了。"

"少爷太在乎你了，生怕你有一点闪失。"陈秘书不由得唏嘘，"少爷以前从没有对谁这样过。"

"嗯，我知道，他对我很好。"舒雅南嗓音微微发紧，随即笑道，"那我进去陪他了。你们的住宿问题，我去跟节目组说……"

"我已经跟导演见过了，住处也安排好了。你安心陪少爷就行，不用管我们。"

舒雅南由衷地道："宫垣身边，真的多亏了有你。你就像他的父兄，妥善打理着他的一切。"

陈秘书被夸得有些不好意思，赶忙道："小舒言重了，我只是一名下属。照顾好少爷的一切，是我分内之事。"

舒雅南目送陈秘书离去后，再次回到房间，关上门。

Rose的身影从身旁掠过，跑到门边，悄悄把门打开一条缝往外偷看，东张西望了半天，没看到陈秘书的身影，他拍了拍胸口，脸上还带着后怕："吓死人家了，鬼见愁走了。"

舒雅南哭笑不得。是不是他身上每个人格，都视陈秘书为凶神恶煞？

不怪他们心有余悸，毕竟陈秘书是宫垣最强有力的帮手。

Rose重新关上房门，坐回到床上，扭着腰，姿态婀娜，手指轻点下巴，玩味地看着舒雅南道："臭丫头，你为什么要帮我？"

"因为我想跟你交朋友。"舒雅南坐到Rose身边，笑着问道，"你愿意吗？"

"无事献殷勤，非奸即盗！"Rose哼了一声，"我可不是那么好骗的圆圆。你是宫垣的女朋友，我是你的敌人，你为什么要跟我交朋友？"

"为什么宫垣的女朋友，就是你的敌人呢？"舒雅南星星眼看Anger，就像迷妹看着女神，说道，"像你这么漂亮迷人的女孩，谁都想跟你做朋友。不管你是谁，是什么身份。"

Rose努力憋着心里的荡漾，还是忍不住笑了起来："算你有眼光！"转而一脸扬扬得意道，"哎呀，宫垣要是知道他女朋友喜欢我，他得气死了。他最讨厌我们了。"

舒雅南失笑："说不定他也想跟你们成为朋友。"

"哼，不可能！"Rose不屑地否认。转眼，她又拉着舒雅南，一脸讨好地说，"既然我们是朋友，你帮帮我嘛。"

一种不妙的预感，浮上舒雅南心头。

"你把那个小哥哥叫来好不好？"

果然……

"你知不知道什么叫男女授受不亲？大晚上的把他叫过来，别人怎么想？"

"孤男寡女才授受不亲，我们有三个人嘛。你不是说把我当朋友吗？连这种小小的心愿都不能满足我？"

舒雅南的心情很微妙。她知道这是另一个人格，一切都跟宫垣没关系，但是，她占用着宫垣的身体，来向一个男人表达喜欢！

"亲爱的，你要帮了我，我们就是最好最好的朋友。"Rose对舒雅南软磨硬泡。

舒雅南被缠得没办法，只得跟她谈条件："那你要答应我，老老实实的，不能做出越轨的举动。"

"哦，那我想亲亲抱抱举高高，不算越轨吧？"

"当然算！"舒雅南炸了，敢用宫垣的嘴巴亲男人，欠收拾。当然，不只是男人，女人更不行。

总之，除了她自己，谁也不行！

Rose纠结半晌，沦陷于易子涵的盛世美颜，最终还是妥协了："你把他叫来嘛，他太好看了！就看着那张脸，我都开心！"

舒雅南默默"吐槽"：明明你自己比他好看多了！

至少她是这么认为，在她眼里，再没有谁比得上宫垣。

舒雅南让Rose老实待在房里，自己去易子涵房外敲门。

易子涵开了门，以询问的眼神看她。

"晚上睡不着，我跟他两个人有点无聊，你过来跟我们一起玩牌，怎么样？"舒雅南笑着提议。她觉得自己此生的厚脸皮，都在这一刻用尽了。

易子涵沉默了一会儿，问道："那是你男朋友？"

舒雅南点了一下头。

易子涵又问："寰亚的宫垣？"毕竟一个圈子里的，他多少听到了一些八卦消息。虽然粉丝们以为舒雅南跟凌岩是一对，但圈内跟她有过交集的人都知道舒雅南背后有寰亚的金主。

舒雅南再次点了一下头。

"他是个变态？"易子涵脱口而出，见舒雅南变了脸色，马上补了一句，"不好意思，我问得太直接。"

"没有。"舒雅南赔笑，"他就是……有时候很爱玩。"

易子涵自发将舒雅南的笑容解读为心酸的隐忍。他脑子里已经走了一部舒雅南为了在娱乐圈崛起而委曲求全傍大款的血泪史。

虽然这种事在娱乐圈司空见惯，但他就是看不惯，对于那些借此种手段上位的女星也是敬而远之。如今这情况发生在舒雅南身上……

"行，一块儿玩牌。"易子涵答应了。

易子涵跟着舒雅南走进房间，Rose顿时眉开眼笑："小哥哥来了！"

他那一脸娇媚，差点把易子涵吓走。

不过，经过之前的强烈冲击，易子涵已经冷静下来了。他一个大老爷们儿还怕一个变态不成，再敢对他动手动脚，直接抡拳头揍！

舒雅南找来一副扑克牌，三人坐在床上打斗地主。没办法，小土房里，只有床这个像样的场地了。

"小哥哥，你叫什么名字啊？"Rose出一张牌，问他。

易子涵眼神一飘，丢了一张牌，没应声。舒雅南替他回道："易子涵。"

"小哥哥，你家住哪儿啊？"Rose 又问。

易子涵没理他，他接着问："我以后去你家玩，好不好呀？"

易子涵打出一个炸弹，喊道："炸！不好！"

玩完一局，Rose 不经意间往易子涵身边移了移。

舒雅南在易子涵发飙前，起身挤到他们中间，警告性地瞪了他一眼。Rose 撇撇嘴，又对易子涵暗送秋波。

易子涵脑中弹幕在不停飙脏话，碍于舒雅南在场，他强忍。

"小哥哥，该你出牌了哟。"Rose 甜甜一笑，再次从另一边靠近易子涵。

易子涵暗暗咬牙，出牌，正要收回手时，Rose 突然抓住他的手道："小哥哥你这牌……啊——"

他话还没说完，起了一身鸡皮疙瘩的易子涵下意识地一拳揍过去。

Rose 被打得往后倒，仰躺在榻上。

易子涵这一拳使出了全力，Rose 眼冒金星，好半晌说不出话来。

舒雅南急了，跑到他身边，正要询问他怎么样，他双眼一闭，昏了过去。

"宫垣？……宫垣？"舒雅南接连摇晃了他几下，他没有反应。

易子涵毫无愧色，轻嗤："娘娘腔就是不经揍！"

舒雅南转过头看易子涵，脸上带有愠色，语气都变得严厉："至于打人吗？还下手这么重。"

"揍他一拳算好的了。"而且，他仅仅揍了一拳，哪知道他那么不禁打！

舒雅南敛了神色，没再说什么。毕竟是她把易子涵叫过来作陪的。

舒雅南将宫垣的身体移正，准备给他脱掉西装洗脸时，想到易子涵还在，又停下了。

她转过身，没发现宫垣的眼睫毛颤动着，正悠悠醒转。

舒雅南下了床，对易子涵说："今晚谢谢你了，接下来的我能应付。"

易子涵走到窗边，一脸烦躁。他的粉丝们大概从未见过偶像那张冷淡的帅脸上，出现这种抓狂又苦恼的表情。

易子涵在窗边站了好一会儿，舒雅南问道："怎么了？"

易子涵深吸一口气，没有看舒雅南，依然看着窗外，开口道："南姐，你想要什么？我能帮你，资金和圈内资源都可以。"

舒雅南：这哪儿跟哪儿？

"我会竭尽全力帮你，我敢跟你保证，一定把你捧成一线明星。我就希望你别再作践自己，伺候宫垣那个变态。"

宫垣眉头紧皱，脑子刚刚恢复意识，就听到这种难听话……

可他整个人还是混混沌沌的，没有彻底苏醒，没力气坐起来，更不能去教训那个口出狂言的人。

很快，另一个熟悉又优美的声音飘入耳中。

"第一，宫垣不是变态，他只是有时候喜欢胡闹。第二，我没有作践自己，不管你信不信，我爱他，我们是真心相爱，不是什么包养和潜规则。"舒雅南柔软的声音变得坚定，仿佛一个战士。

易子涵转过身，手指向床榻的方向，一脸"你逗我呢"的表情，问："你爱他？一个娘娘腔精神……"眼见舒雅南表情越来越难看，易子涵把最后那个"病"字生生咽下去了。

"对，我爱他。无论他是什么样的人，无论他有什么毛病，我依然爱他。你不理解没关系，我也不需要任何人理解。因为这爱，只关乎我跟他。但是，请你不要主观臆断，谢谢。"舒雅南语气恢复平和，但柔而不弱，坚定且富有力量。

舒雅南一口气说完，房内久久陷于寂静之中。

易子涵看了舒雅南良久，一言不发，转身离去。

舒雅南关上门，返回到床边，帮宫垣解开领带和手表，又拿出湿纸巾给他洁面。

她轻轻地呼吸，轻轻地动作，没有人说话，无声的温柔在流淌。

宫垣已经醒了，却没有睁开眼，因为他还没有调整好自己的情绪。他不想在她跟前失态，尽管心里的柔软搅动一直刺激着他。

此时，他只能用假装沉睡来控制情绪。

舒雅南处理好之后，关了灯，睡在他身边，盖上被子。

黑暗中，她侧过身，将脑袋靠在宫垣肩窝，手臂轻轻环着他。爱人的亲密依偎，带着满满的眷恋。没多久，累了一天的舒雅南在贪恋的气息中睡着了。

待听到她呼吸均匀后，宫垣探出手臂，将她搂住，低下头，亲吻她的眉心。

• • •

Chapter 5 意外

▼

只要她开口，什么都好。

只要她想要，什么都给。

他已经无法想象，睁开眼看不到她的人生。

次日，舒雅南一睁开眼，便对上温柔的视线。宫垣就坐在床边看着她。

晨光从老式玻璃窗里透进来，明晃晃洒落在他周身，勾勒着他仿佛精雕细琢的脸庞。

他安静地坐在那里，安静看着她，舒雅南有种做梦的感觉。她愣怔地看他，不愿将这美梦惊醒，只想一直这么看他。

宫垣扯唇一笑，伸出手轻弹她的额头："傻了？"

舒雅南这才真正醒了过来，昨晚的记忆也回到脑海。所以，她不是在做梦，宫垣真的来了，Rose还把她折腾得够呛。

舒雅南看着宫垣的眼睛，就知道这一刻就是他，不是别的人格，是他自己。

舒雅南不由自主地笑起来，满溢的思念之情，令她像个小女孩般伸出双臂，声音软糯地道："抱抱。"

宫垣俯身，一只手穿过她后颈，一只手揽着她的腰，将她往上一捞，抱入怀中。舒雅南心满意足地紧紧依偎着爱人炙热的胸膛。

"昨晚发生什么事了？是不是Rose来过？"

"嗯。"舒雅南应声，怕宫垣不开心，马上又说，"你放心，她没惹事，没多大一会儿就睡了。"

宫垣低低应了声，将她抱得更紧。

从前他对那些人格恨之入骨，这一次却没有那么极端的情绪了。昨晚，在他就要爆发之前，所有的负面情绪，被她坚定的捍卫扫去。

如同阳光涌入心里最阴暗的角落，那些狭隘的偏激的仇视的东西，消失殆尽了。取而代之的，是洋溢于全身每个角落的温暖与感动。

院子里响起号角声，舒雅南这才惊觉，眼下不是腻歪的时候，正在拍摄真人秀节目呢。从昨晚到现在，摄像头一直遮挡着，对节目组那边都不好交代了。

舒雅南对宫垣道："你整理好自己，去帮我把盖在摄像头上的布掀开，然后去外面等我。"

"你要干什么？"宫垣问。

舒雅南窘迫地说："我得躺下去，在摄像头下，再起一次床。昨晚一直挡着摄像头，今早再不给节目组素材，就说不过去了。"

早上有一个观众喜闻乐见的大料环节，就是女星素颜起床。舒雅南的皮肤很好，在这一点上不吃亏，反而很讨喜。

说起节目，宫垣又有意见了："以后不要来这种环境恶劣的地方。不要跟我断联。"

"我来之前没想到会断联……接都接了，没办法呀。"舒雅南撒着娇，"好了，乖垣垣，配合配合我嘛。"

宫垣按照她说的办，下床整理好衣服，打开摄像头，离开了房间。

外面的院子里，几台摄像机架着，几个明星陆续起床出来活动了。每个人的目光扫过宫垣时都顿了一下，不认识的人不由得揣测他是不是新来的嘉宾。

综艺主持大咖周瑾维在圈子里人脉很广，虽然没跟宫垣打过交道，但认识他。眼下在这深山野岭突然见到寰亚的公子，他感觉非常意外。

舒雅南出来后，站在宫垣身边，对大家介绍道："这是我朋友，过来玩玩。"

此朋友非彼朋友，大家秒懂，客气地笑。

导演组那边，陈秘书已经沟通过了，他们尽量给予方便和照顾。宫垣当然是不出镜的，不仅他自己介意，舒雅南也很介意，她现在最排斥公私混杂。

易子涵昨晚睡得不好，今早睡过头了，等他打着哈欠顶着熊猫眼出门时，其他人都聚齐了。他一看到站在摄像机后的宫垣，脸色一变，瞬间移开目光，站在距离他最远处。

早上的第一个环节是吃早餐，但早餐不是随随便便就能吃到。

节目组准备了九种早餐，排成三列摆放在地上，有豆浆油条包子，有香喷喷的鲜虾云吞，有北方大水饺，有筋道的担担面，有三明治牛奶，有鸡蛋馒头，有一盒泡面，有一个昨晚剩下的窝窝头，以及一个空碗。

每种早餐都被盖住，只有云吞、饺子、三明治的罩面上贴出了标志，但距离最远。

嘉宾在红线外套环，套住什么吃什么。什么都没套到或者套着空碗，那就只能饿肚子了。套环顺序抽签决定，易子涵第一个套。

套之前，他问舒雅南："你想吃什么？"

舒雅南说："鲜虾云吞，不过我不会套那个，风险太大。套不着就得饿肚子了。"

易子涵站在红线外，挥手一扬，圆环稳稳当当落在了云吞的碗罩上。

四下响起掌声，大家纷纷赞叹他的技术。易子涵打了个响指，对着镜头帅气一笑："小意思咯。"

工作人员把云吞端到一旁的木桌上，易子涵可以一边用餐一边欣赏其他人套环了。但他坐在桌边，并没有急着吃，甚至没有打开。

轮到舒雅南套的时候，她决定赌一把运气，选择最近最好套的那个，至于里面是什么，看天意了。

她顺利套中，工作人员端起碗放到桌上，舒雅南打开一看，窝窝头，顿时泪奔了。

旁边围观的人拍着她的肩膀安慰道："好歹有个窝窝头，垫肚子够了。"

其实舒雅南不介意吃什么，但是为了节目效果嘛，套到不好的东西总得有点反应，对什么都云淡风轻就没有综艺节目该有的效果了。

"为了明天的早餐，今晚我要苦练技术！"

舒雅南正发表雄心壮志，易子涵将自己那碗鲜虾云吞推到舒雅南跟前，把她那份窝窝头端到自己跟前，说道："我们换。"

舒雅南愣了一下，马上反应过来，说道："不用不用！"

"我对虾肉过敏，不能吃。"易子涵淡淡道，把窝窝头拿起来，咬了一口。

这一幕被密切关注舒雅南的宫垣看到了。

他手边有节目组特别提供的早餐，他想着如果舒雅南套到不好吃的东西，就把她叫过来一起吃。反正这个是先录制后期有剪辑，并非每个镜头必须出现每个人。

他走过去正要叫人，看到易子涵与她交换早餐，脸色蓦地一沉。

原本在摄像机范围外的他，大大方方地走到院子中。

易子涵几乎瞬间起身，退离几步远，就像躲避洪水猛兽，眼神和肢体都是高度戒备。宫垣看都没看他，坐到舒雅南身旁，揽住她的腰，姿态亲昵地宣示主权。

"肚子饿了，还没吃早餐。"他的目光落在那碗云吞上。

舒雅南不知道节目组给宫垣准备了早餐，真以为他没吃的，马上说："那我们一起吃。"

"你不方便坐在这里，我们去一边吃。"舒雅南正要端碗，宫垣帮她端起来。

于是，两人坐在屋檐下，你一口我一口地吃着早餐，甜蜜又腻歪。

那画面对于易子涵而言……简直辣眼睛！

"那是南姐的男朋友？好帅哦！"

"两个人感情真好……"

"小涵高风亮节，成全人家。"

易子涵哭笑不得。

吃完早餐，舒雅南问宫垣："你什么时候走啊？"

"不想我留下来陪你？"宫垣眉头微蹙。

"不是，看到你我特别高兴。我也想你陪我啊，但是我在工作。"舒雅南搂着他的胳膊柔声道，"而且这不是我一个人的事，是六个嘉宾和整个团队，如果每个人都跟我一样带家属进场，节目就没法拍了。我想做个专业又敬业的艺人，不想给人留下不好的印象，更不想影响团队。"

宫垣沉默半晌，开口道："好，我今天下午走。"

曾经因为拍戏的事闹过矛盾，那一次他元气大伤，也算是长了教训，不想再重蹈覆辙。

舒雅南开心地凑到宫垣脸颊边，正想亲他一下，眼角余光发现不少八卦的眼睛正盯着他们俩。她尴尬地一笑，转移到宫垣耳边，低声呢喃："垣垣乖。"

温热的气流与她柔软的声音一起擦过他的耳膜往里灌去，软软的，甜甜的，仿佛能灌溉到心里。宫垣舒展眉头，耳根微热。

前一刻要炸毛的他，这一刻就像被顺过毛的大型犬，温顺又可爱。

另一边的易子涵一直在暗中观察他们，他越看越怀疑人生了。今天的宫垣怎么看都跟昨晚那个变态判若两人，浑身上下写着"直男"两个大字。

而且，今天的宫垣完全把他当空气，自始至终都没有看他一眼，目光倒是一直黏在舒雅南身上。

从眼前的情景来看，他不信也得相信舒雅南说的话，他们真的是在谈恋爱。

所以，昨晚到底是什么情况？宫垣故意恶心他不成？

吃过早餐后，开始新一轮游戏。六个嘉宾围成一个圈，用上嘴唇与鼻子夹着吸管，传递给身旁的人，一个接一个地传下去，传递全程不能用手。失败了就淘汰出局，根据淘汰出局的顺序，等会儿依次选择丛林探险的工具。

其他几个人传递时，宫垣看着就觉得不对劲了。到了舒雅南这儿，由另一位男星传给她。为了确保吸管不掉下去，两个人的脸越贴越近。

宫垣一遍遍告诉自己，这是工作需要，玩游戏而已，不要较真。

但是，当舒雅南顺利接过吸管，就要传给下一个人，而那个人是易子涵……

去他的游戏！

宫垣不干了。

从早上易子涵对舒雅南献殷勤，宫垣就心生不爽，眼下他们俩要贴面玩游戏，他怎么都忍不了。

"停！"他快步走入场中。

舒雅南分神朝他看去，还没靠近易子涵，吸管掉下来了。

宫垣拉起舒雅南的手走到一边，他步子迈得太快，她跟跟跄跄地跟着。

"怎么了？"舒雅南问。

宫垣说："放弃这个节目，违约金我来解决。"这里的一切都让他觉得很糟心，尤其还有一个碍眼的易子涵。

"呵呵，就你兜里有几个臭钱。"易子涵不冷不热的声音响起。

他尾随他们走过来了。

宫垣凌厉的目光扫过他。

易子涵懒得理他，转而看向舒雅南道："你要是听他的话退出节目你就是傻！以后你也别在娱乐圈混了，去给他当金丝雀养着！"

易子涵语速很快，话里夹枪带棒的。但舒雅南明白，他是为了她好。她不可能无缘无故退出节目，这不光是违约金的问题，在圈子里坏了口碑，坏了人缘，以后的路很难走。

舒雅南赔笑看向易子涵："我想跟他单独聊聊。"

易子涵不愿看到她这副委曲求全的样子，也不愿让她难堪，转身走了。其实话说出口时他就后悔了，口无遮拦惯了，忘了考虑她的感受。但他没想到，她完全没有生气，还对他笑。

易子涵无奈地叹了一口气。

舒雅南对宫垣直接表态："我不会退出这个节目。"她真的不希望屡次因为工作上的事情跟他闹得不愉快。

宫垣抿住嘴角，表情不悦，因为易子涵的挑衅，因为舒雅南的坚持。

"垣垣，我希望你不要再干涉我的工作。"舒雅南尽量用温和的语气说道，"感情是感情，工作是工作，节目的尺度我有分寸。你这么时刻盯着我，会让我喘不过气来。"

"你可以接更好的节目，不一定非要上这个。"

"第一，这个节目很好，整个团队相处融洽，幕后人员很专业。第二，既然接下来了，我就要好好完成。"

"融洽就是卿卿我我贴面玩游戏？"

舒雅南心想：没法沟通了！

"不早了，你该回去了。我也得去工作了，大家都在等我。等我录完节目回去找你。"舒雅南语气平静地道。争执不能解决问题，不如各自冷静，各干各的去。

但在宫垣看来，这种平静等于淡漠，是她冷冷淡淡地下着逐客令。

舒雅南转身离去。

宫垣看着她的背影，握着的拳头紧了又松，松了又紧，表情由紧绷到茫然无措，甚至惴惴不安，仿佛一个被抛弃的孩子……

舒雅南回到节目组，跟导演商量了一下。刚才的拍摄从她掉下吸管那儿继续，她直接被罚出场。从内心来讲，舒雅南也不想宫垣继续因为她玩这个游戏而心塞。导演同意了舒雅南的提议，拍摄继续。

游戏结束后，嘉宾们挑选辅助工具，马上就要开始登山探险。

离开前，舒雅南四处看了一下，不见宫垣的身影，直升机也不见了。

走了吧？

走了也好……

在工作期间看到他，是惊喜，也是负担。不知道怎么把握这种平衡，会让两个人都很累。

但是，这一次的不愉快，比起上次大发雷霆、针锋相对，两人明显都有了收敛。他不再那么强势霸道盛气凌人，她不再竖起盾牌句句带刺。

喜欢是放肆，而爱是克制。

爱得越深，越克制。

在野外搭帐篷时，舒雅南和易子涵一组，相互协作。

背对摄像机，易子涵说："早上话说重了，对不起。"

"没有，我知道你是为我好。"舒雅南微笑，脸上没有丝毫介怀之色，"谢谢你，真的。"

易子涵不知道说什么好，转移了话题："新专辑准备得怎么样了？之前还说找我约歌，怎么没动静了？"

"我怕你忙。你要是有空，最好不过了。"舒雅南喜出望外。

"最近还好，没安排太多工作。那我尽快给你 demo（样本唱片），想要什么风格？"

"轻摇滚。"舒雅南展颜一笑，"最喜欢你那种风格。"

"喜欢我的风格？"易子涵对她竖起大拇指，"有眼光，有品位。"

舒雅南被他逗笑了。

一天的拍摄苦中作乐，在困境中想办法解决问题，即使每个嘉宾都累得够呛，仍谈笑风生。中途有对路径选择不同的分歧，最后都达成了统一。

晚餐是在外面烧烤露营，忙碌了一天，吃起香喷喷油滋滋的烧烤格外带劲儿。经过两天的相处，大家都熟悉了，交谈越来越放松，聊起八卦毫无遮拦。

有人问舒雅南："南姐，当初为什么退圈啊？是什么促使你回来的？"

舒雅南淡淡一笑："那时候太年轻，不知道上天馈赠的礼物多难得，自己给弄丢了。现在我就想把那份珍贵的礼物再找回来。我知道不容易，但是没关系，拼搏和付出也是一种乐趣。"

当她说着话时，易子涵专注地看她，摄像机在易子涵脸上停留了好一会儿。

谈到她拍摄的电影《传奇》，大家都很给力地一再提及，帮她打广告。舒雅南的好人缘，在大家对她的态度上，就能看出来。

吃饱喝足，满天繁星相伴，众人说说笑笑开始回程。

累了一天，大家都迫不及待地想回屋上炕，好好睡一觉。今晚节目组也很给力，都有热水供应，可以泡在木桶里好好洗个澡。

舒雅南还没走到自己房门前，就看到门口有一个高大挺拔的身影。

宫垣？即使是远处的一个剪影，她也能迅速认出来。

他不是走了吗？怎么还在？他一直在这里等她？

易子涵也看到宫垣了，原本他与舒雅南并肩前行，隔着差不多一两个人的距离，此时他故意拉近距离，挨在舒雅南身边，低下头在她耳边说话。

其实他说的也就是关于明天的安排，但是在夜色下，从远处看，姿态分外亲昵。

宫垣目睹这一幕，心里火气陡然升起，但他克制住了。他特地等在这里，不是为了再次发生矛盾。

舒雅南很快拉开跟易子涵的距离，除非拍戏需要，她不习惯跟异性过分靠近。

易子涵一双大长腿走得快，从舒雅南门前走过时，轻蔑的眼神扫过宫垣，用两人听得到的声音嗤笑道："娘娘腔，阴魂不散。"

宫垣表情猛地一变，眼里陡然迸出怒火。

他快步上前，拽住易子涵的衣领，往后一扯，朝着他那张精致的脸，一记狠拳揍去！易子涵被打了个猝不及防。他是故意恶心宫垣，但没想到宫垣会动手……

他不甘示弱，立即反击。相比昨晚一哭二闹纠缠，他更喜欢用这种男人的方式来解决问题，动起手来也更畅快。

这两人动起手，舒雅南吓得飞跑上前，抱住宫垣，阻拦他："垣垣，别闹！"

被舒雅南抱住，他停下，低下头看她。

两人视线相接，舒雅南愣怔呢喃："Anger……"

这是 Anger 的眼神，错不了。

舒雅南牢牢抱住宫垣，回过头看向易子涵说："对不起，他不该先动手。我替他道歉。"

易子涵耸耸肩，对那些围观的和试图劝阻的人说："没事儿，都散了散了。"说完，自己回房了。

其他人相继散去。

等到无人时，舒雅南抬起头看宫垣，再次问了一遍："Anger？"

他点了一下头。

舒雅南还记得上一次见面，她在商场出席活动时 Anger 突然出现，两人突出重围，她带他去吃路边摊，给他喂食，结果害他吃得去了医院……

舒雅南很惭愧，对 Anger 一脸歉意地笑笑："上次真对不起，把你害惨了。"

Anger 摇头，再次摇头，表情有点急，似乎在拼命抗拒舒雅南的歉意。

舒雅南微笑："我知道你不怪我。"

Anger 用力点头。

舒雅南被他那模样逗笑了。

她想了想，说："我们去露营吧。我今天去了一个好地方，我们过去搭帐篷，看星星。"

Anger 面露期待，双眼亮着光。他前一刻是愤怒青年，这一刻犹如雀跃的大孩子。

舒雅南准备物资工具，塞了两大包，递给 Anger 一个说："我们一人背一个包。"话还没说完，她正要往背上背的包包被 Anger 拿走了。

他一左一右一边背一个。

舒雅南没跟他抢，打趣道："好体贴，暖男哦。"

Anger脸颊微微泛红。

两人走出院子时，Anger牵起舒雅南的手。

可是他的胳膊一动，包包就从肩上滑下来了，他不得不用另一只手来拉包。拉上来，手一松开又往下滑，他再次伸手去拉包。

舒雅南看他手忙脚乱的样子没忍住笑了起来，Anger表情有点窘迫。舒雅南忙止住笑，说："我们一人背一个嘛。"说着就要去拿包。

Anger侧身躲避，再次拒绝。但这一次他换了个方式，他把两个双肩包一个背在前面一个背在后面。这样就很稳当，不会往下滑了。虽然样子有点滑稽，却舒服多了。

然后，他伸出手，牵住了舒雅南的手。

这就是Anger，跟宫垣完全不一样的人。如果是宫垣会怎么做呢？舒雅南不由得想，嗯，他也会帮她拎包。他应该会一只手拎着一个包，维持着翩翩风度，然后命令她挽上他的胳膊。舒雅南想到宫垣那傲娇的样子，忽然笑了起来。

Anger听到笑声转头看她，舒雅南再次粲然一笑。

陈秘书带着保安队静静尾随在他们身后。

不多时，舒雅南带着Anger来到他们白天安营扎寨的地方。傍晚离开的时候，发现这里的夜空特别美，看到Anger，她就想带他来。

上一次她带他吃好吃的东西，这一次带他看大自然的美景。她希望他每次出来时，能用不多的时间好好享受生命的美好，而不是被痛苦和怒意困住。

墨蓝色的夜空，繁星点点，月光如瀑倾泻。

舒雅南将探照灯打开，带着 Anger 一起搭帐篷。她跟节目组要了两顶小帐篷，有白天的经验，加上 Anger 动手能力很强，不一会儿两顶帐篷就搭好了。

白天的桌子椅子烧烤架都还没撤，舒雅南拿出食材，给 Anger 弄烤肉。Anger 在一旁看着，一会儿看肉，一会儿看舒雅南，星光落入他眼底，熠熠生辉。

"这次是健康食品，调味剂也用得少，你的肠胃应该没问题。"舒雅南翻着烤肉，笑吟吟道。

Anger 看她比看肉的时候多。

烤肉熟了，她夹起一片，用盘子托着，递到 Anger 嘴边道："慢慢吃，有点烫哦。"

他张口咬下，慢慢咀嚼。

Anger 夹起一块培根夹金针菇，递到舒雅南嘴边，眼巴巴地看着她。舒雅南晚上不想吃东西，但敌不过 Anger 的眼神，咬下去了。

Anger 咧嘴一笑。

舒雅南惊讶得嘴里东西都忘了嚼。

Anger 笑了！还笑得这么好看！

原来他也会这么笑，和一个拥有喜怒哀乐的正常人一样，不只是愤怒的代名词。

舒雅南回想从最初见到 Anger，每一次他的痛苦、他无声的宣泄，到现在他灿然舒展的笑，莫名地快要热泪盈眶。

舒雅南被 Anger 这一笑感动了，大吃起来。两人就像两个小孩子，在漫天星光下，以天为盖地为庐，互相喂食，吃得不亦乐乎，看着彼此傻乐。

吃完后，两人坐在草坪上看星星，舒雅南教 Anger 怎么看星座。

Anger 却有点心不在焉，他在靠近舒雅南，越来越近。

舒雅南一转头，他的脸庞近在咫尺，舒雅南下意识地往后一仰，就在他的唇快要印在她脸上时躲开了。

Anger 的脸庞霎时憋得通红，就像想做坏事还没得逞就被抓个正着的小朋友。

舒雅南挺尴尬的，她在心里捋了捋思路，笑着说："咱们是好朋友，可以一起吃喝玩乐，但亲亲抱抱是情侣间才能做的事情哦。"

她不知道 Anger 对她是什么感情，以前她还在探究，但以后不管是哪种，她都必须往友情方向发展。因为她跟宫垣在一起了。

Anger 低下头看草地，耳根仍然带着红晕。

"明天要拍摄节目，我不能熬太晚，准备睡觉咯。"

两人分别进帐篷躺下，繁星闪烁，星光从透明的帐篷顶部洒下来。

舒雅南看着星星，打了个哈欠，说道："我有点困了……我唱歌给你听，我们一起睡觉吧。"

舒雅南轻轻哼起一首小众民谣。

万籁俱静，舒雅南的歌声和着风儿和月光，送到 Anger 的帐篷里，如温柔的爱抚，如呢喃的耳语，Anger 闭上眼，徜徉在感官的世界中。

渐渐，歌声落下时能听到另一个人轻微的鼾声。

舒雅南放下心来，她唱着唱着，声音越来越小，自己也睡着了。

舒雅南做了一个梦，梦里她和宫垣在湖心泛舟，她玩心大发，双手兜起湖水往他脸上泼。突然船翻了，她和宫垣一起落入冰冷的湖水中。她看到宫垣在水中挣扎，她拼命地朝他游去……

可无论她怎么卖力游动，就是靠近不了他，明明他在不远处。她能看到他的痛苦挣扎和他几近窒息的脸庞，她心如刀绞，急得快要哭了，手脚拼命地划水，始终没法靠近他……

可怕的绝望铺天盖地将她淹没……

噩梦使舒雅南蓦地睁开眼，黑白分明的眼底还氤氲着泪水，心脏在闷痛。有那么一会儿，她在心痛中没缓过来，赶忙起身去Anger的帐篷。

"怎么了？"

宫垣挥动手臂，眉头紧紧皱着，像是陷入噩梦中，正在极力摆脱。

"醒醒……醒醒！"舒雅南摇着他的肩膀，他猛地睁开眼。

在瞬间的恍惚和痛苦后，那双眼睛迅速恢复清明理智，他坐起身，看到了舒雅南。

舒雅南毫不犹豫地问："宫垣？"

宫垣点了一下头，环顾四周："谁出现了？发生了什么事？"

他的记忆停留在他等舒雅南回来，看到易子涵跟她亲近耳语……易子涵对他挑衅时，他脑子一热，浑身血液都烧起来了，然后，他跌入黑暗中……

宫垣还在思索，舒雅南扑上前，紧紧抱住了他。

宫垣愣了一下，眼里溢满柔情。

两个从噩梦中醒来的人，需要在彼此的气息和体温中索取慰藉。

紧紧拥抱良久，舒雅南才松开宫垣，说："之前是Anger，我把他带出来露营，我就睡在隔壁帐篷里。"

宫垣抬手，轻轻抚摸她的发丝，轻叹道："你跟他们相处得越来越好了，每一个你都有办法应对。"

舒雅南靠在宫垣胸膛上，沉默了一会儿，说："但每一个都不是你。我爱的人只有你。"

是的，她很确定，只有对宫垣才是爱情。

"早上以为你走了，怎么晚上还在？"

半晌，宫垣声音喑哑道："是走了，明明很生气，但更怕你生气，又回来了，想跟你道歉。"

短短几句话，舒雅南把宫垣的窝火傲娇纠结又不得不低头的那种百转千回体会得淋漓尽致，她掩住唇，无声偷笑。

宫垣抬起她的脸庞，吻上她的唇。

炽热的吻不断加深，直到他完全拥有她，感受她。

两人在星光下，汗水相混，紧密相贴。

如果生命要终结，死在这一刻，未尝不是最好的结局。

舒雅南轻轻抚着他的后背，柔声道："拍节目的事，我有分寸，给我空间好吗？"

他埋头在她颈间，低低应了声："好。"

只要她开口，什么都好。

只要她想要，他什么都给。

他已经无法想象，睁开眼看不到她的人生是什么样的。

• • •

Chapter 6 绽放

这世间所有美好，

都不及遇见你。

黎明时分，舒雅南醒来，一扭头，看到身边的宫垣。他像小孩子抱着心爱的玩具，双手双脚圈着她，眉头舒展，脸上表情满足。

舒雅南不由得伸手抚摸他的脸，仔细抚过他脸上每一寸肌肤，体会他的触感、他的温度……

脑海中灵光乍现，舒雅南小心翼翼地从宫垣怀里抽离，坐起身，离开帐篷。

她回到自己的帐篷里，从包里拿出随身带的记事本和签字笔，坐在将明未明的苍穹下，笔在纸上沙沙作响。她脑海中浮现出一幅又一幅画面，不经意间，泪水滚落，打湿了纸张。

天色渐渐明朗，她沉浸在另一个世界里，一边用沙哑的喉咙轻轻哼着曲子，一边不停地写写画画。宫垣从帐篷里出来，走到她身旁，她浑然未觉。

他的手臂揽上她肩膀时，她吓了一跳。宫垣正要抽出她的本子看，被她拦住了："我在写歌呢，不要破坏我的感觉。"

"好。"宫垣从善如流，乖乖坐在她旁边。

"去我对面坐，坐在我一抬眼就能看到你的位置。"舒雅南下命令。

宫垣很听话地坐在了她对面。

舒雅南继续写，时而抬头看一眼宫垣。他没有说话，安静陪伴。最后一个谱子结束，她放下笔，抬起头。旭日从宫垣身后的天空往上爬升，光芒一寸寸移过来，直到将他完全笼罩。他坐在光里，对着她扬起嘴角。

舒雅南在愣怔过后，迅速拿起手机，对着宫垣拍了一张照片，将这一刻定格下来。

这世间所有美好，都不及遇见你。

这是第三天，也是节目拍摄最后一天。大部队下午回程，舒雅南不想搞特殊，让宫垣自己先走了，她跟节目组一起离去。

去往机场的路上，舒雅南跟经纪人苏娜通电话。

"娜姐，我想自己写首歌。"

"写呗。"

"我希望能作为主打歌，重点宣传打造。"

"那你好好写啊，质量得过关。等等……"苏娜好像突然醒过神了，说，"不对啊，你以前还没自己写过，你能行吗？"

"我也懂一些音律，这次我很有感觉。"

"行吧，试试也好。创作型才女也是一个卖点。"

"我已经写好了，歌名就叫《爱你的几个我》。"

"听着有点意思啊……"

"还有一首歌，我准备找易子涵合作。"

"可以啊，他是'嘻哈小王子'，曲风很受小年轻们欢迎。"

上了飞机，舒雅南跟易子涵的座位恰好在一起，舒雅南把写好的一首歌递给易子涵，说道："我写了一首歌词，你能给我谱曲吗？"

易子涵接过来，笑道："你大牌啊，直接给我命题创作。"

一般写歌都是先有谱子再填词。

"太相信你的实力了。"舒雅南跟着笑。

"就冲你这句话，这事儿妥了。"易子涵展开纸张，清秀飘逸的字迹映入眼帘。他忽而笑了笑，低低的声音仿佛在自言自语，"你的字还是那么好看。"

"什么？"舒雅南没听清。

"没什么。"易子涵淡淡道。

舒雅南的新专辑在紧锣密鼓筹备中，因为临时加入新歌曲，又要集中忙碌一段时间。这期间，她一边参与真人秀拍摄，一边录制新专辑，拍摄新歌MV。这次个人专辑名为《蜕变》，主打歌《最好的我们》在前期推出后，获得了热烈反响。

　　舒雅南在忙碌中，想方设法挤出时间跟宫垣约会。爱人和事业，缺一不可。如果说工作是透支，跟宫垣在一起就是充电，能让她放松又快乐。

　　这天晚上两人正腻歪着，苏娜来电话了。

　　"丫头，《爱你的几个我》编曲出来了，我听了小样，很棒哦！"

　　舒雅南开心地笑起来："被娜姐这么肯定，我有信心了。"

　　"我们打算重点推这首歌，把它作为这张专辑的主打。明天你到录音室来，我邀了几个大咖把关，力求最好！录完就拍MV，导演方面我已经有了人选。"

　　"明天……"舒雅南转头看了看宫垣，说，"后天行不行？明天我还有事。"本以为明天没有通告，她刚跟宫垣约好了，一起去泡温泉。

　　"明天什么事？你的行程里没有特别安排啊。"

　　"我有些私事。可能抽不出时间，后天好不好？"

　　"行。对了，明珠卫视开始筹办跨年晚会了，他们对你发出了邀请。我想把这首歌定为表演曲目，你觉得怎么样？好处是可以为这首歌造势，缺点是它刚推出，可能传唱度还不高。你怎么看？"

　　舒雅南毫不犹豫地道："就这首歌。"

　　"行，听你的。"苏娜笑眯眯地道，"我有预感，这首歌以后会成为年轻人的KTV首选歌，值得大力推广。"

　　挂了电话，舒雅南想到元旦那一天行程安排得很满，跟宫垣商量。

　　"刚刚娜姐在跟我确定元旦的行程，那天你自己安排吧，我要参加明珠卫视的跨年晚会。"

宫垣毫不犹豫地道："我去陪你。"

"我知道你很忙，"舒雅南见宫垣表情阴沉，俏皮地眨眨眼，"到时候有很多圈内朋友，完了大家要一起嗨皮，我不方便带你这个分量级的家属呀。"

"哦。"宫垣应声，"欺负我没朋友。"

"你也可以交交朋友啊。"

宫垣恢复高冷脸："我很忙。"

"所以说我善解人意嘛，我就知道你很忙。"舒雅南狡黠地绕了回去。

次日，宫垣带舒雅南去度假别墅泡温泉。晚上八点，两人裹着浴袍靠在沙发上吃水果，舒雅南打开液晶电视，今晚《一路向前》在香蕉卫视首播。

由于参与的几个嘉宾都有热度，尤其是男嘉宾的女友粉们，相当疯狂给力，节目话题热度一直不减，持续占据热搜前三，今晚算是在万众瞩目之下开播了。苏娜叫舒雅南放宽心，香蕉台本身具有平台优势，加上几个嘉宾综艺感都不错，收视率一定不会低。不过舒雅南心里还是紧张，一到播出时间，她就守在电视前。

节目放到吃早餐那段，易子涵问舒雅南想吃什么，到后来强行跟她交换早餐，都被剪出来了，舒雅南的不好意思在配音和特效制作下，显出了几分女孩特有的羞怯情态，易子涵就是霸道总裁范儿的暖男，背景音乐还配了一首情歌……

坑人的节目组哦，哪知道他们会这么弄！舒雅南莫名心虚，眼神飘向宫垣，宫垣看着电视屏幕，面无表情。

舒雅南拿起手边的平板电脑，嘻嘻笑道："看自己演的东西怪没意思的，来，我们玩游戏！"她试图把宫垣的注意力从节目里转移开。

　　宫垣将她手里的平板电脑抽走，放在一边，专注地看着屏幕道："认真点。"

　　舒雅南哭笑不得。

　　节目放到了玩游戏的环节，就是宫垣发飙的吸管游戏，舒雅南正要把吸管传递给易子涵，她被画外音影响，脑袋一转，东西掉下来了，被判出局。当然，画外音不是宫垣的声音，被其他人替代了。

　　舒雅南立马挽着宫垣的胳膊道："这是我跟导演商量的，直接出局。我可是放弃了工具优先选择权呢，就怕你不开心。"

　　宫垣嘴角微微扬了一下，说道："没关系，我知道你是在工作。"

　　哼！装呢！舒雅南暗暗撇嘴，这会儿明显没有刚才那么低气压了。

　　舒雅南不想宫垣再把注意力放在节目上，游戏不行，只能自己亲身上阵了。她翻个身，坐在宫垣大腿上，身体堪堪挡住了他的视线。她的脑袋抵在他额头上，低声软语："我的背有点痒，你帮我抓抓嘛……"

　　在吃瓜群众眼中，舒雅南跟凌岩还是一对。而且舒雅南比易子涵大几岁，又没有易子涵那么红，易子涵的迷妹们疯狂攻击舒雅南，说她强行炒CP，尴尬溢出屏幕。凌岩的粉丝纷纷@凌岩，叫他看媳妇"爬墙"。第一期的节目效果，算是在这个三角恋的炒作中彻底爆了。

　　原本节目组炒CP是为了制造话题，但接下来的发展，有点收不住了。易子涵的粉丝和凌岩的粉丝联合起来，对舒雅南群起攻之。舒雅南的粉丝群体没他们庞大，粉丝战斗力也没有他们的女友粉亲妈粉们那么彪悍，舒雅南的微博全面沦陷。

苏娜对节目组的行为火冒三丈："他们脑子是进水了吗，拉你跟易子涵炒CP！闹得绯闻满天飞，得罪了宫总怎么办？！"

舒雅南无奈极了。

在她被喷得抬不起头时，她的经纪人首先考虑的竟然是怕得罪宫垣……

舒雅南无奈地道："眼下要公关的是我的个人形象，我要不要发个长微博澄清一下？"

苏娜说道："就怕越描越黑，现在主要看凌岩和易子涵的态度。"

在事情发酵过程中凌岩始终保持沉默，倒是易子涵发了一条微博。

"我跟南姐是认识几年的老朋友了，在我最困难的时候，南姐帮过我。这次有机会一起上节目，我很高兴，帮助她照顾她都是理所应当的。姐弟同心，其利断金。南姐威武！"

易子涵这条微博一发，粉丝们心里便舒坦极了，那些担心他恋爱的女友粉也放下心了，偶像还是大家共有的。一夜间，粉丝们转了风向，纷纷跑到舒雅南微博下道歉，并表示子涵的姐姐就是大家的姐姐，她帮助过子涵，粉丝们都会回报她爱护她。

节目播出后带起的这场CP风波，让舒雅南的粉丝又涨了两百多万，顺利突破千万大关。舒雅南转发了易子涵这条微博，配文：小涵霸气！

情侣二人组变成姐弟二人组，舆论爆点赚到了，结果皆大欢喜，所有人都开心。

苏娜问舒雅南："你以前还帮过易子涵？什么时候的事？"

舒雅南一脸茫然，随即笑道："这就是他的公关措辞吧？"

当年她在圈内打滚时，易子涵还没有出道，两人能有什么交集？

"易子涵为了帮你也是拼了，主动给你脸上贴金。你这好人缘真是没谁了。"苏娜啧啧叹道，"之前还担心你们俩一来二去的搞暧昧，宫总那边不好交代……"

"我们没有搞暧昧！"舒雅南打断她的话，强调。

"我知道，这不是担心他有那方面的心思嘛，现在看来小伙子明白得很。如今立场摆到了姐弟上就没事儿，一清二白，宫总也不会闹心。"

"他没这么小气啦。"舒雅南笑道。

才怪！他是最小气最幼稚的男人！最近闹绯闻的时候，他每晚都缠着她。

无论如何，这件事儿算是过去了。舒雅南给易子涵发微信："谢谢你。还有，你的歌很好听！"

易子涵很快回复："不客气。"

依然是简单利落帅气。舒雅南早就习惯了他的风格，会心一笑。

时间在充实的忙碌中飞快过去，转眼到了年底。

元旦节的夜晚，很少参与家族活动的宫垣，破天荒参与了晚宴。宫志诚很高兴，端着酒杯走到宫垣身侧，说："最近表现不错，老爷子很满意。"

"你跟那个小明星的事情我知道。"他又说，"玩玩我不会管你，但要注意分寸。"

宫垣淡淡一笑，没有应声。

他径自走向一位叔叔辈人物，与他攀谈起来。

相比以前高冷的行事风格，宫垣现在有了很大的转变，主动与一些利益相关的人走动。

因为他要给舒雅南一个未来。这个未来，必须能满足她想要的一切。

他的精神状况不好，已经无法给予她一个正常的男人，他不允许连物质和地位都失去。所以，他要娶舒雅南，他也要主宰寰亚。

晚宴上，程家千金程景心注意到宫垣，主动过来跟他攀谈。宫垣冷淡敷衍，说了没几句就走开了。程景心看着他的背影，有些懊恼。

喝了几杯酒后，宫垣甚觉无聊。他拿出手机，走到窗台边，给舒雅南打电话。

电话接通，低柔的女声带着甜美的气息从听筒那端传来："宝贝儿，咱们等会儿聊啊。我准备登台，结束了给你电话。"那端还能听到周边忙碌的杂音。

"嗯。"宫垣应声，嘴角不经意间扬起。只因为她的声音在耳边响起，说了几句话，心中的无聊和烦躁突然就被驱除尽了。

挂掉电话后，他的目光投向窗外。

夜空繁星密布，银灰色的云游移飘浮。他看着星，看着云，看着月，无论看着什么，都仿佛看到了舒雅南的身影。

他又给陈秘书打电话："准备一下，马上去明珠电视台。"

宫垣离开晚宴大厅，归心似箭地往外走。

车子在酒店外等待，宫垣在陈秘书陪同下走出来，还没上车，就看到了不远处的一块大屏幕。

酒店外墙上的 LED 大幕正在播放明珠电视台的跨年晚会，前面围了不少年轻人。

屏幕上刚好出现舒雅南的身影。司机将车门打开，恭敬地弯下腰，宫垣迟迟没有上车。

他的目光落在大屏幕上，一步步走过去。

周围是几个小女孩的尖叫声。

"Anya 登台了！"

"终于等到了 Anya！"

舒雅南坐在一架象牙白的钢琴前，随着舞台中央缓缓升起，光线渐渐明亮，她穿着红色连衣裙，长裙曳地，大大的裙摆如海浪翻涌。幽蓝的特效灯光打下，舞台中央的她，宛如出水洛神，美得令人屏息，又如海面上燃烧的一团热烈火焰。

宫垣一直知道，舒雅南是耀眼的。可是，当舒雅南出现在舞台上，当镜头扫过下方那么多喊着她的名字为她疯狂的人，他不仅感觉到她的耀眼，更发现除了自己，还有那么多人喜欢她迷恋她……

镜头给了舒雅南手部特写，她的十指在琴键上游移。没有任何伴奏，钢琴悠扬的调子环绕全场。

屏幕右下方出现了几排字幕。

歌曲：《爱你的几个我》

演唱：舒雅南

作词：舒雅南　作曲：易子涵　编曲：易子涵

前奏过后，舒雅南对着钢琴上安置的话筒，在自己弹奏的轻灵乐声中，开口吟唱。

当我困在黑暗里

长眠尘埃与灰烬

怎么对你说

那些你听不懂的言语

当我紧闭的双唇

只能用力去吻你

怎么对你说
那些折磨我的怒惧

当我忘记全世界
所有只有一个你
怎么对你说
你是我存在的意义

当我攀山越岭
只为追寻你的身影
怎么对你说
你是天边最亮的那颗星

当我害怕这世界　当我囚禁在噩梦里
你能不能不要放弃
我想对你说　几个我都在爱你

当我沉沦肆意　当我不认识自己
你能不能将我唤醒
这些都是我　爱你的几个我

当我口是心非　当我被所有人厌弃
你能不能不要放弃
我想对你说　几个我都在爱你

当我失去一切　当我被黑暗打碎
你能不能将我拼凑完整
这些都是我　爱你的几个我……

大屏幕下，几个女生跟着一起唱起来。

宫垣站在原地，看着屏幕上的人，外界的一切杂音消失。仿佛穿过屏幕，她就坐在他眼前，弹着钢琴，唱着歌。这个世界，只有他和她。

她看着他，她对他唱歌。

当我害怕这世界　当我囚禁在噩梦里
你能不能不要放弃
我想告诉你　几个我都在爱你

当我沉沦肆意　当我不认识自己
你能不能将我唤醒
这些都是我　爱你的几个我

当我口是心非　当我被所有人厌弃
你能不能不要放弃
我想告诉你　几个我都在爱你

当我失去一切　当我被黑暗打碎
你能不能将我拼凑完整
这些都是我　深深爱你的几个我……

"帅哥，你怎么了？"有个女孩子对着一旁的宫垣问道。这个帅哥帅得亮瞎人眼，可他就那么呆站在那儿，看着大屏幕，双眼湿润。

宫垣没有回应。她还在唱，他耳边一切声音都被过滤掉，全世界只有她的歌声。

直到一曲毕，现场爆发出热烈的掌声，舒雅南从钢琴前站起，主持人登台，他才回过神。

几个女孩子走到他身边，你一言我一语地跟他搭话。

"嘿，你也是 Anya 的粉丝吗？"

"看来是骨灰级呀，听着 Anya 的歌都快哭了。"

"她这首歌唱得真感人……我每次听都会被感动……"

宫垣愣怔地抬起手，拭过脸上的湿润。

他流泪了吗？是他，还是他体内的那些家伙？

在她唱歌的那一瞬间，他的身体前所未有地平静，前所未有地安宁。他甚至能感觉到，那些家伙都在跟他一起，凝神屏息地听着她的歌声……

舞台上，主持人在跟舒雅南对话。主持人首先恭喜她的新歌在首发半个月牢牢占据各大热搜榜的前列。在全场热烈的呼声中，主持人退场，她开始演唱第二首歌。

屏幕下方出现字幕。

歌曲：《哪个才是你》

演唱：舒雅南

作词：舒雅南　作曲：易子涵　编曲：易子涵

与第一首歌蕴含空灵寂静的忧伤不同，这次她站在了落地麦克风前，她身后是一支乐队。贝斯声，伴着一声又一声有力的架子鼓敲击声，她的歌声响起。

浪漫的英式摇滚，带着强有力的节奏感。站在舞台上的舒雅南，双手握着麦克风，忘我地演唱，脸上表情一如她的歌声，有深情，有疑惑，有眷恋，有迷茫，夹杂了那么多百转千回的感情。伴着热烈的乐声，她唱出浓浓的深情，又唱出浪漫的忧伤。

全场观众都沉浸在歌声中，旋律响起第二遍时，大家一起跟着大合唱。

舒雅南下台后，工作人员纷纷迎上前，为她绝佳的表现欢呼喝彩。

这次跨年晚会在明珠电视台的一号演播大厅进行。明珠卫视花重金请了多位当红明星助阵，包括当年 MISS 组合中另两位在娱乐圈很活跃的女星。舒雅南表演结束后，没有急着离去，而是带着助理去往后台，在为演出明星特设的休息室等待几个好友。

在娱乐圈打拼的人，时间都不属于自己。大家平日里忙得团团转，难得在今晚这个特殊的日子里凑到一起。早在看到节目组的演出名单时，几个老友就互相约好，晚上要好好聚聚。

舒雅南坐在休息室的沙发上，拿出手机，刚想拨通宫垣的电话，就有几个娱乐圈里的朋友过来打招呼。她当即放下手机，与大家热络地聊起来。

虽然舒雅南势头很足，乘风而上，但她的行事风格一直很谦逊低调，给人留下了非常好的印象。再加上早年在娱乐圈里认识的那些朋友经过这几年，不少混成了大咖，她在娱乐圈属于路子多人脉广的那一类，走哪儿都会遇到熟人，都有谈笑甚欢的朋友。

舒雅南在休息室内跟人相谈甚欢时，宫垣正坐在车上。

车子飞速驶向明珠电视台广电大楼。他靠在椅背上，目光落在前方的车载电视上，屏幕上反复播放着舒雅南的演出片段。

坐在前方副驾驶位的陈秘书，在那两首歌第三遍回放时转过头说："舒小姐的歌声很动人。"

车灯下，宫垣的眼睫毛被镀上一层浅浅的橘色光晕，他的表情也仿佛被光晕浸透，散发出极为柔和的暖意。他看着屏幕里唱歌的人，一言不发。那双漆黑的眼睛格外明亮，犹如夜空中两颗璀璨的星子，而他目光所及之处，就是他毕生所寻。

陈秘书心底暗暗叹息。

宫垣终于拥有了幸福。现在的他，一眼就能看出是个坠入爱河中的男人。

这段日子，他会二十四小时带着手机等待某个人联系；他会看着文件时，忽而愣怔，然后微微一笑；他会因为当天有约会，面对犯错的下属都保持着良好的情绪；他会在要见面之前，对镜自照，整理仪容。他会拿着手机，一边往会议室走，一边低声细语地跟那边说话；他会在自己毫无察觉的时候笑起来……

这要在以前，根本无法想象。陈秘书只能一再感叹，爱情有种可怕的魔力。

• • •

Chapter 7　跨年

▼

给我一个有你的未来。

不要留退路，不要离开我。

车子驶入明珠电视台广播大楼的停车场，宫垣下车后，给舒雅南打电话。

手机响了很多声，那边才接起来。

"在忙吗？"宫垣问。

"嗯，跟几个朋友在闲聊。你呢，在忙什么呀？"此时，舒雅南在休息室内跟几个朋友一起谈天侃地，拍照发微博。

那边热络说笑的声音，通过手机听筒传到宫垣这边，他微微皱起眉。

一个男人的声音从远处传来："南姐，跟谁这么黏糊呢。该不会又有主了吧？"

又一个人说："阿成好不容易盼到你跟凌岩分手，正蓄势待发，你可别给人泼冷水啊。"

上一次舒雅南和易子涵炒CP掀起的轩然大波，使经纪公司意识到凌岩已经不再是舒雅南的助力，捆绑炒作可以解除了。于是，经过与凌岩经纪团队商量之后，由那边主动发通稿表示，两人性格不合已分手。舒雅南的经纪公司最终予以确认。这件事情，新世纪公司由于收到上层的指示，处理得特别谨慎周到，各类公关文章堪称完美，大批水军时刻在线引导舆论。一场低调又温和的分手，在一片平和中落幕。

大家在唏嘘物是人非之时，不免为舒雅南长吁短叹，为她蹉跎了几年最美好的时光而感觉不值，但又对她失恋后坚强勇敢面对新生活的姿态钦佩不已。这件事不仅没有折损她的人气，还让她多了一大批独立女性粉丝。

自那之后，舒雅南就以单身形象出现在公众视野里。

此时，面对大家的调侃，她笑着道："一个人多潇洒自在！我是怕了，才不要又跳进坑里！"

一个女孩子接口："南姐不急，慢慢挑，这次一定要把眼睛擦亮，挑个最好的！"

"我对 Anya 是有贼心没贼胆啊，追求者太多，竞争激烈，我就坐看他们龙虎斗……"

宫垣听着手机那端传来的你一言我一语，眉头越皱越紧。

舒雅南跟他们闲扯了几句，见听筒里还没传来宫垣的声音，又说："你在忙吗？那你先忙啊，我们过会儿再聊。"她主动把电话挂断。

宫垣上楼时，陈秘书给台领导打了个电话。副台长亲自到一楼大厅迎接他，两人寒暄了几句，副台长带着宫垣，一路畅通无阻地走到一号演播厅后台的休息室。

宫垣走入时，舒雅南正与男歌手杨建合影。这位歌手是名 90 后，当年念书时是舒雅南的粉丝，虽然现在风头正盛，有新晋小天王的架势，面对偶像还是兴奋不已。知道今晚舒雅南也在，他忙不迭跑来找她。

杨建搭上舒雅南的肩膀，嘴唇靠近她的脸颊，摆出像是要亲她的姿势，让身边的人帮忙拍。

手机还没递出去，肩膀突然被一只手扣住，杨建的手被挥开，舒雅南被拉拽而起。宫垣伸手一揽，舒雅南便落入他怀中。

一时间，众人的目光都集中在这个突然出现的男人身上。

刚从晚宴上出来的他，发型打理得一丝不乱，身着合体剪裁的深灰色西装，没有一丝褶皱的白衬衣，领带缎面淡淡的光泽，衬得他愈加俊美。

现场没人认识他，但大家都能一眼感觉出，这不是普通角色，气场强大，贵气逼人。

宫垣抬起舒雅南的脸庞，她的目光刚触及他的眼，他的唇覆下，吻住了她……

一阵此起彼伏的吸气声响起。

舒雅南又是震惊又是尴尬。她没想到宫垣会突然出现，更没想到他会在大庭广众之下这么夸张地与她亲热。

她挣扎着，用力推开宫垣，面带娇羞，用开玩笑的语气说："胆儿也忒大了。"

众人回过神，纷纷起哄："果然有情况！"

"嘿，金屋藏娇啊，不给我们介绍介绍？"

"这是哪家的公子啊？"

"原来南姐已经暗度陈仓了，嘿嘿……"

舒雅南马上道："你们可别乱说啊。"

她又瞪了宫垣一眼："下不为例！"

宫垣俊美的脸上没有表情，一言不发，转身离去。

在宫垣的身影消失在门外后，那股由他带来的强烈的压迫感才渐渐缓和。舒雅南跟大家若无其事地聊了一阵子后，借口去补妆，离开了休息室。

出来后，舒雅南忙给宫垣打电话，响了几声后被挂断，她又给陈秘书打电话。

"宫垣还在电视台吗？"

"我们在停车场。"陈秘书详细地说了车子停的区位。

陈秘书回头看了一眼宫垣，他站在车外，脸色阴沉，眉头紧锁。这一会儿工夫，他已经抽了半盒烟了。

陈秘书斟酌了一下，开口道："少爷，发生了什么事吗？"

宫垣又抽了几口烟，说道："她对外宣称单身，不公开我的存在。"

"小舒身份特殊，工作需要……"

"这跟工作无关，公开我的身份对她没有坏处。可她就是不愿意，不肯跟我同居，不让媒体和粉丝知道她有男朋友，跟我约会都要掩人耳目……"宫垣越说眉头皱得越紧。

"小舒做事比较谨慎。而且在感情上她比你成熟，你比较患得患失，她的状态很稳定。"

宫垣就像是在茫茫大海中快要溺毙的人，终于抱到一根浮木，那是救命的东西，唯一的希望，他恨不得抱得死死的，怎么都不可能撒手。而舒雅南是于千万人之中，恰好遇到了这个，爱上了就在一起，不爱了就放手。家人、朋友、事业，这些东西在她心里都很有分量。

宫垣突然说："她是不是为自己留后路？"

陈秘书抚额："少爷，不要再想了。"

"垣垣——"就在这时，一道软甜的声音响起，舒雅南朝他挥手，快步走来。

宫垣当即背过身，不看她。穿着红色大衣的舒雅南飞扑上前，就像一团跳跃的火焰，从身后将他抱住，笑嘻嘻道："没想到垣垣今晚会突然出现，好开心，超级大惊喜！"

宫垣深呼吸几下，扯动嘴角，转过身，正要说出一肚子反唇相讥的话，舒雅南踮起脚，亲上他的唇瓣。他猛地一愣，神思恍惚。

舒雅南双臂环上他的脖子，紧贴在他怀里，声音软绵绵的带着讨好道："之前是工作需要，宝贝儿乖，不要介意哦。"

宫垣要发作的话在嗓子眼卡住了。

她又凑上去亲了他一口，一双眼睛眨巴眨巴地看着他，嗲嗲地撒着娇："宝贝，快告诉我，你不介意。"

明明心里憋着气，他开口的话却是："嗯，我不介意。"他语气轻柔，找不到一丝不爽和戾气。

陈秘书瞠目结舌。

之前那个阴沉的男人哪儿去了呢？怎么瞬间变身温柔暖男了？

"宝贝真好！"舒雅南甜甜一笑。

宫垣低下头，吻上她的唇。

唇舌纠缠在一起时，舒雅南听到不远处传来脚步声，心里一个咯噔，用力推开宫垣，小心翼翼地回头看了一下。

宫垣聚起的浓情蜜意冷不丁被打断，心里那团灼热的火焰瞬间被浇灭。

舒雅南紧张地四下看了看，没发现什么异常，这才松了一口气，拉着宫垣上车了。

宽敞的 SUV 里，宫垣坐在后座上，绷着脸，一言不发。

舒雅南关上车门，坐到他身旁，抱着他的胳膊说："怎么会想到来看我呢？提前也没说一声。"话刚落音，她兜里的手机便响起来了。

那边是叽叽喳喳的催促声："南姐，在哪儿呢？人都齐了，就等你呢！"

"南姐，你不会是跟着刚刚那个花美男跑了吧？"又有人插嘴。

"南姐，你不能见色忘义啊！今晚缺谁都不能缺了你……"

舒雅南回道："知道啦知道啦！我这不是有点事儿吗？很快就来了啊！给我等……"

手机猛地被宫垣夺走，挂机。

舒雅南猛地一愣，道："你干吗啊？"

宫垣一只手揽住舒雅南的腰，一只手扣住她的后脑勺，将她压在椅背上，索取她的吻。

陈秘书刚要上车，见状赶忙将驾驶座上的司机招呼下车了。关上车门车窗后，两人站在车外，目不斜视地看着前方。

以前在他心中，宫垣那样的人，浑身上下写着"高冷"，没有感情，没有私生活。跟宫垣的主治医师沟通时，他还特地提过。现在才知道，当年的他，太年轻太单纯了！

虽然现在有诸多不便，比起以前时刻提心吊胆，与突然冒出来的人格做斗争，还是好多了。沉浸在甜蜜恋爱中的宫垣，没有出现过任何异常。或许，他渴望存在并牢牢占据这个身体的意志，从没有像现在这般强烈。

此时此刻，陈秘书关好车子的门窗后，又观察着四下地形，这里是停车场，车子停得稀少，偶有人来往。今天开的这辆SUV也够宽敞，车窗贴了黑色防护膜。少爷若是一时兴起，应该施展得开。

然而，这一次他想错了。车内并不是他意料中的旖旎风光。

舒雅南被吻得喘不过气时，用力推开了宫垣。

她要下车，他把她扯入怀中，深吸几口气，克制着体内那股翻涌的情绪，尽量以平静的语气说："今晚陪我。"

"我跟你说过，今晚有安排呀。大家都在等我，不好跟人交代。"舒雅南从他怀里挣脱，拿起手机下了车。

宫垣看着她的背影，目光越来越暗。他突然下车，快步追上舒雅南，抓住她的胳膊。舒雅南被迫转过身，迎上宫垣风雨欲来的表情。

"为什么不能公开我的存在？你当年跟凌岩在一起时不是爱得轰轰烈烈吗？为什么跟我就要藏着掖着？"

舒雅南在他质问的目光中沉默了一会儿，说："现在我不想把自己的私生活曝光在聚光灯下，何况你的身份也很特殊。"

"冠冕堂皇。"宫垣表情讥诮，"你是在给自己留退路。"

舒雅南用力抽出被钳制的手臂，眉头微蹙，低声道："我不想吵架。"

说完，她转身大步离去。

宫垣站在原地，看着她一步步走远，眼里的怒火渐渐熄灭，成了不见底的深渊。

　　"既然小舒今晚有安排，我们就先走吧。"陈秘书上前道。

　　宫垣在原地站了许久，转身回到车上。

　　他拿出手机，这部随身携带的手机，里面的联络人只有舒雅南一人。她给他安装的微信里，也只有她一个人。他翻出两人对话的界面。

　　"宝贝，刚拍完一支广告，这造型漂亮吗？"

　　图片里，她穿着白色小礼服裙，翩跹起舞。

　　"不错。"

　　"摆了一上午造型，腰酸背痛呢，快来给我捏捏。"

　　十分钟后他回应："好。三个小时后。"

　　"跟你开玩笑呢，谁让你真来了！等你过来我早就转移战场了！"

　　"哦。"

　　"这是我今天的午餐，是不是很丰盛呀？"

　　图片里，两荤两素一汤，用一个个乐扣盒子装着，摆了一桌。

　　"剧组就吃这个？"

　　"是呀，味道棒棒的！"

　　次日。

　　"垣垣，你居然又把豪华自助搬进剧组里来了！"

　　"怕你营养不良。"

　　"营养过剩就会身材走样！"

　　"你身材很好，不怕。"

　　"这话我爱听，大宝贝，亲一个！"

　　宫垣的手指在屏幕上滑动，入目都是两人平日里的对话……他突然甩开手机，把脸埋在手掌里，用力搓揉了几下。

半晌后，他抬起头，深吸了几口气，再次拿起手机，在对话框里输入。

"什么时候结束？"

没有回应。

"我等你。"

还是没有回应。

陈秘书跟驾驶员都已经上车，陈秘书问："少爷，要不要回本家？"

宫垣沉默半晌，就在陈秘书以为他不打算开口说话时，他说："你们走吧。"

他点燃一支烟，下了车，说道："今晚不是跨年吗？都回去陪陪家人。"

他转过身，往电梯的方向走去。

"少爷……"陈秘书赶忙跟上。

宫垣走到电梯处，按键，回头道："有事我会联系你。"

舒雅南跟几个朋友会合后，一起离开电视台。一行人驱车来到远离市区的一家烤全羊馆子。这里客流量不大，来人非富即贵。四下呈开放式格局，依山傍水搭着一顶顶类似蒙古包的帐篷，外表看似简易，里面别具风情。

其中一顶帐篷里，舒雅南他们十来个人围着低矮的长桌盘腿而坐。桌子中央是一只烤得外焦里嫩、吱吱作响的全羊，另外还有各色蒙古美食。在这种欢聚一堂的时刻，酒当然也不能少。

当年的 MISS 五姐妹碰杯时，其他人纷纷拍照，高呼"五年后重聚，历史性的一刻！"舒雅南把大家拍的照片要过来，一边删选一边说："没经过审查的可不准外泄啊。"最后，她挑了五个人状态都很好的一张，准备发微信。

打开微信，她一眼就看到宫垣发来两条信息。她微信里人太多，为了避免他的信息被淹没，特地给他设了置顶。他昵称是垣垣，头像是她给他拍的大头照。

舒雅南点开微信。

"什么时候结束？"

"我等你。"

发送时间是九点半，已经过了一个多小时了。

舒雅南感觉心里突然被什么揪了一下。

"南姐，你倒是选好没啊？我还等着转一发呢！"

身旁有人催促，舒雅南回过神，应了几声，把选好的那张照片同时在微信和微博发布。

众人依然说说笑笑，喝酒划拳叙旧，气氛热烈异常。可舒雅南突然就融不进去了。她拿起手机，给宫垣回复："在哪儿？"

"星光广场。"他很快有了回应。

"咦？你还逛街？"舒雅南感觉诧异。那里是本市的一家高端卖场，汇聚各种一线大牌。舒雅南的脑海里浮现出宫垣与陈秘书两个商务精英男一起逛街的画面……画风好违和，迷之喜感。

"嗯。"他回应。

得到这个肯定的回答，舒雅南更是瞠目结舌。霸道总裁真的在带着他的小秘逛街呀，太不可思议了！

她还没回复，宫垣又发来一条信息。

"你什么时候结束？"

"快了。要不你就在那儿等我吧。我结束了去找你。"

"好。"

舒雅南看着手机屏幕，有些出神。

跟在场的人都喝了一轮后，她给经纪人苏娜发信息："我要离席，给我打个电话。"

接着，她又发一条信息："顺便，安排个人过来接我。我喝酒了，不方便开车。"

没多久，苏娜看到她的信息，一通通电话疯狂打来。两人应对这种事情的默契早就心照不宣，各种不得不走的理由和十万火急的活动信手拈来。舒雅南很顺利地在众人的遗憾和不舍中离开了。

抵达星光广场后，舒雅南戴上编织帽和可爱的卡通口罩，走在室内步行街里，一边找人一边给宫垣打电话。

"宝贝儿，我到了。你在哪儿呢？"

"我在外面。"

舒雅南走出步行街，顺着宫垣说的方向走去，没多久，便看到了坐在长椅上的他。

他的位置距离路灯较远，身后花坛中零星的小灯，散发出柔和的光，为他的背影镀上一层淡淡的光晕。他坐在长椅上，一只手拿着手机，一只手夹着烟，红色的火光在暗处明明灭灭。

他独自坐在那里，低头看手机，侧脸美得就像宫廷画师笔下精美的油画。

"嗨！"舒雅南招手打招呼。

宫垣转头，与她视线交会，他放下手机，关掉了一直在反复看的舒雅南的演唱视频。

舒雅南快步上前，走到他跟前道："冷不冷呀？"他身上依然是那套深灰色西装，在这冬日的深夜里，看着极为单薄。

她伸手碰上他的脸颊，指尖冰凉冰凉的触感，已经给了她答案。

她心疼得皱起眉头："怎么不去里面待着？商场里还有暖气呢。"

"里面太嘈杂。"宫垣站起身。

他将舒雅南抱入怀中，取下她的编织帽，脑袋埋入她发间，用力嗅了几口。

舒雅南问："陈秘书呢？你就一个人在这里等我吗？"

"我让他回家了。"

"你自己怎么不回家休息？在家等我也是一样啊。"

宫垣淡淡应声："我没有家。"

舒雅南鼻子一酸，突然不知道说什么好。

宫垣将舒雅南紧紧抱着，头埋在她温软的颈间，感受她的体温和气息，心里海潮般漫上层层叠叠的满足感。

有了这一刻的拥抱，一切都值得。

即使压抑几近爆发的憋屈，即使一个人失魂落魄的煎熬，即使忍着满心不甘和满腔思念，在这一刻，能够等来她，能够把她抱在怀里，一切也都值了。

拥抱良久，舒雅南从他怀中挣脱开，伸手碰上他冰凉的脸庞，说道："你好冷呀，我们找个地方坐坐。"

她看到长椅上放了大大小小十多个袋子，一眼看去都是些大牌LOGO（标识）。

"这些是你刚刚血拼的战利品？"她感觉有种男友变闺蜜的微妙感。

宫垣应声："嗯，都是给你买的。"

"真的呀？"舒雅南当即笑起来。

"你看看喜不喜欢，不喜欢就扔了吧。"

"你送给我的东西，怎么可能不喜欢？我们找个地方坐，我要好好看礼物！"舒雅南兴高采烈地道。

她带着宫垣上了附近的宏鼎大厦。

八十八层的观景咖啡厅里，两人坐在窗边。

"呀，这个包包好看！我喜欢！"她从爱马仕的袋子里拿出一个橘黄色的手提包，说道，"颜色很出挑，很亮眼！

"这颗钻石好大，比你上次送的还大……

"你怎么知道我喜欢卡地亚的这款手镯？"

舒雅南兴高采烈地翻看着那些东西，每一样都是一个惊喜，宫垣挑东西的眼光真不错。

全部看完后，她走向对面的沙发，与宫垣挨在一起坐着，搂上他的脖子，用力亲了他一口："宝贝你真好！"

这些东西少说也得几百万。不过她知道，这对于宫垣的身家来说不过是九牛一毛，既然他送，她就大大方方地收了。她喜欢这种被爱人取悦的感觉。

"你高兴吗？"宫垣问。

"高兴！"舒雅南笑着点头。

她已经很久没享受过自己男人送礼物的快感了。跟凌岩在一起，都是她给他买东西，他几乎没给她买过什么。她起初是想着他没什么钱，后来等他出名了有钱了又想，老夫老妻了也没什么好送的，想要什么，自己买就是了。

她以为自己对这个无所谓，可现在一下子拿到这么多礼物，感觉真的好幸福。尤其是，这些都是刚刚宫垣自己一个人逛街，亲自为她挑选的。

宫垣说："那我以后每天都给你买东西。"

舒雅南"扑哧"一笑："你要我家变成百货商场吗？"

她漂亮的唇畔漾着浅笑，他凝视着她，修长的手指拨开她落在嘴角的发丝，说道："只要你高兴。"

舒雅南脸色微红，移开目光，不再与他对视。仿佛多看一秒，她就会溺死在他毫不遮掩的泛滥深情里。

她的目光投向窗外，这里不仅能看到中心地段的五光十色，还能将大半个C市的夜景尽收眼底。

她指着另一处的钟楼，对宫垣说："知道那下面为什么会有那么多人吗？再过十几分钟就跨年了，很多小情侣都想在新年的钟声响起时，跟相爱的人在钟楼下接吻，祈祷彼此的爱情随时间一同前行。"

她又探过脑袋仔细看了一眼，嘻嘻笑道："快看快看，已经有不少人开始接吻了！这是要吻上十几分钟的节奏呀！……哎、哎呀！"她的腰肢被宫垣搂住了。他将她扣在怀里，抬起她的下巴，吻上她的唇。

这个吻火热、细腻、辗转、反复缠绵，让人沉沦。

新年的钟声响起。

城市上空爆开了大片巨大璀璨的烟花，人群欢呼沸腾。

可对宫垣和舒雅南而言，一切喧嚣仿佛隔着一个世纪那么遥远。他们在一个只有彼此的世界里，相拥，接吻，沉醉，感受彼此，索取彼此。

玻璃窗外的烟花，在墨蓝色的夜空中升腾，大朵大朵爆开，撕裂出一个五彩缤纷的世界。玻璃窗内拥吻的两人，沉浸在小小的世界里，品味幸福的火花。

直到钟声响完十二下，宫垣才将舒雅南放开。她脸色绯红，依偎在他怀里。

"有没有许新年愿望？"舒雅南柔声道。

"有。"

"是什么？说来听听。"她坐起身，好奇地看着他。

"这个愿望只有你能帮我实现。"他抓住她的手，放在唇边，轻轻吻住，说道，"我希望你，给我一个未来。"

舒雅南愣住了。

"给我一个有你的未来。"他轻声说，"不要留退路，不要离开我。"

"我……没想离开你啊。"舒雅南声音变低，眉眼染上落寞，"可是，未来我们能做主吗？豪门婚姻不是要门当户对吗？我只是平民小户的出身，只怕是配不上你。"

这是她藏在心底的结，明知道看不到未来，还是无法控制地沦陷其中。为了不让自己以后沦为众人茶余饭后的笑柄，也为了不让宫垣传出玩女明星的花边新闻，她只能格外小心，避开媒体，封锁消息，尽量不传出跟宫垣的绯闻。

"我能。"宫垣抓紧了舒雅南的手，"只要你不介意，我的病可能这辈子都好不了。其他什么都不用担心。"他目光灼热地看着她，笃定地道，"我一定会娶你。"

舒雅南俏皮一笑："如果我介意呢？"

宫垣双眼瞬间黯然，哑然无声。

那样的话，怎么办呢……他会想尽一切办法，将她留在他身边。即使两个人彼此折磨一辈子。

舒雅南捧起他的脸庞，笑道："看你，又不高兴了吧？逗你呢！今年春节跟我回家吧，我也该让我妈知道我的过去已经结束了。"

宫垣面上显出狂喜，再次深深地吻住她。

· · ·

Chapter 8 往昔

我很坚定，也很清楚，

我会一直这样牵着你的手。

直到……你不再爱我的那天。

年前舒雅南进入空前忙碌期，为了春节的十天假能安心度过，分秒必争地赶通告。终于到了春节前夕，大年二十九的那天，舒雅南和宫垣放下所有公事，一起出发前往舒雅南的家乡，一个中部小城市。

由于舒雅南是明星，出行不太方便，宫垣提出专机专车的行程安排，她毫不犹豫地拒绝了。

她说："土豪，你就跟我好好做一回老百姓嘛。"

最终的安排是，两人先坐飞机抵达舒雅南家乡省会的机场，然后由宫垣安排的人送车过来。他们自驾回去，车行三小时左右。

回家途中，宫垣开车，舒雅南坐在副驾驶位跟他聊着自己家的情况："我很小的时候爸爸就去世了，妈妈一个人带着我，直到我十五岁那年才再嫁。现在这个虽然是继父，但他对我很好。我还有个同母异父的弟弟，今年十六岁，读高一。"舒雅南边说边笑，"自从我重新出道后，他可高兴了。小屁孩，就是喜欢追星……"

她的声音突然低下去了。

当年，她大红时，西凡也是高中生，狂热的高中生粉丝。

"怎么了？"她突然顿住，宫垣问道，"在想什么？"

"没什么。"舒雅南笑笑。她就是突然间，有些想念那些小伙伴了。

由于舒雅南提前跟妈妈说过，要带个贵客回来，一家子早就做好了准备，一路上电话不停，一直问他们到哪儿了。

下午五点时，车子驶入小区里。宫垣把车停好，与舒雅南一道下车，舒家一家人热络地迎了上来。宫垣打开车子后备厢，里面是他准备的见面礼，塞满了整个后备厢——就这还是舒雅南一再要求他不要买太多。

"过来玩就行了，带什么东西！"王琴看着宫垣，笑得合不拢嘴。

舒建华陪着宫垣一道上楼，舒雅南与王琴走在后面。王琴挽着她的胳膊，眉开眼笑地说："真不枉我把你生得这么漂亮，前任现任个顶个的帅小伙！"

舒雅南抚额："妈，过日子不是更应该看内在吗？你这么外貌协会真的好吗？"

王琴："长得丑的，看着饭都吃不下，还怎么过日子？"

舒雅南居然无力反驳。

舒家家境小康，父母一起经营一家不大不小的超市。家里住的花园洋房，在本市的一个高档小区里。几年前舒雅南当红时赚了不少钱，也给了家里不少钱，但这笔钱都被王琴存起来了，说等她结婚时当作嫁妆给她。

当年舒雅南跟凌岩的恋爱，王琴本来并不看好。她甚至亲自赶到舒雅南身边，打算棒打鸳鸯。但是，当她跟凌岩见面后，凌岩一流的颜值、阳刚的男人气息、一张乖巧的嘴巴，没几天就把王琴哄得妥妥帖帖。后来，她还成了他的粉丝，每逢他的电影上映，都包场请朋友们看。

前阵子听说舒雅南跟凌岩分手，王琴很是伤心了一阵子。如果不是凌岩出轨在先，她真想撺掇他们复合。但她很了解自己女儿，一旦决定的事情，撞了南墙也不回头。她只能祈祷这个现任能靠谱些，毕竟自家女儿都过三十岁了，即使事业再创辉煌，终究还是要嫁人的。

她最想看到的不是她出人头地，而是她生活幸福，婚姻美满。

进屋后，一家人坐在餐桌前，桌上是早就准备好的丰盛饭菜。一起举杯时，舒雅南揽过身旁宫垣的胳膊，甜甜笑道："给你们正式介绍一下，这是宫垣。我们在进行以结婚为前提的交往，如果不出意外，以后就是咱们舒家的人了。"

王琴握着酒杯的手，蓦然抖了一下。

宫垣扬起笑容："遇到雅雅是我这辈子最幸运的事，叔叔阿姨，你们放心，我一定会好好对她。"

两人相视一笑，宫垣脸上温柔的笑意，柔化了他眉宇间的凌厉之气。昔日眼里的阴鸷荡然无存，瞳仁透亮，漾着脉脉温情。

碰杯后，舒雅南的弟弟问："哥哥，你也是明星吗？"

"哥哥他是霸道总裁。"舒雅南"扑哧"一笑，又说，"不过，现在在往贴心暖男的方向发展。"

王琴表情更僵硬了几分，但她极力掩饰着自己的不自然。

一顿饭在其乐融融的氛围中吃完。

饭后，舒雅南带宫垣出门散步。

两人都穿着灰色羊绒大衣，宫垣颈间围着灰白格子羊毛围巾，舒雅南围着蓝白格子丝质方巾。天色已暗，街灯亮起。两人十指相扣，漫步在小城的道路上。虽然舒雅南蒙着面罩，长发披散，但那饱满的前额和盈盈如水的桃花眼，仍然让人惊艳。

两人容颜出众，个子高挑，气质不凡，又做情侣打扮，一路上引来不少观望又艳羡的目光。

宫垣脸上始终漾着清清浅浅的笑，是那种不由自主连自己都没察觉到的笑。舒雅南时而与他手拉手，时而靠在他肩头。一对如胶似漆的小情侣，一路甜蜜地腻歪着。

漫步一圈后，舒雅南把宫垣带去酒店。

"这是我们这里最好的酒店，最好的套房。"舒雅南插上房卡，与宫垣一道进入房间，说道，"这几天你就屈就一下。"

微烫的水流从莲蓬头里洒下，浴室里雾气蒸腾，两人一边洗一边玩闹，沉浸在彼此带来的快乐中，如同两个大孩子。

然后，他们躺在床上休息，宫垣摩挲着她的后背，低声道："阿姨好像不喜欢我。"

"没有呀，你想多了。"舒雅南笑着说，"她很喜欢你，还夸你帅呢。"要知道，她有过凌岩那样的前任打底，一般人还真难入得了她妈妈的眼。

"但愿如此。"宫垣对他人释放的感情信号有着敏锐的第六感。也因此，他能很精准地判断出哪个合作对象更有诚意。希望这次是他自己想多了。

舒雅南坐起身道："我得回去了。今天才回家，得陪陪家人，不能耽搁太久。"

宫垣将她抱住，再次吻上她的唇，一个缠绵的深吻结束后，他在她耳边吐气："答应我，就算你妈不喜欢我，也不要放弃我。"

她理解他内心所有的不安。这个男人看似最强硬，却又最脆弱。她要给予他绝对的安全感。

舒雅南依偎在宫垣怀里，与他十指相扣，说道："我很坚定，也很清楚，我会一直这样牵着你的手，直到……你不再爱我的那天。"

她声音温柔，又饱含力量。

这是她给予他最郑重的承诺。

宫垣将她抱紧，嘴唇动了动，似是想说什么，最终什么都没说，只是闭上眼，将她紧紧抱住。

舒雅南回到家时，爸妈正坐在沙发上看电视，弟弟在房间里玩游戏。她陪他们聊了几句，就被她妈拉进了房里。

王琴关上门，压低声音问道："宫垣是不是那个豪门宫家的人？"

舒雅南点头："是。寰亚集团的宫家。"

王琴表情凝滞，虽然刚才就猜到了，可得到肯定答案，还是心头一颤。

舒雅南故意嘻嘻笑道："妈，嫁入豪门不好吗？你不用担心啦，你女儿能搞定他。"

王琴脸色一阵变幻，蓦地站起身，强硬地道："不行，雅雅，谁都可以！就他不行！"

"为什么？"舒雅南问，"妈，我以前问过你，你不是说我们跟宫家没有任何瓜葛吗？为什么就他不行？"

王琴一声长叹，复又坐在沙发上，低头捂着脸，哀伤地道："雅雅，对不起，妈骗了你……"

"那你告诉我，到底是怎么一回事。"她早就知道母亲骗了她，这一次带宫垣回来，一是为了让宫垣安心，另外，也是为了了解两人到底有过什么样的瓜葛。

王琴长吁短叹了好一阵子后，断断续续说起了陈年往事。

"当年我被聘入宫家做保姆，你跟我一起住进宫家。就是那时候，你认识了宫家少爷宫垣。

"那是个可怜孩子，从小就得了抑郁症，他爸妈没日没夜地吵架打闹，家里闹得鸡犬不宁，也从来不避着点孩子。

"宫垣敏感又自闭，不跟人说话，也不会笑，总把自己藏起来，喜欢躲在黑暗狭小的地方。我们那时候常常在大宅子里四处找他。保姆们都在传，小少爷是精神状况出了问题……"

舒雅南听得屏住了呼吸，问道："后来呢？"

"后来，你跟他成了朋友。我不知道你是怎么做到的，但是你们俩可以玩在一起。他渐渐会笑了，那时候你除了上学以外的时间都在陪他。你去上学时，他就趴在窗台上等着你回来。"

"等等……"舒雅南打断她妈的话，提出疑问，"宫垣没上学吗？如果那时候我十岁，他也七岁了啊。"

王琴摇了摇头："我们刚到宫家的时候，以他的精神状态根本没法上学，他母亲请了最好的老师亲自到家里教习他。"

"他为什么会变成这样？"舒雅南揪着心问。

"谁知道呢……"王琴叹息，"你想才那么点大的孩子，每天目睹父母的家庭暴力，怎么好得起来？

"你小时候性子野得很，在班上是威风凛凛的小班长。但你对小少爷好得不得了，课余时间都用来陪他，你从来不跟他闹别扭，做什么都惦记着他，就算是在放学路上买点小吃，都要留一半带回来给他。"

听到这里，舒雅南微微笑起来。原来她以前对宫垣那么好。

真好呀。

"其实小少爷锦衣玉食，哪里缺你那点乱七八糟的小零食？倒是你给他吃的那些东西，几毛钱一包的辣条，对身体多不好。"

舒雅南"扑哧"一笑，眼里又隐隐浮上了泪花。

为什么她会把跟宫垣的往事忘记呢？

多么美好的回忆啊！

"我看你是打心眼里心疼他，喜欢他，把他当亲弟弟一样照顾着。好在功夫不负有心人，三年的朝夕相伴，小少爷的情况渐渐好转了。你逗他笑时他会笑了，你陪着他的时候，他能跟其他人交流了。"

"那后来发生了什么事？为什么我们会离开宫家？"舒雅南又问，"还有我脑袋上的伤，是不是跟这个有关？"

"是。"王琴点头，"宫垣十岁那年，他母亲跟他父亲的情妇发生冲突，你与宫垣都在现场，当时具体发生了什么，我并不清楚，但是你脑部受到重创，被送去医院急救。后来听他们家说，当时你为了护着宫垣，不小心受伤了。"

"后来呢？"舒雅南急切地追问，"我听说宫垣有过杀人记录，是不是跟这个有关？"

王琴面色犹疑，说道："这个我也不是很清楚。宫家不会让这些负面新闻扩散。何况，就算是杀人，宫垣是未成年人，既没有当众开庭审理，也没有判刑，外界不会知道多少。"

"那我们就这么离开宫家了？"

王琴点头："你在术后失去记忆，宫家给了我一笔钱作为补偿，让我带你离开。他们也提出了条件，再也不要与宫家有任何瓜葛，更不要提及宫家的事。"

王琴忧心忡忡地说："我们拿了人家那么多钱，答应的事就要信守承诺。如果被宫垣爸妈知道，你就是当年那个女孩，惹得他们恼羞成怒怎么办？"

舒雅南沉默半晌，问道："妈，你当时拿了多少钱？"

王琴声音变低："一百万……这在当时，对我来说，是一个巨大到难以想象的数字，我没法拒绝。雅雅，我们家买的房子，我跟你爸结婚和做生意的钱，都是因为宫家这笔钱……

"雅雅，你别怪妈……我们孤儿寡母，日子过得太难，太需要钱了……如果没有这个经济支柱，我们这个重组的家庭，不会过得其乐融融。我在这个家里的地位，还有你爸对你那么好，跟经济支撑是分不开的……"王琴泪眼模糊，"贫贱夫妻百事哀啊！"

舒雅南长叹一口气，抬手覆上她母亲的手背，安抚道："妈，我怎么会怪你？你又没做什么伤天害理的事情，我受了伤，你作为我母亲接受赔偿，理所当然。"

"雅雅，你跟宫垣趁早断了吧。他父母当初让我带你走，你现在又出现在宫垣身边，还成了他女朋友，被他父母知道怎么办？你怎么跟那种豪门斗？是我们拿人钱财在先，又做了承诺……我们亏心啊！"

舒雅南表情为难，没有作声。

"雅雅，你就听妈一句劝。你也不是年轻小女孩了，不该那么糊涂啊。结婚不是两个人的事，是两个家庭的事，宫家不可能接纳你，你就别犯傻了。你当初跟凌岩爱得轰轰烈烈，不也分了吗？爱情就是一时头脑发热，真要在一起过日子，还得各方面般配才行。

"我们家现在不缺钱，你的事业也发展得好，跟宫垣分了后，找个般配的好男人，一起好好过日子。"

见舒雅南不作声，王琴又说："妈说句实话，就算他们家接纳你，我也不想你进入那个家庭。宫垣从小在家庭暴力中长大，我猜他的性格不会健全。很多家暴打老婆的男人，就是受到原生家庭的影响，就怕你嫁进去，也是跳进火坑里……"

舒雅南无力地垂下头，十指插入头发里，烦躁地说："妈，如果是别人，我可能真就分了，我的确过了为爱情要死要活的年纪。但是宫垣不一样，他真的不一样，我不能离开他。"

随着两人在一起的时间越长，经历的事情越多，她越能感受到宫垣对她的依赖。

她更明白，宫垣为她做出的那些妥协和改变。

这种深入骨髓的眷恋，甚至超越了爱情本身。以前跟凌岩热恋时，他们爱过，也疯狂过，但没有这种感觉。每当宫垣缠着她时，她都有那种他唯恐失去她所以拼命要她的感觉。

她妈说得对，宫垣性格不太健全，所以他才会裂成那么多的碎片。

那一次在视频里看到的鲜血淋漓的画面，时刻刺激着她的神经。

她可以跟他闹脾气，可以改变他，但这一切的前提是，她不能离开他，不能放弃他。

"雅雅啊……"王琴拉着舒雅南的胳膊说，"就当是妈求你了好吗？不要跟宫家有牵扯，那家人真的不好惹。他们家连杀人案都能发生，当时如果你脑袋上那个伤口再深一点，连小命都保不住了，你还想重蹈覆辙吗？你就当是为了妈，为了咱们家的平安团圆，不要再去蹚那浑水了。"

舒雅南吐出几口郁气，说："妈，我再考虑考虑。但是这几天，你不要在宫垣跟前表现出来。就算要跟他分手，也得等这个新年过去，离开老家再说。这阵子，咱们就当什么事儿都没有，开开心心过个年，好吗？"

"好吧。"王琴应声，但又不放心地说，"雅雅，你可千万不要糊涂！你不是一个人，在你身后，还有我和你爸，还有你弟弟……"她的眼眶里泛起湿润，"好不容易重新拥有一个完整的家，我不想我们家再遭遇任何风浪。"

舒雅南抱住母亲，轻轻拍着她的后背："妈，你放心，女儿有分寸的。无论发生什么事，我都不会让外面的世界影响咱们家人一分一毫。相反，我一定会站在最前面，为这个家挡风遮雨。"

回到自己的房间后，舒雅南躺在床上，辗转反侧，怎么都睡不着。

她拿起手机，给宫垣发去一条微信："睡了没？"

片刻后，她收到回复："没。你怎么还没睡？"

"睡不着呀……"

"在想我吗？"

舒雅南原本心绪郁闷，在看到这条回复时，忍不住轻笑起来。

这家伙，挺能往自己脸上贴金的。

她还没回复，他再次发来信息："我也在想你。"

舒雅南看着手机屏幕，心里很酸很涩，又很闷。为什么她会忘掉跟宫垣那么重要的过去？为什么两人要错过那么多年？为什么现在又多了那么多阻碍……

这阻碍，已经不仅仅是豪门与平民的差距，比她预料中的还要大许多。

舒雅南胡思乱想时，再次收到微信。

"我在你家楼下。"

舒雅南吃了一惊，从床上坐起。

她披上外套，轻手轻脚地出了门，迫不及待地往楼下跑去。

宫垣站在花坛前，沐浴在皎洁的月光下，双手插袋，像一棵树的姿态，笔直站立，目光定定地看着眼前这栋房子三楼处的灯光。

铁门打开，舒雅南的身影冲出来了。

她扑进他怀里。

宫垣将她紧紧抱住。

"怎么这么晚跑来？"舒雅南在他怀里娇嗔。

"你想我，我就要让你看到我。"

舒雅南轻声笑了。

他低下头，亲吻她的耳朵："其实是我太想你了。"

寒冬的深夜，两人抱在一起，丝毫不觉寒冷。

宫垣低头亲吻舒雅南，吻得难分难舍。明明几个小时之前，两人还在酒店里火热缠绵过，可是这时候，像分开了很久，久到他们无比思念对方的气息。

舒雅南出来时只在睡衣外面披了件外套，虽然被宫垣拥在怀里，被他炽热地吻着，终究还是抵不住寒风的侵袭。

她猛地推开他，别过脸，打了个打喷嚏。

她有些尴尬地揉了揉鼻子，说道："有点冷，我得上去了，不然明天会感冒。"

"嗯，去吧。"宫垣点头。

"那我们明天见。"舒雅南说。

"嗯。"宫垣再次点头。

舒雅南转身离去，走到楼道口，打开门锁。推开玻璃门时，她又回头看了一眼。

宫垣就站在原地，眼睛一眨不眨地看着她，柔软的发丝被深夜的寒风吹动，挺拔的身影似要融入身后无边无际的黑暗中……

又是那种感觉，仿佛留他独自一人，他就会被那片张牙舞爪的黑暗吞噬。

舒雅南一咬牙，便又跑过去，拉住宫垣的手："都这么晚了，你一个人回酒店不方便。去我家吧，不过要悄悄的哦。"

宫垣愣了一下，然后喜出望外地笑起来。

舒雅南拉着宫垣的手上楼，到了家门口，轻手轻脚地开了门。

她做了一个"嘘"的手势："他们都睡着了。小心点，千万不要发出噪声。"

她拉着宫垣，一路小心翼翼地溜进自己房间，两人就跟做了坏事怕被大人发现的小孩子一般。进房后，她马上把房门反锁起来。

舒雅南再次强调："明早可不准赖床，你得在他们醒过来之前先走。"

宫垣低声笑道："谨遵女王陛下懿旨。"

两人相拥着躺在床上时，舒雅南心中的躁乱不安，奇异地平复了。好像无论遇到什么事，只要这个怀抱还在，她就不用担心。

宫垣很听话，乖乖埋头在她胸前蹭着，就像一头汲取温暖的小兽。

黑暗中，很静很静，静到可以听清彼此的呼吸声。

舒雅南摸到床头柜上的遥控器，开了房内自动窗帘的外层。皎洁的月光，透过玻璃窗和那层薄纱映入室内。

舒雅南没了睡意，心中辗转良久，问道："亲爱的，你有没有觉得我们似曾相识？"

"有。"他的手掌抚上她的脸，"有一种等了你很久的感觉。"

他的手指摩挲至她的唇瓣，轻笑道："当我第一次吻你时，心里有个声音在说，终于找到了，就是这种感觉，就是这个人……"

"骗谁呢？"舒雅南轻哼，"你以前不是很讨厌我吗？"

"我是讨厌你和那些人格接近。我厌恶他们，也嫉妒他们。"

"所以，你把仇恨一并转嫁到我身上？"

"很幼稚吧。"宫垣露出自嘲的笑。

舒雅南沉默片刻，开口道："垣垣，其实我们很多年前就认识了。"

宫垣愣了一下，翻个身，伏在舒雅南上方，急切追问："什么时候的事？"

"二十年前，在我十岁的时候，认识了七岁的你。"她缓缓道。

宫垣蹙起眉头："为什么我完全不记得？"他坐起身，双手摸上脑袋，拼命地回想，不断地搜寻记忆，喃喃道，"没有，没有你……"

舒雅南随之坐起，见他表情痛苦，安抚道："可能你跟我一样，因为一些意外忘记了。"

"不对。"宫垣捶上他的脑袋，说道，"我没有失忆，我的记忆没有任何断层，过往都很清晰……"

舒雅南面露狐疑之色："那你七岁到十岁那三年，有什么记忆？"

"吵架……打闹……"宫垣呢喃，像是被拖入到梦魇中，表情越来越痛苦，"流血……不停地吵……"

"垣垣，别想了。"舒雅南赶忙抱住他。

"为什么没有你？如果你出现过，我怎么会把你忘记？"宫垣满脸茫然无措，带着不解和懊恼，低着头道，"你到哪里去了？怎么能把你忘记？"

就在他拼命地回想，不断地搜寻时，耳边似响起了隐隐约约的声音。

"圆圆……听话哦……

"圆圆，你快看我给你带什么好吃的了。"

少女清脆的声音，如风拂过风铃，悦耳动听。

"圆圆……圆圆……快过来！"

这是谁……为什么他不记得了？

为什么会有小女孩的声音？

"因为你选择忘了她！

"懦夫！你不配拥有她！"

另一道男人的声音，凶狠地响起。

"不！这到底怎么回事？我不会忘……我怎么会忘记雅雅？"

"雅雅是属于我的！"宫垣蓦然发出一声咆哮，身体像是受到重击，伏在了床头。

舒雅南惊疑地看着他，缓缓向他靠近，碰上他的背，问道："垣垣，你还好吗？"

男人缓缓抬头，转过身，看向舒雅南，幽深的瞳孔里闪着异样的光。他轻轻握住舒雅南的手，动作轻柔至极，但又不容抗拒，嘴角牵起一抹笑。

• • •

Chapter 9　厚爱

你等了她那么多年，你那么爱她，

你甘心就此失去吗？

只要我们融合，就可以共有雅雅的爱。

无论对我们还是对她，这都是最好的结果。

月光下，男人的笑容，明艳优雅。

舒雅南心里猛地一颤，抽出手，往后退了退。

"你……你是？"有一个名字在心里呼之欲出。

男人手心一凉，错愕地看着她。那一瞬间，他眼底汹涌澎湃，似有种毁灭一切的力量要冲出来。但他只是沉默地低下头。

须臾，他揉了揉额头，再次抬起头，蹙眉道："刚刚头好疼。"

"你是？"

"我是宫垣。"他应声。

舒雅南这才放下心来，说："吓死我了，我还以为你被其他人格占据了。"

宫垣低声笑了一下，手指一下一下地摩挲着她的脸颊："你这么担心我？嗯？"

轻扬的语气，嗓音低柔，似初春消融的雪水在暗夜里潺潺流淌。清冽、寂静，透着丝丝凉意。

舒雅南心思紊乱，没再多想，松了一口气的她把头埋入他怀里说道："知道我担心，以后可别吓我了。"

他伸手抱住她，下巴轻轻抵着她的头顶，手指插入她的发间缓缓游移。他轻轻地近乎小心翼翼地嗅着她的气息，好像稍微用力，就会打破这一切。

"雅雅，我爱你。"轻柔的声音，好似呓语。

"嗯。"舒雅南在他怀里甜蜜应声。她知道他爱她，她也很确定彼此的爱。或许开始得很混乱，但一步步走到现在，她已经毫不怀疑自己对宫垣的感情。

"即使你伤害我，抛弃我，折磨我，我依然爱你。"幽幽的声音，染着凄清，又含着诉不尽的深情缱绻。

舒雅南抬起头，佯装恼怒地戳着他的额头道："明明是我陪伴你，呵护你，疼爱你，就连小时候也是哦！"

"你想起来了吗？"宫垣眼底闪过一丝异色。

"没有，我的脑部遭到创伤，之前的事情变得模模糊糊。但是我听我妈说，我那时候对你可好了。"舒雅南得意地笑道。虽然年纪不小了，但她在恋人跟前，仍是小女孩情态。

她扑入他怀中，轻声道："我听说这些，心里有种难言的幸福感。原来我们还有过那么美好的过去，原来我那么心疼过你。怪不得我从一开始知道你的病，就替你难过，原来是小时候的后遗症呀。"她抬起头看他，四目相接时，柔声说，"垣垣，这就是命运吧。即使分开，最终我们还是会相遇。"

他捧起她的脸庞，深深地看进她眼底，看到她的瞳孔里只有自己的倒影。他弯起嘴角，轻轻笑道："是，这就是命运。最终，我们还是会相遇。而我，一直在等你，等了很久很久。"

他低头吻上她的唇。

舒雅南闭上眼，迎合着他的吻。

这个吻异常轻柔，异常缠绵。他小心翼翼地，一点点地探入她口中，一步步地慢慢攫取她，感受她。

舒雅南闭上眼，任由他吻着。

或许是因为夜色太温柔，宫垣这个吻，是她从未感受过的温柔。

他给她的吻，总是狂热的急切的，即使缠绵也是火热的纠缠，从没有过这种感觉，仿佛她是他捧在掌心里易碎的宝贝，他连力气大了都不敢。

一股凉凉的液体，沾上脸颊。

舒雅南诧异地睁开眼，却见闭着眼的宫垣，纤长的眼睫毛颤动着，眼泪滚落。

她推开他，诧异又心疼地问："怎么了？"

她替他擦着眼泪。

"没事，我没事。"他又一次捧住她的脸，嗓音暗哑地说，"让我继续吻你。"

他的眼神充满渴望和虔诚，他的温柔令她无法抗拒，她闭上眼，轻轻碰上他的唇。

她单薄的睡衣被他褪下，舒雅南轻轻蹙眉道："宝贝儿，我今天很累。"

他依然在吻她，没有停下来的意思。

舒雅南挣扎了几下。

他的吻仍是那么细腻温柔，但隐隐透着不容抗拒的强势。

"好了，别闹。在我家收敛点啊！"舒雅南压低声音道，推阻着宫垣的肩膀。

现在的宫垣，明明已经被他调教得很好，她若不愿意，他不会硬来。

她坐到一旁，拢上衣服，说道："乖乖睡觉。你再胡闹，下次别想来我房间了。"

"为什么不行？"男人声音嘶哑，发红的眼紧盯着她道，"为什么就我不行？你可以把自己给宫垣，为什么我不行？"

舒雅南心口紧窒，男人已经扑上前，将她压在床上。

他盯着她的双眼："为什么要爱上宫垣？他是个懦夫，他把你忘了！这样的人，不值得你爱！他不配拥有你的爱！"

"轻音……"舒雅南轻轻出声。

这似埋藏了无尽痛与恨的眼神，明明有着最温柔动人的深情，这满腔柔情无处宣泄的压抑，被逼得表情扭曲。

"是，我是轻音。"他嗓音暗哑，"我是被你抛弃的轻音。"

轻音抓住她的手："我爱你。"

"是，我知道……"

"所以，无论你怎么对我，我还是爱你。"

舒雅南讷讷无言。

"可你为什么要爱上宫垣？他是个懦夫！他无法保护你，他忘了你！这样的人，不值得你去爱！"

"轻音，你记得我们以前的事，对吗？"

"我当然记得。"他凝视着她，弯起嘴角道，"我的全世界，我所有的记忆，只有你。"

他的指尖在她脸上缓缓游移。他深深地看着她，似要透过她的瞳孔看到另一个遥远的世界里去，他低声呢喃："我们有过那么多快乐，那么多美好的回忆，怎么能舍弃？

"当宫垣无法保护你时，当他受不了你离去，当他忘记你时，我出现了。我不会忘记你，无论你怎么对我，我都不会。我此生唯一的心愿就是守护你。我不会再让你受伤害，我要像你当初守护我那样，一直守在你身边。"

舒雅南呆呆地看着轻音，眼泪扑簌簌滚落。

原来，轻音是这么产生的。

她为宫垣受伤，她弃他而去，对他的心灵造成了巨大创伤。

他无法承受，选择遗忘，却又分裂出另一重人格。

一个只为她而生的人。

一个将守护她视为生命唯一意义的轻音。

轻音低下头，轻轻吻去她的泪水，说道："雅雅，与你重逢之前，我在黑暗中待了很久。我一直在等你，没有你的世界，我宁愿沉睡不醒。"

舒雅南泪如雨下："对不起，对不起……"

"我不要对不起。爱我好不好？"他扣住她的双肩，乞求地看着她，"雅雅，爱我吧！宫垣没有我这么需要你，更没我爱你啊！他最爱的是他自己！所以他选择忘了你！"

"我爱你……"舒雅南哽咽着说，"我爱你！"

轻音表情凝滞，眼底涌起狂喜，又在瞬间凝结。他猛地推开舒雅南道："你骗我！你爱的是宫垣！你把我逼走，你选择了他！"

舒雅南痛苦地闭了闭眼，深吸一口气，说："轻音，你难道还不知道你就是宫垣吗？你是他身上分裂出的一部分……"

"我不是！"轻音使劲摇着头，"我不是他！我不是那个懦夫！我是轻音！"

"如果你不是宫垣，怎么会有我们过去的记忆？轻音，你就是宫垣呀，你是他的一部分。"她抽噎着说，"你是他最温柔的那一部分……为我而生的一部分。"

"我不是！不是！"他猛地背过身，伏在床头。

舒雅南从身后将他紧紧抱住："轻音，你就是宫垣，宫垣就是你！我永远不会忘记，在我最绝望最害怕的时候，是你把我从火海里救了出来。你抱着我告诉我不要怕，你说你会守护我。你带我去游乐场，给我信心和鼓励。你对我说，你的时间不多，但你会用所有时间来陪我……这些我都记得，一直都记得！"

"我是轻音！我就是轻音……"轻音面色扭曲，痛苦地挣扎，"我不是宫垣的一部分……"

暗无天日的世界里。

宫垣一步步走出来，他走向困兽般挣扎的轻音，眼底没有曾经的厌恶和鄙夷。

他看着另一个自己，眼底是诚挚的歉意。

"轻音，谢谢你这么多年一直记着雅雅。"

"你这个懦夫！"

"但现在，我会努力把过去的那部分想起来。"

"不！你不配拥有她！雅雅是我的……"

"轻音，你等了她那么多年，甘心就此失去吗？只要我们融合，就可以共有雅雅的爱。无论对我们，还是对她，都是最好的结果。非此即彼，对雅雅来说，是无法抉择的难题。"

轻音眼神绝望："她已经选择了。她选择的是你，你这个懦夫！"

"她不是选择我。她是选择我们，因为她认定你是我的一部分。"

所以，他要努力融合各个人格。他不能让她失望，不能令她陷入痛苦。他也害怕，怕她发现事实不是她想的那样，会很失望。

"轻音，接受现实吧，你就是我的一部分。只有融合了，我们才能一起拥有雅雅的爱。"宫垣循循善诱，不再充满敌意。

"不！我不是你！不是！"

"我不会跟你分享那段最美好的回忆！"

"这是我的全部，我不会给任何人……"

房内，宫垣已经陷入昏迷。即使昏迷中的他，依然眉头紧蹙，表情痛苦。舒雅南将他扶正躺好，为他盖上被子，她抓着他的手，坐在他身旁。

"垣垣，我就在你身边。"

"我再也不会离开，无论发生什么事，我都会一直陪在你身边。"

渐渐地，宫垣痛苦的表情平静下来，紊乱的呼吸缓缓平复。

舒雅南躺下身，枕在他胳膊上，将他环抱住，闭上眼道："垣垣，我在。我一直在。"

影影绰绰，拉下的窗帘使房内陷入大片暗色调中。

房间的装修风格为欧式，充满城堡般的梦幻瑰丽。

房间一角有一个白色的大衣柜。柜门开着，阴影里坐了一个小男孩。

她朝着小男孩走去，钻进他蜷缩的柜子里。

他们顿时陷入更加浓重的昏暗之中。

她挨到小男孩身边，笑着说："圆圆，我讲笑话给你听好不好？"

小男孩垂着头，面无表情。

"看着我嘛！"女孩抬起他的脸，幽暗中，一双闪闪发亮的眼睛看着他。

"一个小女孩第一次在电话里听到她爸爸的声音时，大声哭了起来。她妈妈问她：孩子，怎么啦？小女孩哭着说：我们怎么才能把爸爸从这样的小洞眼里救出来呢？"

她绘声绘色地讲完一个笑话后，自己"扑哧"一笑，小男孩却没有任何反应。好吧，再来。她又讲道："有一天乐乐不想去上学，装成爸爸的声调给老师打电话。乐乐说：您好，您是老师吧？我家乐乐感冒了，不能去上学，他让我向您请一天假。老师问：你是谁？乐乐说：我是我爸爸。"

笑话讲完，小男孩依然只是木讷地看着她。她再接再厉，又讲了几个笑话。口水快要耗干时，她拉下脸来说道："圆圆，你给点面子，笑一笑好吗？你再不笑我就哭了，我哭给你看……"她当真说哭就哭。

小男孩眼神有了些变化。

她突然伸手朝他挠去，他躲躲闪闪，发出奇怪的声音，像哭又像笑。他憋红了脸，拼命压抑着。

她得意地道："我就不信还有撑得住挠痒痒的人！"脸上还挂着泪的她，笑得志得意满。

他被她欺负得气急，也学着她的样子去挠她。她边躲边笑，放肆地笑个不停，笑声清亮悦耳。渐渐地，两人互相抓挠，闹成一团。

"喂！"

"我不叫喂，我叫雅雅。"

"雅雅……"

"哎！"

"雅雅。"

雅雅……雅雅……雅雅……

舒雅南猛地睁开迷蒙的双眼，见房间里亮着一盏淡淡的壁灯。她朝窗外看去，天还没亮，墨蓝色的天空下起了鹅毛大雪。

她的颈间横着一条胳膊，还有一条胳膊横在胸前，将她牢牢圈住。舒雅南在这个怀抱里转个身，抬眼，对上了一双幽深的眸子。只见宫垣侧身躺着，眼神清明得不像是因为她的动作而惊醒的。

"什么时候醒的？"她问。

她心神猛地一紧，继而问："垣垣吗？还是轻音？"

宫垣伸手抚上她的脸庞，应声："我是垣垣，你的垣垣。"

舒雅南有些诧异地看着他道："这么快就从轻音那里夺过了身体控制权？"

他轻吻她的嘴角，说道："现在的我，比任何时候都更热爱自己的生命，更渴望拥有这个身体。雅雅，相信我，我一定不会让你失望。"

舒雅南安心地蜷缩在他怀里。

"你怎么突然醒了？"宫垣问，"做噩梦了吗？"

"不是噩梦。梦里有个小男孩，还有个女孩。小男孩一直不笑，女孩就拼命讲笑话给他听，后来她还恶作剧地挠他痒痒……"舒雅南的声音如梦似幻，她轻轻说着，微微笑着，"后来小男孩生气了，也开始挠她，然后他们俩闹成一团。"

她问："你说，这是不是我们小时候的回忆呢？"

宫垣低声说："雅雅，对不起，我把我们的过去忘记了。"

"不，你没忘。"舒雅南的手指划过他的眼角眉梢，说道，"另一个你，牢牢记着我们的过去，他把守护我当成生命的意义。"

宫垣心里没来由地一阵后怕，他将舒雅南紧紧抱入怀中："我们一起把过去的记忆找回来，不要再让轻音独自背负。雅雅，我会守护你，用尽一生。"

六点半，舒雅南的手机铃声响起。

她睡意迷蒙地睁开眼，推了推身旁的宫垣，呢喃道："起来，你该走了。不能让我爸妈知道你在这里过夜。"

宫垣起身穿戴好之后，俯身在床边，亲吻她的额头，说道："你继续睡，我先走了。"

舒雅南眼睛都懒得睁开，迷迷糊糊地说："八点半过来，顺便带上早餐。"

八点多，舒家人陆陆续续都起床了。王琴琢磨着早餐弄什么吃时，舒雅南说："垣垣等会儿就过来，他会顺便带早餐来。"

舒雅南往窗外一看，后半夜下起的雪，现在还在飘着。外面的世界一片银装素裹。

八点半时，门铃响了。

舒雅南赶忙跑去开门，脸上不由自主地漾起笑容。

宫垣走进门，大衣上、头顶上覆着一层薄薄的雪花。在他身后跟了几个穿制服的男人，他们推着几个柜子。舒雅南有点摸不着头脑，宫垣说："不知道你们喜欢吃什么，叫了酒店的自助早餐。"

他们将柜门打开，端出一个又一个托盘，上面覆着银色圆顶罩子。片刻后，三十余种各式各样的早茶点心，在饭厅和客厅的大桌上依次铺开。

舒雅南早就习惯了这种风格，面对父母的目瞪口呆，摊手道："之前我在拍戏时，他也是把酒店的自助餐搬进剧组。"

舒雅南掸去宫垣身上的雪花，说道："可是，剧组人多，不会浪费。在家这样就是铺张浪费了。下次可别这样了啊。"

"嗯。"宫垣应声，看着她笑。

一家人坐在桌旁。舒雅南拿起宫垣跟前的盘子，替他夹了几块西兰花、几片青菜，又夹了两根肠粉一个流沙包，舀了一碗小米粥。

"不准挑食，这些要吃完哦。"自从那次宫垣住院，舒雅南才知道，他是个要命的挑食者。他嗜甜嗜肉，对五谷杂粮和蔬菜水果丝毫不感兴趣。自那以后，每次跟宫垣吃饭，她都会特别看着他。如果两人吃西餐，决不允许他只吃牛扒，配汤和水果必须吃。

宫垣很听话地吃着，一脸幸福的表情，丝毫不像是在吃不喜欢的东西。

王琴失笑："怎么跟你小时候一个毛病。"

"哎？"舒雅南诧异地看她。

"那时候为了改掉你这坏毛病，我可是软硬兼施，下了不少工夫……"王琴说着，表情突然凝滞了。就是因为这样，她喜欢吃什么小少爷就喜欢吃什么。

王琴原本轻松的笑意变得牵强，她敷衍了几句，不再说什么，低头吃东西。

饭后，舒雅南与宫垣陪舒雅南的弟弟玩《三国杀》纸牌游戏。宫垣原本不会，在他弟弟讲述了一遍规则之后，很快上手。

王琴从厨房里走出来，瞧着几个其乐融融的孩子，不由得忧心忡忡。尤其是宫垣与舒雅南的亲昵，两人的嬉笑打闹，他看着她时那宠溺又依恋的眼神。

她仿佛看到了从前……

有一次，雅雅参加学校组织的夏令营活动，半个月的行程。宫垣独自待在家里，第一天，第二天，他什么都不肯吃，第三天，他开始哭。

他哭着说："雅雅不见了……她不要我了……"

保姆安慰道："雅雅是去参加学校的活动了，她不是跟小少爷说了吗，过阵子就回来了。"

可他还是哭。他躲到柜子里，不吃不喝，不停地哭。

保姆拿他没办法，只得联系宫母。宫母一个越洋电话打来，对王琴大发雷霆："把你女儿叫回来！她最重要的事是陪圆圆！忘了你们的衣食父母是谁了吗？"

雅雅才参加五天夏令营，被宫家派去的人接回来了。

宫家大宅里，宫垣饿得奄奄一息，连抽噎都虚弱无力。

雅雅走入他房间时，脸上带有怒意。可是，当她把虚弱的孩子从柜子阴暗的角落里拖出来，看到他半死不活的模样时，只剩下了心疼。她陪他挂水，给他讲夏令营的经历，喂他吃东西。他蜷缩在她怀里，手掌始终紧紧攥着她的衣襟。

那天晚上，她到母亲房间里咆哮："我讨厌宫垣！讨厌宫家人！我现在连自己的自由都没有了！"

"好不容易才有的夏令营机会，去几天就得回来！"毕竟是个小女孩，遏制不住自己激动的心情，同样哭了起来，她边哭边抹泪说，"现在大家都知道我是宫家的小保姆，我还得带个小屁孩……"

"雅雅，对不起，是妈不好。"母亲哽咽道，"是妈没用，你爸去得早，看病欠下了一堆债，我不能让你过上好日子，还让你过早挑上生活重担……"

母亲是宫家的保姆，她也是。而她母亲的这份工作是因为她得来的。她的任务就是陪伴宫垣，只要能让他开心让他笑，他们就会有丰厚的报酬。随着宫垣的情况日渐好转，他们的确拿到了丰厚的回报，不会再被债主们逼得走投无路，不会再朝不保夕吃了上顿愁下顿。

当初，宫母对雅雅再三申明：

"你可以继续上学，但是，除了上课以外的时间，你都得陪着我儿子。

"你要明白，对你来说，宫垣比学业更重要。

"只要你用心照顾他，让他快乐起来，不仅你家里的债务不用愁，你将来念大学、出国甚至你这一辈子，都会得到最好的安排。"

她原本只是个十岁的女孩，但父亲的早逝、家境的窘迫让她过早成熟，明白生活的艰辛。她毫不犹豫地答应了。

舒雅南脑子聪明，性格开朗，在班上就跟假小子一样，与男孩女孩都能打成一片，尤其是那些男孩子都服她这个班长。

进入宫家后，她竭尽全力地取悦宫垣，对宫垣好。他不说话，她就在他身边滔滔不绝地说话。他躲在柜子里，她就陪他一起躲着。他怕黑，她就在黑暗里陪他。他不笑，她就拼命讲笑话，逗他笑。她的眼睛格外明亮，笑起来都透着一股子勃勃生机。

功夫不负苦心人，在日复一日的努力下，她终于一点点走入宫垣的世界。而宫垣变得格外依赖她，黏着她。

起初她很高兴宫垣能接受她，但随着时间的推移，这种过度的依赖对她而言，也会成为一种负担。比如这次夏令营，作为优秀的毕业生，有幸参与活动，她开心得不行，最后却因为宫垣的一声啼哭，无疾而终……

"对不起，雅雅……"母亲眼含热泪道，"没让你托生个好人家，害得你小小年纪就得承担这些。你自己都是个孩子，还得照顾个孩子。"

舒雅南看着母亲泪水涟涟的愧疚模样，暗自后悔不该跟母亲抱怨这些。

她马上调整好状态，眨眼笑道："没有啦，我就是发牢骚。其实圆圆很可爱，我很喜欢他。"

墙上的摆钟晃动着，发出了九点的报数声。

她朝挂钟看了一眼，马上说："九点了，我得去陪圆圆，哄他睡觉。"出房间前，她又冲母亲眨眨眼，"妈，我真的喜欢圆圆。"

母亲欣慰地点头。她这苦难的人生，最大的安慰，最大的骄傲，就是生了这个聪明又孝顺的女儿。

王琴从回忆里走出，眼前的画面犹如时光倒流……

雅雅陪着宫垣玩游戏，两人笑闹成一团。过去这么多年，当他面对她时，还是那么温顺又听话。他看着她的眼神，比起当年懵懂单纯的依赖，又多了火热的深情厚爱。

王琴心中一声长叹：命……都是命啊！

除夕夜，万家灯火，阖家团聚。

去年过年舒雅南在外忙碌没有回家，今年她不仅回来还带了个男人，家里顿时热闹了许多。

吃过年夜饭，电视上的春节晚会开始了，舒雅南和宫垣陪着爸妈一起打麻将，小弟在一旁打游戏收小费。舒雅南不得不承认，宫垣的智商非常高，他们当地的麻将玩法很复杂，变化很多，但是只要跟宫垣讲一遍，他就能记下来，迅速上手。还没玩两局，他就成了算账最快最准的人。如果不是知道宫垣以往根本不玩麻将，她真会以为他是个中高手。

宫垣手气不错，当他连和一圈大的，舒雅南在桌子底下踢了踢他的腿，嘴上笑道："你行啊，深藏不露，再和牌你就没朋友了。"

宫垣那种高高在上的人，从来是别人取悦他，哪里会想到玩麻将不是自己迅速上手就好？关键是要陪玩的人开心。

但他聪明，一点就透，舒雅南这话一说，他便不再专注于怎么玩，而是考虑怎么让她爸妈和牌。

舒雅南又发现，他连喂牌都很专业，总是能恰到好处地打出人家需要的牌。

舒雅南瞅着他，偷偷地笑。宫垣瞧见她眉眼间的盈盈笑意，心头仿佛被暖流熨帖过，舒服得不行。

十一点的时候，牌局散场，一家人坐在一起包饺子。这方面宫垣就不太灵光了，舒雅南终于有了碾压的快感，时不时笑他几句，宫垣也跟着笑。饺子从他手中捏出来，看着丑萌丑萌的，居然格外可爱。

舒雅南放在沙发上的手机响了，她擦了擦手，去接电话。电话是陈秘书打来的。

室内电视杂音大，舒雅南走到阳台上去接电话。

"小舒，少爷的一切都还好吧？"

"你放心，他很好。"舒雅南微笑道。

这次宫垣跟她回来，一个随行人员都没带。她没带助理，他也没带保安，两人就像一对再普通不过的小情侣一起回老家过年。陈秘书每天都会打一个电话过来询问情况，随时做好了打飞的赶过来的准备。

"陈墨，谢谢你，一直在宫垣身边照顾他。"舒雅南微微一笑，"新年快乐，陪家人好好过年，宫垣身边有我，你尽管放心。"

"少爷这个春节一定很开心。"那边陈秘书的声音哽了一下，说，"新年快乐。"

舒雅南放下电话，宫垣的双臂从身后环上，脑袋蹭在她肩窝，问道："谁的电话？"

舒雅南说："陈秘书。对了，你给他打个电话，拜个年呀。"

"用不着这么客套。"

"这不是客套，是祝福。他一直在你身边，尽心尽力地照顾你，节假日问候他是应该的。"

宫垣拨通了陈秘书的电话，陈秘书第一时间接起来，以为来命令了，毕恭毕敬地应声："少爷有何吩咐？"

宫垣："新年快乐。"

陈秘书目瞪口呆。

半晌没有回应，宫垣扬声："嗯？"

陈秘书手心发热，连声道："新年快乐！少爷新年快乐，心想事成、万事如意！阖家欢乐，财源广进，新年新气象！"陈秘书一个激动，说了一连串祝福语，话音刚落自己先不好意思起来，嘿嘿笑了两声。

宫垣微笑："你也是。"

午夜十二点，家家户户放鞭炮，天空爆出璀璨的烟花。

阳台上，宫垣看着舒雅南映在火光中的脸，声音伴着夜风吹拂在她耳畔："以后每一年，都要在一起过年。"

舒雅南踮起脚，嘴唇碰上他的唇瓣，说道："好，我答应你。"

"无论天涯海角？"

"无论天涯海角。"

• • •

Chapter 10 质疑

我会给她平静的生活，也能给她幸福的婚姻。

过去的伤害再也不会重演。

我不是二十年前的孱弱幼童。

现在的我，有足够强的力量保护我爱的人。

宫垣在舒雅南老家度过了一周的假期。到了回程那天，他比舒雅南还要依依不舍。舒雅南取笑道："不知道的还以为这是你老家呢。"

　　宫垣无奈地低声笑，回去后又要过上聚少离多的日子。他不能丢下家族企业，也不能要求舒雅南丢下事业，两人只能忙里偷闲，争分夺秒挤时间。他们理智上能理解这种状态，感情上却难以接受。

　　舒雅南在家收拾东西时，母亲来到她房里。

　　她低声叮嘱道："雅雅，你就别拖了。拖得越久越开不了口，不如快刀斩乱麻，当机立断。"看着他们这个春节假期里的种种浓情蜜意，她越看越着急。

　　舒雅南无奈地应声："妈，您就别操心了……"

　　事实是，她压根就不打算跟宫垣分手。

　　"要是你实在开不了这个口，我来帮你开口，成不？"

　　"妈，您放心，我有分寸。"

　　"我不是看你们俩这黏糊劲儿，心里着急吗？总归是要分手，早提出来，对宫垣也好。"

　　"为什么？"门口冷不丁插入一道男声。

　　舒雅南心神一凛，转头看去。

　　宫垣就站在房门口，一只手插兜，一只手搭着大衣，头上还落了些雪花。他表情阴沉，眼神尖锐，浑身散发出一股可怕的戾气。

　　宫垣走入房内，走到王琴跟前，再次问道："为什么要雅雅跟我分手？"

　　他无形中的威压之气，令王琴不由得往后退了两步，半晌才说："你是豪门公子，我们家配不上你们家。雅雅年纪也不小了，不能再耽搁了。"

　　宫垣极力压抑着情绪，抓住舒雅南的手，走到王琴跟前道："配不配得上，由我和雅雅说了算。我不会耽误她，我要娶她。"

虽然他已经极力压抑自己，但那不经意间漫出的凌厉气势，还是与之前的温和判若两人。舒雅南赶忙拉住他，想将他推到房外，说道："我跟我妈说。你先出去，在房外等我。"

宫垣笃定地站立原地，看向王琴，眼神坚定地道："阿姨，我向您承诺，一年内一定娶雅雅。"

王琴欲言又止。

她该怎么说？最大的问题是，她当初拿了宫家的钱，答应了不再与宫家有任何瓜葛。

宫垣面色诚恳，再次道："阿姨，相信我。我是真的爱雅雅。我一定会给她一个幸福的未来。"

王琴表情纠结不已，再三挣扎后，心一横，说道："你和雅雅，曾经有过一段共同生活的经历……"

宫垣沉默地看着她，等她继续说。

"那时候我带着雅雅，进入你们宫家帮佣……雅雅跟你成为朋友，你们在一起度过了三年……后来发生了一件事，具体什么事我也不清楚，但是，当时你父母亲都在，雅雅她的脑部受了很严重的伤……"说着，王琴拉过舒雅南，拨开她的长发，找到头皮上的那个疤痕，想给宫垣看。

舒雅南别别扭扭地躲开了，说道："妈，您就继续讲您的故事……"

但宫垣已经看到了她隐藏在浓密黑发里的那条疤痕，他瞳孔骤缩，脸色冷凝。

"还好雅雅没有性命危险，你父亲也算是仁至义尽，不仅负责了医疗费用，还给了一大笔赔偿金。"说到这里，王琴顿了一下，接着道，"但是，你父亲也要求我们不要再跟宫家有任何瓜葛。我答应了，我带着雅雅远走他乡，后来遇到孩子她爸，雅雅也改了名字。"王琴恳求地看着宫垣，"我从来没想过会再遇到宫家的人。请让我信守承诺，不要再跟宫家人有瓜葛好吗？"

宫垣定定地站在原地，没有作声。

"我不想对你父亲食言，也不想雅雅又一次卷入你们宫家的纷争中，更不想她再次受伤……我只想她过平静的生活，拥有简单的婚姻。请理解我这个做母亲的心。"

宫垣别开脸，避开王琴的目光。他双唇紧抿，喉结抽动着，没有开口说话。

舒雅南瞧他脸色很差，赶忙说："妈，您放心，我不是小孩子了，知道自己在做什么。我会处理好这些事情。"

舒雅南拖着宫垣离开房间，跨出房门时，宫垣突然回头，眼神坚定，开口道："我会给她平静的生活，也能给她幸福的婚姻。过去的伤害再也不会重演。我不是二十年前的孱弱幼童。现在的我，有足够强的力量保护我爱的人。"

王琴看着宫垣，记忆里的画面，突然翻涌而出……

小小的宫垣，跑到厨房来找她，扑倒她跟前，叫嚷着："阿姨阿姨……"

"怎么了？"她问道。

"不要带雅雅走好不好？"他紧攥着她的围裙，眼巴巴地看着她。

她一愣，说道："我没说要带雅雅走啊。"

"我想雅雅一直陪在我身边，一辈子那么久。可是雅雅说，阿姨离开宫家时，她就得走了……"男孩漆黑的双眼里，有渴望也有害怕，眼泪在眼眶里打转，"我不要雅雅走。"

"乖孩子，我们不走。不走。"她安抚道。

他开心地笑了："谢谢阿姨！"

回程的路上，宫垣表情沉郁，一言不发。直到两人上飞机时，舒雅南实在憋不住，扯了扯身旁宫垣的胳膊，问："不高兴了？"

他没作声。

"有话就直说啊，装什么闷葫芦？"

"你是不是在想怎么跟我分手？"宫垣声音暗哑。

"胡说什么？！"舒雅南当即反驳。

宫垣表情好看了些，又问："那你为什么不告诉我，你妈不同意我们在一起？"

"因为我知道，我们在一起必然困难重重。不只是我的家人，你还有你的家人需要面对。"舒雅南握住宫垣的手，柔声道，"所以，我不想让我的家人给你增加负担。我会处理好我这边的状况，你专心解决你的问题。"

宫垣将舒雅南抱入怀中，闭上眼，低声叹息："雅雅，只要你在我身边，所有问题都不是问题。"

元宵节那天，舒雅南要飞赴另一座城市，参加当地卫视频道的元宵晚会。行程安排下来后，她给宫垣打电话："垣垣，刚刚得到经纪人通知，元宵节我要赶通告。"

她努力让语气更温暖更柔软，希望宫垣好接受一点。没想到，那边传来他平静的声音："嗯，出去注意安全。我也有点事，不能过去陪你了。"

元宵节这天，宫家举办了一场高规格的晚宴，不仅宫家的人齐聚一堂，还有另外几个大家族参加。其中，邀请的主客是恒鑫程家。

宫垣穿着考究，气质卓然，在金碧辉煌的会场内穿梭，与各大家

150

族的长辈亲友们浅笑交谈。他作为寰亚集团下一代的内定继承人，在这种场合，必然是众人瞩目的对象。

以往大家只佩服他的工作能力，对他的性格颇有微词。但这段时间的宫垣，就像是改头换面一般，以前冷若冰霜的脸上，如今也会面带微笑。虽然仍有不怒自威的气势，但有了谦和温润的一面。而且，过去只工作不交际不应酬的他，现在有了很大改变。

宫老爷子听着大家对宫垣的称赞，笑得合不拢嘴。古稀之年的他，精神矍铄，身子骨硬朗，他有三个儿子，四个孙子五个孙女，大家有独自在外发展的，也有在寰亚担任要职。这些人中，唯有宫垣受到他的青睐，第一他具有极高的商业天赋，第二他具有极强的敬业态度。就凭这两点，他足以将这个大家族传承下去。

是以，一直以来，宫老爷子坚定不移地想要培养宫垣作为继承人。

宫垣在花园里接了个电话，刚转过身，程景心走到他身旁，笑道："嗨，还记得我吧？"

宫垣看了她一眼，礼貌地颔首微笑。随即，他目不斜视地往前走。

程景心想追上去跟他谈天，他已经与一位长辈交流起来。程景心看着他的背影，有些气恼地咬唇。

宫志诚与程景心父母相谈甚欢时，程景心走过来，一脸不悦地道："叔叔，宫垣对我好像很冷淡呢。"

宫志诚笑道："宫垣就是这性格，低调、内敛，熟悉了就好了。"

她父母马上接话道："宫少不像那些夸夸其谈的纨绔子弟，他是务实的人。"

要说联姻对象，程家并非条件最优越实力最雄厚的，但是，他们是外姓人在寰亚持股最多的。所以，当宫志诚提出联姻的想法时，程家分外高兴。嫁给寰亚的继承人，算是他们女儿攀上高枝了。

程母调侃女儿道："你不是就喜欢这种男人吗？"

程景心脸色微红，嘟囔着："靠近不了也很苦恼啊。"

宫志诚接话道："宫垣那孩子，就是外冷内热，多接触接触就好了。"

深夜，回去的车上，程母对女儿低声道："听说宫垣最近跟一个女明星走得很近，可能这是他冷淡你的原因……"

程景心忧心忡忡道："那怎么办？"

程父说："放心，宫家不会让那种女人进门。你表现好自己，跟宫垣多接近。"他语重心长地说，"女儿，错过了宫垣，你再也找不到各方面都这么匹配的男人了。好好把握啊。"

程景心不悦地轻哼："人家都有心上人了，还叫我把握……"

程母说："男人怎么会没点玩性？尤其是年轻的时候。你看其他那些世家公子，哪个不是花边新闻缠身？倒是宫垣，也就最近跟那个女明星走得近，以往没有什么乱七八糟的绯闻。他是众所周知的工作狂，年轻一代中的佼佼者。"说着，她白了程父一眼，"就你爸，我当年可是从一堆狐狸精手里抢来的。现在区区一个混娱乐圈的女人，你还应付不了吗？"

程景心一脸傲娇道："如果不是宫垣正对我的胃口，我才不屑于跟一个女艺人抢男人。"

假期过后，舒雅南再次忙碌起来。

《传奇》定于三月八日全国上映。二月底，她跟着剧组四处跑宣传。相比当初刚进组时，如今她已经有了相当高的知名度和人气，势头如日中天。

去年一年的忙碌，都有了回报。

《天籁之音》让她一炮而红，嗓音天赋、演唱功底征服了导师和观众。随后跟凌岩的恋情曝光，迅速炒起话题，她六年的隐忍付出又为她赢得了大批粉丝。

《我最亲爱的你》在卫视播出，收视率突破百分之二，她这个女三号由于人设和剪辑，最后出来的效果，比女主角更抢风头，她和易子涵在一起的话题一直飘在微博热搜榜上。

上一年年底推出的新专辑《蜕变》更是气市场反应热烈，成为各大音乐平台热播榜前几名。尤其是几首主打歌，在新年期间响遍大街小巷。

综艺真人秀《一路向前》在众多真人秀中杀出一条血路，每周末收视率称霸银幕，年末完美收官。舒雅南在节目里展现出自己真性情的一面，收获了大批真爱粉。

这一年她一共接了十五个一线品牌代言，多次登上知名杂志封面，女艺人网络搜索指数持续攀升，跃至前五。机场街拍图屡屡刷屏微博。

前一年还名不见经传的她，这种蹿红速度，就像坐着火箭上升。

酸她的路人说她是走了狗屎运，傍着影帝凌岩炒作，接连几个节目都是爆款，就跟开挂了一样。喜欢她的粉丝为她高兴，说她沉寂六年，锤炼出更好的自我，如今实至名归。

但对目前的舒雅南来说，电影《传奇》上映后的反响至关重要。电视剧里她只是女三号，综艺节目是大家的努力，而这部电影是她首部挑大梁的代表作。若是票房大卖，她的银幕生涯就此掀开光辉的篇章。若是票房惨败，必然会被群嘲票房毒药，那样的话她就得老老实实回去唱歌。

对于这次电影宣传，舒雅南格外卖力。剧组安排的路演，再忙也要排开档期参与。上映前期，她跟着剧组在各大城市院线跑宣传。

这天，苏娜赶来跟舒雅南会和时，突发感慨：“宫总好像没以前对你那么热情了啊。"

"嗯？"

"年前你有活动时，他隔天就会赶去见你啊。那时候我都做好了随时接驾的准备。现在倒是很少见了。"她表情一变，突然问，"你们不是分手了吧？"

"没有的事。"舒雅南笑道。

"那是怎么回事？你们俩从热恋期转入平淡期了？"苏娜琢磨着，神情严肃起来，压低声音说，"丫头，别说我没提醒你啊，宫总那种财大气粗又帅绝人寰的男人，是多少女人梦寐以求的男神！你可得盯紧点，别大意。没准一个不留神，他就被其他女人勾走了。"

舒雅南失笑出声："娜姐，你放心吧，我们很好。"

晚上，她躺在床上刷手机，发现微信里两人最近的聊天确实少了。她每天四处跑累得不行，晚上躺下来只想好好休息，有时候他打电话来也是三言两语便结束了。但按照他曾经的行事作风，如果她在外地待的时间较久，他一定会亲自赶来看她。

看来这段时间，他也很忙呢……

被忽略的感觉，让舒雅南心里有那么一点点失落。

寰亚大厦。

八十八层副总经理办公室内。

开完会的宫垣推门而入，宫志诚坐在沙发上等着他。

他说："今晚不要忙了，我约了程家的人一起吃晚餐。"

宫垣冷声回应："没时间。"

他漠然坐在办公桌前，打开电脑，开始浏览电子文件。

宫志诚脸上染有薄怒又压抑下去，他站起身说："下个月恒鑫有支股票要发行，你和程景心订婚的日子我们已经定好了，就在股票上市前几天。"

宫垣脸色有了变化，他抬起头，冷眼看向宫志诚："我没说过要娶那个女人。"

"宫垣，我这都是为了你好！娶了她，你继承人的位置才会稳固。以后就算你的病被捅到老爷子那里去，他顾全大局也会帮你瞒着，而不是放弃你。"

宫垣正色道："我的事业不需要靠婚姻稳固。而且，我现在状况很好，几个月以来都没有出现过人格混乱。"

"现在没出现人格混乱，不代表你的病不存在。那是个潜伏的炸弹。你能在权威医生的检查下出示健康证明吗？"宫志诚提高音量，"不能的话，一旦被人揭穿，你如何自证？"

宫垣毫不退让："就算失去执掌寰亚的资格，我也不会娶不爱的女人。"

"你这混账东西！"宫志诚抄起桌面上的文件夹朝宫垣砸去，吼道，"你以为老爷子为什么那么看好你？你觉得你比宫宴他们出色很多吗？无非是因为你妈！如果不是老爷子对你妈心里有愧，如果不是因为你妈家那边的权势，就凭你那笔烂账，继承人怎么也轮不到你头上！丢了寰亚，你对得起你妈吗？"

"呵……"宫垣冷笑，"爷爷还知道对我妈有愧，你呢？你又是什么感想？"

"我跟你妈的事，轮不到你来评头论足！"宫志诚怒斥。

"下个月订婚宴，你妈会回来。不想你妈病情加剧，就不要再让她操这些闲心，老老实实按我给你铺好的路走下去。这样对我们全家都好。"

"她身体不好，接回来干什么？"宫垣霍然起身，脸色阴郁，他绕出办公桌范围，逼近宫志诚，幽深的瞳孔紧缩如针尖，说道，"你是不是对我做过什么？为什么我会记忆混乱？"

宫志诚脸上现出一丝慌张的表情，往后退了一步，强自镇定道："你胡说什么？"

宫垣的手指着自己的脑袋说道："我的记忆，是不完整的……为什么会遗忘？为什么连我自己都不知道？"

宫志诚轻哼一声道："你本来就有病，我怎么知道你忘了什么？！"

"明雅是谁？"宫垣问。

宫志诚脸色一变。

"告诉我，明雅是谁？"宫垣逼近他。

"你……你想起什么了？"宫志诚脸上有了明显的慌乱。

宫垣一字一字逼问道："她为什么会受伤？发生了什么事情？"

宫垣不断逼近，那凛冽的气势，吓人的眼神，令宫志诚没来由地一阵心慌意乱。他蓦然扬起手，朝宫垣一巴掌扇去，怒喝："混账！怎么跟你老子说话？！"

宫垣白皙的脸颊上当即显出五根手指印，他后退了一步，难以置信地看着自己父亲。

"宫垣，不要以为长大了翅膀硬了，就可以无法无天！"宫志诚表情暴怒，双目圆瞪，恶狠狠地盯着宫垣道，"先把你的精神病治好了，再来跟我好好说话！"

宫垣瞳孔不断收缩。

男人暴怒扭曲的脸孔，令他眼前的空间也扭曲起来。

布置奢华的大房间里，四周的窗帘紧紧遮蔽着，长毛地毯上碎了一地的渣，伴着一声声巨响，各种古董器物被摔砸而下。

男人一张暴怒的脸孔，女人将年幼的孩子紧紧搂在怀里，就像抱住唯一的浮木。

男人快步上前，将孩子从女人怀里扯出，甩到一边。他用力拽住女人的头发，将她拖上前……她满面惶恐，挣扎着，抗拒着，可她的力气是那么弱小。

他朝她的脸一巴掌抽下，吼道："下次再敢去我爸那里告状试试！"

女人在他手下拼命地哭，拼命地摇头。

她努力地扭过脖子，看向一边的孩子："圆圆……圆圆……救救妈妈……"

小男孩跑上前，一双小手竭尽全力地抓着男人的双手，哭着恳求道："爸爸……你放开妈妈……放开妈妈……"

男人双眉倒竖，将他往后一推，骂道："滚！这里没你的事！滚回你房间里去！"

男人的巴掌再次扬起时，小男孩从地面上爬起，紧紧抱住女人，脑袋埋入她脖颈里，瑟瑟发抖的身体缩成一团。他小小的身体护在她跟前，哭得喉咙嘶哑，哀求道："求你了，不要打妈妈……不要打我妈妈……"

不要……不要……

宫志诚看到突然跌倒在地的宫垣，心中吃了一惊。

宫垣一脸惶恐，高大的身躯蜷缩成一团，不停地往后缩。

"宫垣……你怎么回事？！"宫志诚作势要把他拖起来，结果他一声惨叫，躲得更厉害。他爬到另一边，钻入办公桌下面，身体贴着桌壁，瑟瑟发抖，眼泪直流。

宫志诚走上前，瞧着他的模样，脸上的疑惑变成了然。

这不孝子又犯病了！

他眼底流露出深深的厌恶，拿出手机给陈秘书打电话："宫垣出了点状况。"

陈秘书接到通知后，迅速赶到宫垣办公室。

宫志诚冷着脸道："这是怎么回事？不是说他这段时间状态很好吗？为什么在我眼前发生这种事？这又是什么见鬼的人格？"

陈秘书忙不迭道："宫总请放心，少爷这个状况是一时的，很快就会恢复过来。"

"快点解决！被外面的人看到寰亚继承人是这个鬼样子，不仅他自己地位不保，就连寰亚的股票都得跟着遭殃！"宫志诚转身离去，出门前回头看了一眼，又说，"无论如何，宫垣都得撑过这几年。"

陈秘书看着关上的大门，眼底透出一丝鄙夷。

他走到办公桌旁，看着桌底下缩成一团的宫垣，无奈又伤感地叹了一口气。

"少爷，生在这样的家庭，是你的悲剧……"

他拿出手机，正要给医疗组打电话，让他们带来镇静剂，可是，刚要按下通话键的那一刻，他又顿住了。

"我希望下次宫垣出现人格异动时，不要再采取麻醉这种简单粗暴的方式。如果以暴制暴，只会让那些人格对我们充满恨意和戒心。我想引导宫垣跟他们交朋友，打开彼此的心结。"

这是舒雅南曾经对他说过的话。

陈秘书看了宫垣片刻后，把电话打给了舒雅南。

• • •

Chapter 11 风波

只要我们把心里害怕的东西说出来，

它就没那么可怕，

它再也不能躲在暗处折磨我们。

舒雅南正在另一座城市的影院里参加《传奇》的首映礼。

首映后，有一场记者见面会。作为话题女星，她被记者们团团包围，但他们的问题并非有关《传奇》和她所饰演的角色。接二连三的问题都围绕着她和凌岩，还有传说中的神秘豪门二代。狗血八卦的多角恋情，永远是吸引人眼球的爆点。

"你是因为豪门公子的追求，放弃了跟凌岩的六年感情吗？"

"听说凌岩为了挽回你，做出各种努力，都被你拒绝了？"

"凌岩在火场里为了救你，重伤息影半年，你就这么把他甩了，不会于心有愧吗？"

"凌岩知道那位豪门公子的存在吗？"

更有人直言不讳地问："外界都在传言，你星途顺畅扶摇直上，刚复出就能出演《传奇》是因为背后的豪门男友，对于这个传闻你有什么想说的？"

"听说凌岩被封杀过一段时间，是不是因为那位豪门公子背后的势力？"

"作为事件女主角，你是怎么化解这场三角风暴的？"

"那时候你有没有跟凌岩分手？你这种行为，是不是在给对方戴绿帽子？"

舒雅南脸上隐隐有了怒意时，站在一旁的经纪人拼命给她使眼色，以口型重复：忍！忍！忍！

舒雅南深呼吸，微笑着解释道："我跟凌岩是和平分手。这是两人友好协商的结果，没有谁甩谁一说。他在独自打拼的这几年，与多位女星传出绯闻，我一直都选择相信他。而我复出后，他也是一样。可以说，恋爱期间，我们彼此都很信任对方。至于分手……任何一对情侣在一起时都没想过要分手，这也是我们不想看到的结果。"舒雅南神色变得黯然，"希望大家不要再提这些。我们多聊些关于电影的话题，好吗？"

她这一番话，说得得体又大方，而且饱含情感。就在苏娜为她暗自点赞，认为她完美地应付了这些难缠的记者时，前方的记者群突然被冲开——四五个男女冲上前，其中一人手中提着一个木桶，他冲到最前方，掀开盖子，猛地朝舒雅南的方向泼去。

几位受访的明星都变了脸色，如惊弓之鸟从位置上站起。

一股浓浓的屎尿味儿在现场弥漫开来。众人纷纷捂鼻后退。

"保安！保安！……保安！"苏娜惊得大叫。

在这场混乱中，又涌出更多的人。两三个男女冲上前，其中一个男人揪住舒雅南的衣襟，用力扯住她的头发，就在另一个女人想扇巴掌时，舒雅南身旁的男主演反应迅速，帮她拦下了。

保安迅速冲上前，架着他们，女人被拉开时用力朝舒雅南吐唾沫，破口大骂："小三就该人人喊打！这个不要脸的狐狸精！勾引有妇之夫！"

台下记者哗然，纷纷抢着拍照，他们抢新闻不嫌事大，甚至有意拦住保安架着他们离去的路，想多听那个女人爆料。还有记者追着那个女人问舒雅南勾引了哪位有妇之夫。

这边舒雅南和一干主创人员，已经在安保人员的掩护下，迅速撤离现场。

大家都是一身的尿臊味。

他们火速离开影院，上车回酒店。

剧组专用的商务车内，女二号瞟了一眼舒雅南。对于处处压她一头的舒雅南，她心里一直很憋屈。她在电视剧圈里摸爬滚打这么多年，才发展到电影圈，做个女二号。这个几乎没有银幕经验的女人，刚复出就抢到了女一号。

尤其是舒雅南当年那么顺利，这次复出又这么红火，对于这种老天给开挂的人，她很难保持平常心。

这次发生这种事，女二号心里暗爽，嘴上却劝道："那些黄脸婆自己没本事，留不住自己的男人，居然还唆使人来找事砸场子。南姐，你别往心里去啊，别跟他们一般见识。"

这话看似安慰，却是建立在舒雅南是小三的结论上。舒雅南眉头微蹙，说："我不认识她，更没有跟任何有妇之夫牵扯。"

好好一场记者见面会，弄成这个样子，大家心里都不开心。当时坐在舒雅南身边的几位主创人员都没能幸免，身上沾了些屎尿味儿。

整个车内弥漫着一股骚臭气，大家心里不爽，碍于舒雅南的面子，又不好说什么。但男二号是个例外，他是近年被力捧出来的新晋红星，家境富裕，养尊处优，仗着自己有家底，在娱乐圈里也不怕得罪谁，当下就忍不住道："没有两把刷子就别瞎蹦跶！玩得一身臊，还让大家跟着倒霉！"

苏娜当即回嘴："你这话什么意思？莫名其妙跑出来的疯婆子，也怪我们 Anya 吗？她才是最大的受害者！"

男二号冷笑："怎么别人就没遇到这种破事情，都被你家宝宝摊上了？"

刚刚在现场护住舒雅南的男一号江雅伦开腔了，低柔的语气带着劝慰，看向舒雅南说："回头好好查查是谁跟你过不去，存心来找碴。有什么需要帮忙的地方，尽管找我。"

一直沉默的舒雅南低声道："谢谢……"

江雅伦又说："虽然我们作为艺人不想负面风波闹大，但被人欺负到头上了，也不能置之不理。"

"嗯。"舒雅南点头。

男一号是资深影帝，在这个圈子里有足够的威望和地位，他这番话一说，其他人都心领神会，你一言我一语地劝慰舒雅南。

舒雅南回到酒店后，赶忙洗澡换衣服。从浴室走出，苏娜已经换洗完毕在等着她。

"要不你跟宫总说一声，让他帮你把这事儿压下去？今天这场闹剧要是被大肆报道，免不了一场舆论口水大战。这种事情真真假假假真真的，无论最后怎么辩白，都会在大众眼里留下些负面印象。"

舒雅南淡淡道："就算官媒不发布，今天现场那么多人，难保没有曝光的可能，现在网络那么发达，这些事情根本包不住，倒不如大大方方地面对。何况，我是受害者，问心无愧，为什么要躲躲藏藏？我们还要对媒体表示，会保留追究法律责任的权利。"

苏娜说："丫头，你倒是出乎意料这么平静啊！"

今天遭遇那么大的羞辱，之前在剧组那么多人跟前，她不好说什么，她以为舒雅南也是在强装镇定。所以，苏娜到了酒店后就赶忙过来跟她商量对策，顺便抚慰抚慰她……哪知道，她看起来还挺泰然自若的。

舒雅南扯唇一笑："事情已经发生了，不平静能怎么样？被陷害的事情，我经历得还少吗？上次在公司停车场，差点连命都没了……这次这件事摆明了是有人跟我作对，幕后黑手我倒是会让宫垣帮我查查……"

两人正在议论时，舒雅南的手机响了。

"陈秘书？"看到来电显示，舒雅南有些诧异。如今她跟宫垣都是直接联系，很少通过陈秘书了。

"小舒，少爷受到些意外刺激，状况不太好，你来看看他？"

舒雅南急忙问道："他怎么了？"

"幼童圆圆出现了……"

舒雅南心里一沉。

这段时间一直好好的，怎么突然间……

她马上应声："我现在在外地，我这就订最快的航班回去，估计晚上到。"

挂断电话后，舒雅南开始查询航班，她一边在手机上订机票一边对苏娜说："宫垣有很重要的事情，我得回去见他。这是私事，我一个人单独回去，这边就拜托你跟剧组方面的人沟通一下。"

苏娜大吃一惊："这时候离开，不会被说心虚吗？晚上还有个补场的记者会……"

"我遭遇羞辱，不想面对媒体，是人之常情。你代我出席，把我说得惨一点、可怜一点……"舒雅南拍了拍苏娜的肩膀，道，"我相信我美若天仙又勤劳勇敢的经纪人一定能帮我应付这些！"

苏娜摊手，事关大老板宫垣，她还能说什么呢？

舒雅南没心思在这里多耽搁一秒，风风火火地赶往机场，上了飞机。

当晚，舒雅南赶到宫垣的豪宅。

陈秘书陪着舒雅南一道走入，舒雅南问道："圆圆怎么会突然出现？"

陈秘书叹了口气："好像跟少爷的父亲有关。他们俩独处时，激发出了这个人格。"

二楼的书房里，宫垣抱着膝盖，蜷着身子，躲在桌子底下。

舒雅南看到他，小心翼翼地上前，轻声叫道："圆圆？"

圆圆抬头看了她一眼，面露惶恐之色，不断地往里缩着，嘴里喃喃道："骗子……你是骗子……你会叫人用针扎我……"

舒雅南愣住了。那么久之前的事情，他还记得？

"我单独陪他待会儿吧？"舒雅南对陈秘书说。

陈秘书点头，离开了书房。

书房里只有他们两人时，舒雅南也钻入书桌底下。她坐在圆圆对面，与他保持着一段距离，一双眼睛装满温暖的笑意看他，柔声道："圆圆，对不起。上次的事情，我向你道歉。我不是故意的，我没搞清楚状况，不知道他们会过来用针扎你。"

圆圆将信将疑地看着她。

"我保证，这次再也不会有人给你扎针。"

"你的保证有用吗？"他啜嚅道。

"当然有用。"舒雅南试探着缓缓靠近圆圆，直到坐到他身边，她伸出手，轻轻摸上他的脑袋，"因为这次我会一直守在你身边，保护你。"

圆圆往一旁缩了缩，警惕地看了她一眼，咬着唇，抱住双腿，一言不发。

一个成年男人的外形，神情举止却与一个小孩子无异，舒雅南看着宫垣，分外心酸。

他不说话，她就陪在他身边。

舒雅南突然想起了自己的那个梦。

如果梦里的男孩是宫垣，那就是小时候的圆圆。

脑海中灵光一现，舒雅南凑到宫垣身旁，微笑着说："圆圆……我讲笑话给你听好不好？"

圆圆垂着头，面无表情。

"看着我嘛！"舒雅南抬起他的脸，一双荡漾着温柔水波的双眼，含情带笑地凝视着他，"圆圆，你看，我一点都不可怕呀。"

她拿出手机，在手机上翻找着笑话，说给他听。她接连绘声绘色地说了几个，他都没有反应，只用怯弱的眼神看着她。

舒雅南突然伸手朝他挠去，宫垣躲躲闪闪，表情别扭，憋红了脸。舒雅南得意地道："是不是受不了？是不是很想笑？别憋着呀！"

她继续挠，他拼命躲。他焦急地爬出了桌底，舒雅南一个饿虎扑食，趴到他身上，不停地挠着他的腋下和腰部。

"哎呀……你越不还手，我越欺负你，怎么样怎么样？"她完全是一副欠揍的嘴脸。

圆圆憋红了脸，双眼亮晶晶的，像是要哭出来，可是他又爆发出了笑声。他翻个身，将舒雅南压倒在地上，开始反攻，学着她的样子去挠她。舒雅南在他身下，边躲边笑，逮着机会就反攻。很快地，两人互相挠，滚成一团，疯闹个不停，也笑个不停。

两人都玩累了，并排躺在地板上。舒雅南抓住圆圆的手说："圆圆，我叫雅雅。我可以跟你做朋友吗？"

"朋友……是什么？"圆圆迷茫地问。

舒雅南轻声说："朋友呀，就是会陪在你身边，陪你玩耍笑闹，听你倾诉心事，分担你的高兴和伤心，让你不再孤单寂寞的人。"

舒雅南翻个身，撑起脑袋，看着圆圆问道："圆圆身边有其他朋友吗？"

圆圆摇了摇头。

舒雅南抓住了圆圆的双手说："那我一定要做圆圆的好朋友！"

舒雅南牵着圆圆的手，走出书房时，已经是三个小时之后。她带着他走到一楼的餐厅，陈秘书闻讯而来，赶忙吩咐保姆准备晚餐。圆圆看到陈秘书时，脸上显出惧色。

他刚要往桌底下钻的时候，被舒雅南抱住了。舒雅南将他抱在怀里，轻轻拍着他的后背说："圆圆不怕……叔叔也不是坏人……"

圆圆贴在她怀里，嗫嚅道："他用针扎我……"

"那我让叔叔给你道歉，好吗？叔叔他再也不这样了。"舒雅南软声哄道。

陈秘书闻言，当即对圆圆弯腰鞠躬，极其诚挚认真地道歉，恳请他的原谅。

舒雅南揉着圆圆的短发说道："叔叔已经知道错了。我们圆圆最善良最大方了，不会跟叔叔计较，对不对？"

圆圆轻轻点头，对陈秘书说："我原谅你了。"软糯的声音，透出最本真的单纯和善良。

陈秘书眼眶一热，差点涌出泪来。

多好的孩子，以前他出现时，他都没有好好对他。那时候他的所作所为真的很混账。

保姆将晚餐送上来，舒雅南就像照顾小孩子般为圆圆夹菜，给他盛汤，悉心照料着他。而她做起这些，竟然格外顺手。圆圆抬起脸，看着她，高兴地说："谢谢雅雅。"

"不用谢。我们是朋友呀。"舒雅南笑。圆圆还是个小绅士呢。退去那层恐惧后，他就是个善良大度又懂礼貌的孩子。

吃过晚饭后，舒雅南带领圆圆去洗漱。她要给他脱衣服，他红了脸，往后退了几步，说："我自己来……"

舒雅南"扑哧"一声笑了。

还是小时候的宫垣更可爱。

小男生都知道害羞呢，怎么长大了就……

没法比！

洗漱过后，两人并肩坐在床头，他靠在她肩膀上，舒雅南给圆圆讲睡前小故事。房内淡淡的橘色灯光，为他们镀上一层温暖的光晕。

舒雅南能感觉到，圆圆的恐惧不安，渐渐地都消退了。

舒雅南停下来，邀功般笑着问："姐姐讲的故事好听吗？"

圆圆点头："故事好听。姐姐的声音更好听，就像牛奶，又香又滑……"

舒雅南嘴角弧度加大，揉了揉圆圆的脑袋说："小宝贝，你怎么这么可爱，十足的小暖男。"她忍不住凑上前，用力亲了一口圆圆的脸蛋。

圆圆眨巴眨巴眼睛，眼睫毛颤了好几颤，脸庞就像红红的苹果。他别扭了好半天，支吾着问道："姐姐……你是不是喜欢我？"

"对呀！我可喜欢你了！"舒雅南大大方方地笑着应声。

圆圆急了，连忙道："姐姐，你不要喜欢我……"

"为什么？"舒雅南诧异地问。

"我现在还不能娶你，要等很多年以后，姐姐会等得很辛苦。"他认真地说道。

舒雅南愣了一下，随即爆发出大笑声，她在床上笑得直打滚。

笑了好半晌，看着圆圆鼓起腮帮子不太高兴的表情，她赶忙安慰道："我不是在笑圆圆……我是开心呢，我们圆圆这么贴心！"她捧起他的脸庞，认真地问道，"那我就嫁给二十年后的圆圆，好不好？"

圆圆看着舒雅南，眼里有着与心理年龄不符的专注，他点点头："好。"

两人四目相对，舒雅南差点就要倾身上前，吻住他的唇。

关键时刻，她控制住了自己。

不能对小孩子下毒手啊！太罪恶了！

就在这时，舒雅南的手机响了，是经纪人苏娜的来电。她坐直身子，正要下床，睡衣的衣角被抓住了。她回过头，只见他圆睁着一双湿漉漉的大眼睛看着她问道："姐姐，你要走吗……"

"没有呀。"舒雅南拍拍他的脸庞，"我去接个电话。"

电话刚接通，手机那边响起苏娜急切的声音："丫头，不好了！新闻都炸了！这是一次有预谋的攻击，水军多到无法想象！舆论一边倒地骂你，甚至编造出一堆子虚乌有的事情！这是存心置你于死地呀！这件事已经让公司高层震动了！"

见舒雅南没作声，她又说："你在干吗呢？是不是跟宫总一起？宫总知道这事情吗？只要宫总发话，新世纪一定会力挺你到底！"

舒雅南沉吟片刻，说："他最近身体状况不太好，我不能拿这件事麻烦他。过一阵子再说吧。"

"都火烧眉毛了，还过一阵了？"苏娜简直无语了，"过一阵子你名声都被搞臭了！宫总是大老板，他又不需要干什么，只要发号施令就好了。"

舒雅南揉了揉发痛的额头，说："他暂时不方便处理这个事情，这样吧，我们先发布声明，自证清白。还有，娜姐，你人脉比较广，想办法弄清楚到底是谁要整我，我们再对症下药。"

苏娜说："雅雅，其实有个最简单的法子，只要宫总站出来，公开你们俩的关系，一切谣言不攻自破。"

舒雅南沉默了片刻，应道："再说吧。宫垣的身份毕竟非同小可。"

舒雅南再次坐回到床上时，忍不住拿出手机上网。果然，论坛上、微博上，舆论的口水铺天盖地而来，骂她的话比以往任何一次都难听。还有记者会现场的照片，男人泼粪，几位主创人员大惊失色，舒雅南被人揪衣服，作势就要掌掴……都被拍了下来。

各种大小标题，映入眼帘。

"抛弃前男友凌岩，甘做富豪小三！"

"小三舒雅南遭曝光，原配带人大闹发布会现场！"

"舒雅南出席记者会遭泼粪！"

"舒雅南遭原配掌掴！"

"小三多风险，明星也不能幸免！"

舒雅南点开自己的微博浏览。她发的微博一般是几千上万条留言。而她最近发布的一条说说是在三天前，评论已经从一万迅猛飙升到十几万。她翻了十几页，一片腥风血雨，刀光剑影。

由于热门评论里许多条都提到凌岩，舒雅南顺手点进了凌岩微博。在那次宫垣解除对凌岩的封杀，打了那通电话之后，他们之间彻底断了联系。

凌岩最近一条微博是一周前发的，此刻留言量也飙升。

"恭喜，大仇得报！"

"坏人自有坏人收！"

"岩岩你终于可以安心了。"

"下次可长点心啊，把眼睛擦亮点！"

"那个女人配不上你。"

热门评论里，诸如此类的留言，数不胜数。

舒雅南心里清楚，大众对这件事反应这么强烈，不仅因为当下社会对小三的强烈抵触情绪，还因为她曾经深入人心的中国好女友形象，突然出现这么大反差，大家心里都接受不了。

当然，最深层次的原因还是背后那只兴风作浪的大手……

即便如此，在这片腥风血雨中，依然有一批粉丝在坚定不移地支持她。面对一拨又一拨强大的攻击，他们团结一致，奋力维护舒雅南。还有她在圈子里的朋友，易子涵，江雅伦，甚至是凌岩，都在这种风口浪尖上发声力挺她。

易子涵："这都什么年代了！不要听风就是雨，轻易被人带节奏。那些蓄意陷害者，想利用舆论给南姐安上莫须有的罪名，可笑。"

江雅伦："针对 Anya 的不实传闻，我感到非常遗憾并痛心，希望有关部门尽快查处，还一个认真敬业的艺人清白的名声。"

凌岩："相爱六年，我对她比对自己还要相信。舒雅南不可能做小三。"

他们的言论被大量转发，之前合作过综艺节目和电影剧组里的人都在转发，力挺舒雅南。

舒雅南看到别人骂她，其实没有太大的感觉，在这个娱乐圈里沉沉浮浮多年，诋毁陷害辱骂，各种钩心斗角，她没少经历，不会再像刚出道的少女般脆弱，被外界风波冲击得内心崩溃。但是，在看到那些粉丝声嘶力竭地为她说话，在声势浩大的讨伐中为她与别人招架。看到她的朋友们坚定地站在她这边，相信她，支持她，她心中暖流涌动，眼眶湿润了。

圆圆一直安静地坐在舒雅南身边，此时，他主动靠近她，抱住她的胳膊，轻声问："姐姐，你怎么哭了？"

舒雅南转过头，错愕地"啊"了一声，后知后觉地意识到自己失态了，赶忙拭去眼角的湿润。她喉咙沙哑地说："有很多人在骂姐姐。不过，我没有因为这个难过。相反，我很开心。"

圆圆表情迷茫，问道："姐姐被骂了还开心？"

"对呀，在我陷入最尴尬最狼狈的境地时，有一群爱我的人在支持我，怎么会不开心呢？"舒雅南微笑，重新把注意力放在了宫垣身上。她摸了摸他的脑袋，柔声问道，"可是，圆圆你不开心哦。你能告诉姐姐你为什么不开心吗？你在害怕什么？"

圆圆身体瑟缩，咬着唇，垂下脑袋，没作声。

"怎么了？"舒雅南敏锐地察觉到他神情的变化。

半晌，圆圆低声说："不能说……"

"为什么不能说？"

他以更轻更低的声音说："说了要挨打……"他攥着床单的手，在微微发颤。

"圆圆不怕。"舒雅南将圆圆抱入怀中，轻轻抚着他的后背，试图消释他内心的恐惧，安慰道，"有姐姐在你身边呀。姐姐会陪伴你，保护你，不让任何人打你。"

"可是他会打妈妈……"圆圆不安地道，他像是害怕什么，挣脱了舒雅南的怀抱。他不断往后退，眼里恐惧加深，连身体都在发抖，说道，"他会打妈妈……妈妈很怕他……我保护不了妈妈……"

"圆圆不怕，相信姐姐。"舒雅南靠近圆圆，轻柔的声音带着一股坚韧的力量，"只要我们把心里害怕的东西说出来，它就没那么可怕，它再也不能躲在暗处折磨我们。"

宫垣滚下床去，他神色惶惶不安，眼神茫然。

"圆圆是最坚强最勇敢的孩子。无论什么困难，都可以勇敢面对，对不对？"舒雅南越靠近，宫垣越后退。

他缩到墙脚，无处可退时，突然抱住脑袋，哭着喊道："我讨厌爸爸打妈妈！他不准我对爷爷说……不准我向任何人求救……我想保护妈妈，他连我一起打……我讨厌爸爸！他为什么要打我跟妈妈？"

男人身体蜷缩，紧贴着墙壁，成熟的脸上是幼童的惶恐无助，他绝望地哭着，倾诉内心的痛苦："爸爸把妈妈打得流血……妈妈哭得很大声……我好怕……我怕妈妈被打死……我不想没有妈妈……"

舒雅南在圆圆身旁蹲下，将他搂入怀中，紧紧抱住。

圆圆在她怀里抽噎，胸膛起起伏伏，哽咽着说："是不是我不好，爸爸才会打我们……"

舒雅南抑制住内心的酸涩，轻声道："当然不是。圆圆很乖，很可爱呢。"

"他们都讨厌我，以前爸爸不理我，妈妈对我好，后来连妈妈也不理我了……学校的活动他们从来不参加……每天只有一堆叔叔跟着我……"圆圆缩在舒雅南怀里，哭得越来越伤心，边哭边道，"我画的画比赛拿奖，妈妈不来看……没我画得好的同学，爸爸妈妈都来了，他们都好开心好骄傲……只有我一个人孤零零的……爸爸妈妈不管我，不理我……没有人喜欢我……"

舒雅南哽咽着抱紧了圆圆："怎么会呢？姐姐就很喜欢圆圆呀。圆圆很乖，很可爱，很讨人喜欢。"舒雅南轻轻擦拭着他滚落的眼泪，心脏仿佛被钢丝给绞住，心痛得快要窒息。

她伸出手为他擦泪，自己的泪水却在源源不断涌出。

她抽着干涩的喉咙，柔声道："圆圆的爸爸妈妈是笨蛋，他们不知道心疼圆圆……圆圆不要因为他们的错误责怪自己，圆圆是最好的孩子……"

・・・

Chapter 12 童真

圆圆，你已经长大了。

不要再害怕，从过去的阴影里勇敢地走出来。

迎接那个长大后的你，好吗？

圆圆在哭泣中睡去，舒雅南将他搀扶上床，在他身边睡下。

她知道此刻外界一片腥风血雨，可能明天一早醒来，骂她的人又呈几何倍数增长。但是，她已经不想去关心那么多了。她的全部心思，所有关心和在意的，都在身旁这个人身上。

只要他在身边，她就能安安心心踏踏实实地睡觉。

没有什么比两个人在一起更重要。

次日，舒雅南醒来时，宫垣已经醒来。舒雅南看着他骨碌碌转动的眼珠子，就知道他还是圆圆。舒雅南提议道："圆圆，姐姐今天带你出去玩，好吗？"

圆圆兴奋得差点跳起来："好呀！谢谢姐姐！"

一个小时后，两人洗漱完毕，吃完早餐，手拉手出门。

他们俩都戴着鸭舌帽和卡通面罩，身穿情侣款棒球服、牛仔裤，就像两个大学生。陈秘书也难得穿着一身休闲装，陪在他们身边。

此次出行只有他们三人，陈秘书在前面开车，舒雅南跟圆圆坐在后排。万物复苏的季节，春光明媚，阳光正好。舒雅南将玻璃窗打开，跟圆圆在后座玩拍掌游戏。

到了游乐园，舒雅南带着圆圆玩海盗船、坐过山车、进恐怖屋……就像两个疯狂的大孩子，时而笑闹，时而尖叫。而陈秘书就像带着两个熊孩子的家长，一直陪在旁边，拎包拿东西的同时，负责抓拍。

他们来到电影印象馆，门口站着一个高高大大的绿巨人，很多小孩子都兴奋地跟绿巨人合影。宫垣好奇地看着他，挪不动步了。舒雅南看出他的意图，笑道："那我们也去合影。"

圆圆指着绿巨人说："我想骑在他肩膀上拍照……"

舒雅南嘴角抽搐，但看着宫垣兴奋的眼神，满口答应下来："好啊，我去跟绿巨人沟通一下。"

她硬着头皮上前，对绿巨人说："我家小朋友想跟你合影，骑到你肩上拍张照片，好吗？"

绿巨人象征性地"嗷呜"叫了两声："来吧，小朋友！"还捶了两下胸膛。

舒雅南将圆圆拉上前。

绿巨人表情僵硬了。

他瞅了瞅圆圆，又瞅了瞅舒雅南，说道："你们家小朋友呢？"

舒雅南低声咳了两下，说："就是他。他有着一颗小朋友的童心。你的体格也快是他的一个半大了，你就把他当小孩子嘛。"

绿巨人环顾四周，没见巡查的领导，赶忙凑近舒雅南身边，低声恳求道："妹子，我这体形是特效，你捏捏，里面都是填充物……我们混口饭吃不容易啊，求放过，成不……"

舒雅南回过头，看圆圆一脸的期待，很是为难。

陈秘书上前，将绿巨人带到一旁，低声说了几句。

绿巨人折回后，满脸喜悦，来到圆圆身前，非常积极主动地蹲下身道："千万不要放过我！求拍照！求打马肩！"

舒雅南哭笑不得。

宫垣兴高采烈地骑到他肩膀上，还抓了抓他绿色的头发和大耳朵。一米八的汉子坐在肩头，男人咬咬牙，再咬咬牙，颠了好几下腿，终于颤巍巍地站起身。

还好他也是个练家子！养兵千日用兵一时了！

宫垣坐在绿巨人肩上，比画着两个剪刀手，叫嚷着："姐姐，姐姐……我们用一个姿势……"于是，舒雅南站在绿巨人身旁，学着圆圆的样子，往前推出两个剪刀手。陈秘书把这幅画面拍了下来。两人皆笑得一脸灿烂，绿巨人笑得也很灿烂。

舒雅南退出镜头，绿巨人拉着圆圆的双手张开，转圈圈。圆圆咯咯笑个不停，异常开心。他越笑，绿巨人越是跟打了鸡血似的，转个不停……

还是舒雅南看那绿巨人的腿越来越哆嗦，就怕再玩下去会乐极生悲，把圆圆叫下来了。

他们三人离去时，绿巨人目送他们的背影，热泪盈眶。

他今天是走了什么运，居然遇到总公司的领导，期盼多年的升职加薪不再是梦了！

他刚想扭动脖子放松放松，只听一声清脆的咔嚓声，疼得颤巍巍地蹲下。

为了走上人生巅峰，用力过猛。

这是工伤……

为领导服务的特级工伤！回头一定要申请荣誉表彰！

天色渐暗时，玩了一天的圆圆与舒雅南手牵手漫步，他手里拿着刚买的巧克力冰淇淋。

他在吃之前，伸出拿着冰淇淋的手，对舒雅南说："姐姐，给你吃一口。"

舒雅南扯下面罩，凑上前，满脸幸福地咬了一口。

她咂着嘴，感叹道："好好吃呀！"

"那我再给你吃一口。"圆圆再次伸出手，咧嘴笑着。舒雅南瞅着阳光下他的笑容，比嘴里的冰淇淋还要甜。

她已经一年多没碰过冰淇淋了。可减肥什么的，保持身材什么的，在圆圆纯真可爱甜腻的笑容下，完全成了浮云。

舒雅南倾过身，再次咬了一口。

"那是舒雅南！""Anya……"不远处突然响起了尖叫声。

舒雅南心里一个咯噔，暗叫不好，马上拉起面罩。那边已经有三五成群的少男少女冲过来，边跑边喊："舒雅南——舒雅南——"

舒雅南拉起圆圆就跑。

"姐姐，我们为什么要跑啊？"圆圆气喘吁吁地问。

"不跑他们就要把姐姐抓起来啊！"舒雅南边跑边说。

话刚落音，圆圆跑得比她还快。

陈秘书迅速给游乐园的工作人员打电话。就在舒雅南快要被围堵时，骚动的人群被及时赶到的安保人员拦住了。

两人跑到通往 4D 影院的小路上才得以喘息。圆圆另一只手还牢牢抓着吃了一半的冰淇淋。舒雅南看着眼前这座城堡般的影院建筑，突然想到以前轻音陪她来这里看过电影。

她提议道："圆圆，我们去看电影怎么样？"

"好啊。"圆圆兴奋地响应，"我要看《汤姆和杰瑞》！"

"啊，那个好过时啊！"舒雅南转念一想，圆圆的爱好还停留在二十年前，说道，"我带你看个很好玩的，《功夫熊猫》好不好？熊猫大侠很萌的！论可爱程度，就比圆圆差一点点！"

圆圆欣然接受。

VIP 影厅，整个厅内只有他们两个人。圆圆看得手舞足蹈，兴奋不已。他回头，发现舒雅南在看着他，更开心了。他咧嘴笑起来的样子，分明就是个极其满足的小孩子。他义愤填膺地骂着里面的坏人时，舒雅南跟着一起骂，他兴奋地跟着比画时，舒雅南在一旁鼓掌，连连叫道："好棒好棒！"

舒雅南看得出来，圆圆渴望被爱的心理需求，表现自我的欲望，得到了空前释放和满足。他雀跃的孩子气的笑容，让她的心都跟着雀跃起来。

　　他们离开游乐园时，已经是深夜。

　　舒雅南带着宫垣去了香山风景区，陈秘书照例为他们开车。舒雅南摸着他的脑袋说："圆圆，再过几个小时，我们一起看美丽的日出，好吗？"

　　"嗯嗯嗯！"圆圆连连点头。

　　"玩了一天，累了吧？先睡一觉，等到时候了，我再叫你。"舒雅南眼里满是疼爱，扶着圆圆倒在她腿上，手指轻轻抚着他的发丝。

　　"嗯……"他听话地趴在她大腿上，表情满足。

　　可是他一闭上眼又马上睁开，连续几次后，他手足无措地看着舒雅南说："姐姐，我害怕……"

　　"怕什么？"

　　"闭上眼……很黑很黑……"说着，圆圆脸上露出惶恐，"我又会看到爸爸打妈妈……"

　　舒雅南语气轻快地说："圆圆，我告诉你一个小秘密哦。"

　　"什么秘密？"圆圆好奇地看她。

　　"长大后的你呀，变得很坚强，很勇敢，再也不害怕任何人、任何事，而且没有人能够伤害你。在你身边，还有关心你爱你的人。"

　　"真的吗？"圆圆眨着眼睛问，语气虽然犹疑，眼底却满是希冀和向往。

　　"真的。"舒雅南微笑点头，"因为呀，你已经长大了。而且，长大后的你，是姐姐要嫁的人哦。"

　　"我已经长大了？"圆圆满脸困惑。

　　"对呀，圆圆，你已经长大了。"舒雅南抚摸着他的脑袋说，"不要再害怕，从过去的阴影里勇敢地走出来，迎接那个长大后的你，好吗？"

"我已经长大了……"圆圆自言自语，眼神有错愕，有惊疑，又有着期待和向往，他像是陷入自我的世界里，呢喃着，"我已经长大了，我成了一个很坚强很勇敢的人，我身边有关心我爱我的人，我可以娶姐姐了……"

阴暗的世界里，混沌的空间渐渐分明。

年幼的孩子蜷缩在封闭的衣柜里，四下一片昏暗，只有他的眼眸，散发着微光，他喃喃自语："我已经长大了……"

衣柜的门被拉开，光线大片大片涌入，男孩稚嫩的脸孔显露在光芒下。

与他相貌极相似的成年男子出现在眼前。

他微笑着，朝他伸出手："圆圆。"

"你是谁？"小男孩问。

"我就是长大后的你。"他微笑应声。

"长大后的我？"小男孩端详着他。

"圆圆，走出来，好吗？"他伸出手，向他靠近。

"你很坚强，很勇敢？"圆圆问。

"是。"宫垣微微失笑，说，"如果不做一个很坚强很勇敢的人，会让雅雅失望呢。"

"你身边有关心你爱你的人？"

宫垣颔首，脸上洋溢着幸福："雅雅她很爱我。"

"你可以保护你想保护的人？"

宫垣说："妈妈身体不好，我把她送去国外疗养了。我不会再让爸爸伤害她。我最爱的人是雅雅，我要娶她，一辈子守护在她身边。"

男孩看了他良久，伸出手，小小的手掌，搭上他宽厚的掌心。他脸上露出一个骄傲的笑："长大的我，很厉害呢。"

宫垣说："因为小时候的圆圆就很厉害。"

他握着他的小手，将他牵出了那个阴暗的衣柜。空间突变，两人站在了一片青草地上，阳光灿烂，微风轻抚。圆圆深吸一口气，感受阳光的沐浴，感受草木的清香。

终于，他走出了那个狭小阴暗的世界。

原来一切是那么美好。

车子开到风景区停下。陈秘书看着后视镜里的两个人，一个坐一个睡。睡着的人，表情幸福满足，坐着的人，手掌抚着他的发丝，脸上满是怜爱。

陈秘书轻声开口："小舒，今天辛苦你了，陪了少爷一整天。"

舒雅南笑了笑："陪自己的男朋友，怎么能说辛苦。"

"圆圆从没像今天这么开心过。"陈秘书不禁唏嘘，"以前他每次出现都是躲躲藏藏，都在害怕，都在哭。我们拿他没办法，就注射药剂。今天看到他这么快乐的样子，我真的很后悔以前那么对他。"

舒雅南笑着说："你已经向圆圆道过歉了呀，而且他原谅你了。"

陈秘书深吸一口气，抑制住眼眶的酸涩，说道："是啊，他原谅我了。"片刻后，陈秘书情绪稳定下来，说，"这两天有不利于你的舆论在扩散，新世纪的负责人已经报过来了。你放心，我替少爷下达了指示，要不计代价地为你公关。另外，我已经安排人去查这件事。最迟明天就会有结果。"

舒雅南深感宫垣身边的人办事效率不是一般的高，今天眼看着陪他们玩了一天，居然顺带办公。她感激地道："麻烦你了，陈秘书。"

陈秘书笑道："应该的。如果少爷清醒时看到这些新闻，得知处理不及时，就是我办事不力了。"

两人又聊了几句，都困了。

舒雅南调好手机闹钟后，靠在后座上睡觉。陈秘书考虑到她那么睡着不舒服，提议她到前排躺着睡，但舒雅南拒绝了，因为在她腿上躺着的宫垣睡得正香呢。

五点半时，手机铃声响起。

舒雅南醒过来，拍了拍宫垣的脸庞："圆圆，醒醒，看日出了。"

宫垣睁开混沌的双眼，舒雅南的笑脸映入视线。

他的眼神渐渐清明，下意识地弯起了嘴角，脸上漾着幸福。

睁开眼就能看到她，真好。

"起来咯，去看最美的日出！"舒雅南将宫垣拉起身，推开车门。她正要起身下车，双腿一软，便再次跌坐在座椅上。

"怎么了？"宫垣问。

舒雅南噘着嘴道："姐姐的腿被你枕了一晚上，麻了。"

"自作自受。"宫垣轻斥，他伸出手，替她揉捏着腿。

居然这么惯着这小家伙！他都没享受过这种待遇！

揉捏了一会儿后，宫垣从自己这边下车，走到舒雅南那边，替她拉开车门，对她伸出手："来。"

宫垣将舒雅南抱下车，以标准的公主抱姿态，抱着她在石阶上走着。天蒙蒙亮，晨风轻拂，空气中带着雨露的清新。舒雅南看着男子沉稳内敛的表情，深邃又明亮的眼神，试着问道："宫垣？"

到了观景台，宫垣坐在木椅上，将舒雅南放到自己腿上坐着。

舒雅南再次问道："你是宫垣？……圆圆走了吗？"

宫垣点头："是。他走了。"

"我说了要带他看日出的，他怎么就走了呢……"舒雅南急忙说道，"你能不能回去，让他出来，把日出看完？"

宫垣柔声道："圆圆已经变勇敢了。他知道，长大后他很坚强，很勇敢，可以保护他想保护的人，还有人关心他爱他。所以，他开心地走了。他要长大后的那个他好好活下去。"

舒雅南愣了一下，会意过来后，突然泪流满面，声音都哽咽了："你是说圆圆走了？他再也不会出现了？"

宫垣指向远方的地平线，说道："雅雅，你看，太阳快要出来了……"

舒雅南控制不住激动的心绪，哭出声来。

"你这个坏蛋！怎么这么快就让他走了？！我答应了要陪他看日出的，你让圆圆出来……他不能就这么走了，我还没有跟他好好道别……"

宫垣将舒雅南搂在怀里，轻声道："圆圆没有消失，此时此刻，他就跟我们在一起。"

"我想见他……我不要他走……"舒雅南哭着说。

宫垣抓住她的手，放在胸膛处："圆圆就在这里，他一定会看到这幅美丽的景象。"

舒雅南感受着在他体表下那颗心脏有力的跳动。

宫垣说："圆圆还让我帮他带话。"

"什么话？"舒雅南追问。

"他说他很喜欢你。长大后的他，一定要娶你。"宫垣低下头，唇畔轻轻碰上舒雅南的唇。

他纤长的眼睫毛沐浴着朝阳的光辉，眼底流光溢彩。他在她的唇瓣上流连辗转，柔声说道："美丽又善良的姑娘，你能帮圆圆完成心愿吗？"

舒雅南脸色绯红，哭着哭着又笑了，说："我愿意。"

宫垣用力吻住她的唇。

两人沐浴在万道金光中，深深地吻在一起。

陈秘书早就醒过来了，他陪站在一旁，时而看日出，时而看那对自带美图效果的拥吻的男女。终究，他还是忍不住拿出手机，打开摄像功能，镜头对准这对璧人不用加任何特效就相当唯美的法式热吻。

蓦地，他眼镜后的双眼流下泪水。

圆圆，对不起。

圆圆，再见。

• • •

Chapter 13 抉择

只要她能活下来，

就算用他的命去换，

他也在所不惜。

没有她的世界，

他宁愿沉睡在黑暗里……

舒雅南到新世纪与苏娜碰面时，苏娜已经不那么焦灼了。新世纪高层领导的态度很明确，一定要力证舒雅南的清白，对方的水军攻击和舆论造势已经被全面压下去。

这次热议虽然是负面新闻，但又一次将舒雅南推到了话题中心。对一个艺人来说，最怕的不是非议，而是没新闻，没曝光率，被人遗忘。当然，对于舒雅南这种处于事业上升期的艺人来说，正面导向性也很重要。

但不管是正面还是负面东西，在《传奇》上映时爆出这么一件事，制片方都是喜闻乐见的。女主角处于风暴中心，电影必然备受关注。

果不其然，剧组发来喜讯，上映第一天，票房过亿，而且持续走高，影院排片逆向增长。剧组方面希望舒雅南调整好心态，继续参加各大城市的巡回路演，为票房成绩再接再厉。苏娜替舒雅南婉拒了，表示她这段时间实在忙不过来。

她转头就对舒雅南吐槽："这种身处风口浪尖的时候还去路演，万一又来个疯子怎么办？！"

"那件事的幕后黑手查得怎么样了？"舒雅南问。

苏娜面露难色："遇到了些阻碍。就目前已知的，好像与恒鑫集团有关……"

恒鑫集团……舒雅南并不陌生，知道它是一家知名实业集团。可是，他们并无瓜葛，她与那家公司的高层也没有任何往来。他们为什么要针对她？

恰在这时，舒雅南的手机响了。这是她随身携带的私人电话，号码只有少数关系密切的亲友知道。

来电是一个陌生的号码。

她疑惑地接起来："喂？"

"我是宫垣的未婚妻,恒鑫集团程景心。"对方语气傲慢,开门见山。

舒雅南表情凝固,没有马上接话。

"我们见个面吧。"

舒雅南依然沉默。心里没底时,她就会用沉默来应对。

"怎么? 怕了?"那头响起挑衅的笑声,"放心吧,我不会对你怎么样。只是有些事,我们应该当面谈谈。"

舒雅南开口道:"时间、地点?"

去往约定地方的路上,舒雅南给宫垣打电话。宫垣正在开会,电话是陈秘书代接的。

"你跟宫垣说一声,有个叫程景心的女人自称是他未婚妻,约我面谈。"

陈秘书马上问:"她约在哪儿见面?"

"鸿鼎大楼B座。"舒雅南顿了一下,又说,"我不是让宫垣过来。我就是想问问,她说自己是宫垣的未婚妻,这件事……是真的吗?"

陈秘书一时语塞。

虽然宫垣并不认这个未婚妻,但不可否认,两家已经在筹备订婚事宜。他真不知道该怎么告诉舒雅南才会不引起她的情绪反弹。

舒雅南苦笑了一下,说道:"所以,这是真的?"

"不是的,小舒,你别误会少爷。"陈秘书立马道,"少爷自始至终与程家千金毫无牵扯,只是有的事,并非少爷不愿意就会停止……他们的事,两边家族都在促成。"

舒雅南沉吟片刻,应声:"我懂了。"

舒雅南下车后,深吸一口气,走入大厦中。电梯往上,抵达程景心相约的那家私人会馆。她考虑周到,选择这种高端的客流量很少的私密地方。舒雅南不用遮掩自己，被服务员带去程景心所在的包间。

两人相对落座，彼此都在打量着对方。

程景心不得不承认，这个女人比屏幕上看起来还要漂亮。本着知己知彼、百战不殆的想法，程景心这段时间看了舒雅南的电影，听了她的新专辑。有意思的是，她发现她居然很对她的胃口。尤其是她的歌声，有种穿透灵魂的力量。

看过《传奇》，她以为舒雅南是那种"狐狸精"，用那股子媚劲儿迷惑了宫垣。可是，看舒雅南在《天籁之音》的现场演绎，看舒雅南的新专辑MV，听着舒雅南的歌声，她又发现，舒雅南是一位用心去唱歌的歌手，甚至，她被舒雅南的歌声打动了。尤其是那首《爱你的几个我》，梦幻唯美的MV，一段凄美曲折的爱情，配上舒雅南绝望中透着希望，缠绵感伤的歌声，令听的人完全沉醉在意境中无法自拔。

程景心实在很喜欢那首歌。当她知道，那首歌不仅由舒雅南演唱，还是舒雅南作词作曲时，她都快被舒雅南圈粉了。

总之，这个女人跟她想象中的不太一样。这几天，她停止了对舒雅南的后续攻击，她希望兵不血刃地解决这件事。她不想毁了一个能打动她的歌手的前程。

舒雅南面对程景心，内心也是暗流涌动。这是宫垣的亲人为他选择的老婆。论外貌，这位千金毫不逊色于她，甚至，这个女人比她年轻，明净妆容下的肌肤嫩得仿佛能掐出水来。论身世背景，这个女人更是远超于她……

这一刻，舒雅南心里涌起了一股说不清道不明的惶然。

即使现在她与宫垣相爱，这种不被亲人接受的爱情能坚持多久？而宫垣身边，会不断涌现这些年轻貌美层次品位俱佳的女人……他能守住多年后两人的审美疲劳，能抵抗一拨又一拨飞向他的花蝴蝶吗？

当年，她跟凌岩的爱，何其热烈，何其真挚，最后的结果呢？

爱情是那么脆弱，那么易逝。

另一边，寰亚大厦。宫垣会议结束，刚回到办公室，陈秘书赶忙到他身边，低声道："程家千金约了舒小姐。"

宫垣当即沉下了脸，问道："她找舒雅南干什么？"

"他们约在鸿鼎大厦B座，少爷要不要去看看？"

"现在就去。"宫垣一秒都不耽搁，大步往外走去。他边走边掏出手机，给舒雅南打过去。

舒雅南听到手机铃声响起，看到是宫垣的来电，直接挂断了。

宫垣眉头紧蹙，听到手机里传来的忙音，步子迈得极快，就差跑起来了。

停车场里，陈秘书小跑着跟在他身后，气喘吁吁道："少爷，别急啊。不急在这一时。"

私人会馆里。

舒雅南问道："上次记者会上的人，是你安排的？"

"是。"程景心大大方方地承认了，"我想给你一个警示，做第三者不会有好下场。尤其是你这种公众人物，会被万众唾骂，被口水淹死。"

舒雅南微微一笑："请问，你们订婚多久了？"

程景心脸色微凝，答道："快了，日子已经定下来了。"

"哦，那就是还没订婚，可是，宫垣在一年前就是我男朋友了。请问，谁是第三者插足？"舒雅南问。

程景心有些愤懑，加重语气道："舒雅南，我是看你还算有点真本事，不想让你太难堪。以你的家背景，根本进不了宫家的门，你充其量就是宫垣在外玩玩的女人。"

"是不是玩玩，宫垣他本人，比你、比我都要清楚。你替他下结论，似乎言之过早。"舒雅南淡淡回应。

"舒雅南，你跟那些靠男人豢养的金丝雀不一样，你有大好前途，还有一群爱你的粉丝，你至于做一个见不得光的情妇吗？你就不怕那些支持你的人失望吗？"程景心缓了一口气，又道，"要不是觉得你有才华，不想你糟蹋了自己，我今天不会坐在这里跟你面对面交谈。"

舒雅南淡淡一笑："谢谢你这么看得起我。"她话锋一转，"但是，这件事的关键真不在我，而是宫垣。如果他不要我，我无法胡搅蛮缠。如果他要跟我在一起，即使我提分手，他也不会同意。所以，你只要说服宫垣就行了。"

程景心有些气恼地咬唇。宫垣对她态度那么冷淡，她怎么可能说服他？

"如果他对我提出分手，我保证走得干脆利落。或者……"舒雅南看向程景心，语气郑重地道，"只要他跟你订婚了，我不会再跟他有任何瓜葛。但是，现在你们还未订婚，所以，我不会放弃我男朋友。"

两人正说着，一名侍者推门而入，急叫道："失火了……快走！快走！"

舒雅南与程景心脸色皆猛地一变。

两人在侍者的引导下走出包间，快步穿过走廊。餐厅里就餐的人并不算太多，各包间里跑出来的有几十个，他们神色慌张地往外跑着。空气中已经能闻到浓烟味儿。

有小孩哭了起来，还有各种古玩器物被撞倒摔碎的声音，一片混乱中夹杂着餐厅负责人的声音："现在还不知道火是哪边燃起来的，这大楼内有易燃易爆物，很危险，大家抓紧时间快跑！

"不要坐电梯！从消防通道往下跑！"

一行人匆匆忙忙往外跑时，程景心被经过的人不小心推了一下，她狼狈地跌倒在地。穿着高跟鞋的她，脚踝重重扭了一下。舒雅南本来跑在前面，听到她的尖叫声，停住了脚步。她逆着人流，回到她身边。

舒雅南蹲下，帮程景心脱掉高跟鞋，将她扶起。可程景心的脚刚落地，更加钻心的疼痛袭来，她眼中噙着泪道："不行，好疼，完全没法使劲了……"

眼看飘进来的烟雾越来越多，舒雅南接连呛咳了几声。她心一横，踢掉了自己脚上的高跟鞋，在程景心身前蹲下："我背你。"

程景心有些犹疑地看她。

"快点！不要浪费时间！"舒雅南道。

程景心趴在了她背上。

舒雅南背起程景心，往外跑。他们身在十楼，一行人冲到了消防通道，顺着楼梯往下走。到了楼梯那里，为防栽倒和被身旁跑过的人撞到，舒雅南减缓了速度。

程景心嗫嚅道："没想到你这么有力气……"

"做我们这行当然要体力了，不然一场演唱会都坚持不下来……"舒雅南微喘着说，"也幸亏你够轻，还不到九十斤吧？"

"女人不能胖。"程景心应声。

舒雅南苦中作乐，笑道："一胖毁所有。"

当两人艰难下行时，那些冲在他们前面的人突然又倒回来了，边往上跑边喊道："六楼爆炸了，消防通道被大火堵住，走不通了！"

程景心脸色一僵，无措地道："怎么办？"

"只能往上跑了，在火势蔓延之前，消防人员应该会赶到。"舒雅南咬咬牙，一鼓作气，沿着楼梯往上冲。连爬了十五层，直到双腿再也迈不动步子，她终于停了下来。这一路有不少人在下行，也有不少人上行，整栋楼都跑动着慌乱无措的人，尖叫声不绝于耳。

二十二楼还没有被浓烟侵袭，不影响正常呼吸，舒雅南走到楼层里，将程景心放下，找到了公共通道处的消火栓。她按下门上的弹簧锁，销子自动退出，拉开箱门后，取下水枪拉转水带盘，拉出水带，同时把水带接口与消火栓接口连接上。

拨动箱体内公里壁的电源开关后，她微微松了一口气，抹去额头的汗水，喘息着道："应该能撑到消防人员赶来。"

她又找到干粉灭火器，放到自己和程景心身边。做好这些基本措施后，她在程景心身前蹲下，帮她揉脚，说道："万一形势严峻，消防员又不能及时赶到，你这个脚会严重拖后腿。"

程景心动了几下喉咙，眼泪还是没忍住，扑簌簌落下。

她紧紧抓住舒雅南的胳膊，哭着道："你不要丢下我，求你了……"

"放心，我们不会有事。"舒雅南抚慰道，从包包里拿出镜子和湿纸巾递给她，"擦擦脸吧。"

另一边，宫垣开着车赶到鸿鼎大厦，还没进入车库，发现外面围了一圈人。大厦上方，浓烟滚滚，不断有爆裂声传来。消防车刺耳的鸣叫声在这段街区不停地回荡。四下人心惶惶，愁云惨雾笼罩。

宫垣心头紧缩，再次给舒雅南打电话。这次电话通了。

"雅雅，你在哪儿？在鸿鼎大厦里吗？"他声音微颤。

"我在……"那边传来了她沙哑的声音。

"你在什么位置？我现在就进去找你！我在大楼底下！"

"别，不要进来！着火了！"舒雅南急道，"你放心，消防员很快就过来了，我们在上面，一时半会儿还烧不到。"

"你在哪儿？！"宫垣怒吼出声，声音颤抖，"快告诉我！"

那一端传来的是"嘟嘟嘟"的电话忙音。

她已经把电话挂了。

一次又一次爆裂，七楼八楼九楼的玻璃幕墙被炸得千万道碎片在半空飞溅，在街道上围观的人都吓得远远避开。

宫垣将车子停到道路一侧，快速下车。他正要往大厦里冲，被消防员拦住了去路。

"里面着火了，不能进去！"

"我老婆在里面！"宫垣吼道。

"已经有消防员进去搜救，请耐心等待。"

宫垣看向大楼上方的浓烟滚滚，听着不断响起的爆裂声，整颗心被难以承受的恐惧攫住！

"雅雅、雅雅……"他的双唇颤抖着，已经无法理性思考。

他要进去找她！他要确定她没事！

眼看着一批又一批消防员进去，他跑到指挥车那边，对负责人说："给我工具，我要跟你们的人一起进去。"

"同志，请耐心等待。"

他揪着那位负责人的衣领，哑声怒吼："我爱人就在里面！你要我怎么耐心等待？！我知道她在哪里！我要去救她！"他手劲太大，几乎将那人摔倒在地。

片刻后，宫垣换上消防服，戴着头盔和眼镜，手持探照灯和灭火器，跟其他消防员一起进入了大厦。

他们一层层地搜寻，宫垣直接往楼上跑。他从中段的第十五层开始搜寻，四下不断有惊叫和啼哭声传来，伴着此起彼伏的呛咳声。他的心脏被紧紧揪住，四处寻找舒雅南的身影。

他顺手救了几个人，把他们带到安全地带，让他们等待消防员，自己继续往上找。看到那些受伤受困的人，宫垣越来越害怕，当他搜到二十层还没看到舒雅南的身影，神情不复镇定。

"雅雅、雅雅，你在哪里……"他呢喃着，神色惶然，眼眶发红。他感觉那根脆弱的神经越绷越紧，好像随时都会断掉。

他突然跌跪在地。

宫垣很清楚地感觉到体内那股异常的躁动。

"轻音……你知道雅雅在哪里对不对？你能感应她的危险。快告诉我，雅雅在哪里！"

"你根本保护不了雅雅！滚回去吧！你没有资格做这副身体的主人，没资格得到雅雅的爱！"

"我现在不想跟你争论！快把雅雅救出来！"

"除非你让出这个身体。"

"不可能！"

"既然你认为自己的存在比雅雅的生命更重要，何必惺惺作态？呵……你慢慢找，等你找到雅雅时，她已经是一具烧焦的尸体。"

"不——"宫垣猛地低喝，身体控制不住地战栗着，"雅雅不能死，不能死！"

"是你选择让她死。是你舍不得自己这具躯体。"眼前出现的男人，眼瞳里闪着妖异的光，他居高临下地逼视他，"你舍不得自己，就要承受永远失去她的后果。"

"不！"宫垣使劲摇头。

男子勾起嘴角："一旦雅雅死了，我也会彻底消失，这对你来说，可是好事一桩。"

"雅雅不能死！"宫垣蓦地喊道，厉声打断了他的话，"你要这副身体，你拿去！只要你能救雅雅……没关系，你拿去！"

坚决的语气，急迫的神情，不带丝毫犹豫。

这一刻面临失去他才知道，就算永远无法摆脱这些人格也没关系，只要有她陪在他身边。

有她在，什么都可以。

失去她的世界，那才是无间地狱。

轻音捏起他的下巴，眼里迸射出愤怒的光芒，那刻骨的恨意，似要将他挫骨扬灰："宫垣，你占有了我的女人。如果你不碰她，我们还能和平共存，但现在，不可能了。"

宫垣扯扯嘴角，认命地闭上眼。

只要她能活下来，就算用他的命去换，他也在所不惜。

没有她的世界，他宁愿沉睡在黑暗里。

当他再次睁开眼时，眼底诡异的暗光滑过，嘴角勾起一抹势在必得的笑。

轻音迅速起身，往楼上跑去。

火势逐渐往上蔓延，眼看烟雾增多，二十二楼的舒雅南和程景心越来越着急。就算火没烧上来，再这么待下去，她们也会在浓烟中窒息而死。下方不时有爆裂声响起，每一下动静都敲击着她们紧缩的心脏。

"我们会不会死在这里……"程景心紧挨着舒雅南，眼泪吧嗒吧嗒直落。她毕竟是个千金大小姐，从没吃过苦，更没经历过什么磨难，连挫折都不曾有过，何曾体验过这种生死未卜的惊险。

舒雅南比她镇定，她抱住她，轻轻拍着她的肩膀，不停地抚慰道："放心，我们不会有事。消防员很快就会找上来。"

"现在的情况还不算糟糕，看情况这几层也没有易燃易爆物，目前火势没有蔓延。"

"没事的，不要怕。"

她拭去程景心脸上的泪，说："别哭，这样会把更多烟雾吸进去。"

"嗯……"程景心连连点头，像个小妹妹般依偎在她怀里。面临生死考验时，之前那种剑拔弩张和刀光剑影，悉数消失。

程景心万分懊悔，偏偏是今天、在这里，这么不凑巧的灾难性时刻，约舒雅南见面。

而她唯一值得庆幸的是，对方是舒雅南。她的感觉没有错，她能创作出那么动听那么富有感情的歌曲，不是那种攀龙附凤的心机女，她有一颗细腻又善良的玲珑心。

"对不起，我不该把你约到这里来，是我害了你……"

"现在说这些没意思。"

"我们会不会死在这里？"

"不会，我们一定能出去。发生这么严重的爆炸事件，消防员很快就会找上来。"

"嗯嗯。"

两人互相打气时，一个高大的身影出现在眼前。那抢眼的橘黄色消防服，令她俩喜出望外。

"我就说，一定会找来的！"舒雅南一直紧绷着神经，不敢流露出害怕，唯恐程景心被影响会更绝望，直到这时，她才真正松了一口气。

轻音走上前，将舒雅南从地上扶起，带着她快步离去。

"还有我！还有我！"程景心看着他们的背影大叫。

舒雅南看向拉着自己的男子，急道："还有她……她的脚行走不方便！"即使在弥漫的烟雾中，即使他戴着头盔和眼镜，在极近的距离之下，她还是认出了这个脸部轮廓是宫垣。

"其他人与我无关。"轻音应声，语速快而冷漠。

"不行！"舒雅南心里吃了一惊，顿住步子，说道，"不能把她丢在这里！"

"会有人来救她！"轻音道。这是分秒必争的时刻，不是闹情绪的时候。

"救援的人不知道什么时候才能搜到这里！把她放在这里太危险了！"舒雅南抓住楼梯的扶手，与宫垣对峙，就是不肯走。

轻音蹙眉，脸色沉了下来："雅雅，不要胡闹！"

舒雅南执拗地站在原地，一阵浓烟飘过，她被熏得连连呛咳："要走一起走……咯咯……带上她……"

轻音气急，却又拿她没办法，只得折回去。舒雅南跟在他身后。程景心坐在原地惶恐地大哭，她不甘心死在这里，她挣扎着想要站起身，可是还没站直，就被脚落地时那股钻心的疼痛逼得跌坐在地。

已经万念俱灰的她，突然看到折回的两人，大起大落的心绪让她无法言语，只有眼泪拼命往下掉。舒雅南跑到她身边，安抚道："别怕，我们不会丢下你不管的。"

她转过头，对轻音说："她的脚扭伤了，走路不方便。你来背她吧。"

他表情冷硬："我不背除你之外的女人。"

这声音……这是……程景心脸色微变。

宫垣他，竟然冲进了火场。

可是，他的第一选择是救走舒雅南。

他对她，竟然如此冷漠。

舒雅南气结："这都什么时候了，你还……"她一咬牙，在程景心身前蹲下，说道，"上来，我背你！"

程景心刚要伏到舒雅南背上时，被轻音拽开，脚猛地落地，疼得她惊叫出声。轻音半蹲下，冷着脸道："上来。"

　　舒雅南喜出望外，赶忙将程景心扶上他的背。

　　轻音背着程景心，一只手紧紧攥住舒雅南，带着她们往楼下跑去。

　　程景心伏在轻音的背上，他宽阔的双肩，他有力的后背，他守护者的姿态，令她就算是被浓烟呛得直咳，就算面对大火肆虐的可怕画面，抑或听到四处传来的哭叫声，都不再害怕。

　　她将脑袋埋在宫垣的后颈上，仅仅是这体温，已经有足够令人安心的力量。

　　轻音与另外几个消防员碰头，立即把程景心放下，交给了他们。几人顺利地从大楼外搭起的救生通道离开。

　　陈秘书焦急地守在外面，知道这栋大楼发生火灾，他飞速赶来。但他不敢告诉任何人宫垣被困在这里，只能暗中调用人力物力，加大救援力度。此时见宫垣出来，他才松了口气。

　　面对陈秘书的嘘寒问暖，轻音表情冷淡。后怕的陈秘书并没有多想。刚刚经历一场生死浩劫，大家的心情都尚在波动中，没人注意到宫垣眼神的变化。

• • •

Chapter 14 挽留

▼

为了他，

她的尊严、

她的骄傲，

悉数卸下。

回了宫垣的豪宅，陈秘书请来私人医生，分别给两人检查身体。舒雅南没什么大碍，检查完之后吃了镇定的药物，而后去洗澡。

她走出浴室，宫垣坐在房里等她。房内只开了一盏床头灯，光线昏暗。他坐在窗边的沙发上，身影陷入阴影中。厚重的古典宫廷式窗帘，将外面的光线密密实实地遮挡住。

见舒雅南走出，他起身迎向她，两人抱在一起。

舒雅南靠在他胸膛上，呼吸着他身上特有的男性香水味。今天，她也是在强撑，不知道救援人员什么时候能到，不知道会不会遭遇厄运。

直到他出现，她的一颗心才稳稳落回胸腔里。

他抬起她的脸庞，目光交会间，男人眼底闪耀着温柔的光泽。细密的吻落下，散在她脸颊各处。

绵长的热吻，不知疲倦，反复探索，反复汲取。

舒雅南在那种酥酥麻麻的感觉中，被吻得晕头转向。

他将她抱起，放在了床上。他吻遍她身体每一处，看那虔诚的姿态，狂热的眼神，仿佛她是最珍贵无比的艺术品。舒雅南跟宫垣亲热过很多次，却第一次体验这种感觉。

她感觉自己仿佛是易碎的水晶，被极其小心地呵护着。

在历经一场生死浩劫后，她需要这种温柔的抚慰。她双手环上男人宽阔的后背，在他带来的极致温柔里沉沦。

那一刻，她闭着眼，没看到他脸上无以复加的激动。

缠绵过后，舒雅南枕着男人的胸膛，手指在他平滑的腹肌上游移着，呢喃道："你家人为你选择的未婚妻怎么办？你居然一直都不告诉我，逃避问题可不是办法。"

他闭上眼，什么都没说，只是将她抱紧。

舒雅南觉得，这一晚的宫垣格外沉默。他什么都不说，不停地吻她，到最后她的理智和思绪都被那强烈的冲击打碎。

次日，舒雅南醒来时，身边已经没有了人。

下到一楼，餐桌上是保姆精心准备好的早餐，舒雅南随便吃了点东西。她估计宫垣是因为公司有什么急事忙去了，没有在意。

吃过早餐，她离开宫垣的别墅，前往公司。

之前关于她的舆论风波，已经被证实是有人蓄意捣乱。会场带头闹事的女人，在警局被拘留时大叫："我老公整天茶不思饭不想地迷恋那个女人，手机里电脑上都是她的照片，她难道不是狐狸精吗？她就是小三，抢了我老公！"

这段视频被曝光在网上，网友人肉出她老公只是小小的个体户。于是，这个事件以一个中年妒妇攻击当红明星为结论收场。歌迷影迷们都为舒雅南愤愤不平，就因为这场闹剧，她蒙受了那么多阴暗的揣测和羞辱。但圈内人知道，这件事并没有这么简单，之前的轩然大波，一边倒的舆论攻击，必然是有人在暗中运作。

苏娜愤愤不平却又毫无办法，一切线索都指向恒鑫集团千金大小姐，那种人他们动得起吗？对方偃旗息鼓，还给这边洗白了，就是在表达他们示好的态度。既然如此，只能吃下这个亏，就当什么事情都没有发生。

但苏娜还是对舒雅南说："回去记得给宫总吹吹枕头风！恒鑫了不起啊，可没我们大寰亚厉害！那女人这么摆你一道，哪能这么算了？！只要我们宫总出马，不说杀个片甲不留，至少也能给她点颜色瞧瞧。"

舒雅南淡淡笑了一下，说："她能收手就谢天谢地了。"

她可是宫家指定的儿媳妇。宫垣能不能应付家族势力，舒雅南这颗心都是悬着的。

舒雅南的手机响了一下，她拿起来一看，是一条短信。

"上次的事，谢谢你。"

这个号码她没存，但她知道是谁发的，她输入："不用谢。"结果还没发送，那边又发来了一条。

"这周六，我和宫垣举办订婚宴。"

舒雅南手抖了一下，手机差点滑落在地。

她攥紧手机，定定地看了屏幕几秒，确定自己没有眼花，迅速对苏娜说："我有点事，这两天不要给我安排任何通告，我要放假！"说完，她像离弦的箭一般冲向电梯。

"喂，你……"苏娜看着她的背影，瞠目结舌。如果不是跟舒雅南相识多年，了解她的为人，按她这段时间以来的表现，完全可以被评价为红了就开始耍大牌，不听从指挥安排了。

她无奈地叹了口气。可谁叫她了解舒雅南呢，她还知道恒鑫千金的事情没这么简单。她只能为舒雅南祈祷，希望舒雅南顺利渡过难关。毕竟，宫老板保卫战，比眼下的工作重要得多。

电梯往下，舒雅南给宫垣打电话，没人接。

一次又一次，始终是冷冰冰的语音提示："你所拨打的电话暂时无人接听……"

下到停车场，她转而给陈秘书打电话。那边倒是接起来了。

舒雅南坐上车，一边启动车子，一边问："宫垣要跟程景心订婚了？"

那边沉默了片刻，说："是。"

她的心蓦然一沉，连带手也狠狠抖了一下，心慌意乱之下半天没有将车子发动。她颓然靠在椅背上，压抑住内心快要爆炸的情绪，冷静地问："为什么？"

"少爷的决定，我无权问为什么。"

"我要见他。"

"我帮你问问。"

电话挂断，舒雅南打开车上的音乐，平缓心绪。

她不断告诉自己，这一定是个玩笑，一定是个荒唐的玩笑……宫垣不可能这么对她……

片刻后，陈秘书来电说："少爷最近的行程安排得很满，接下来几天都没时间。"

"陈秘书，你别跟我绕弯子，他不想见我，对吗？"舒雅南努力稳定下来的心绪再一次被撕裂。

陈秘书沉默了。面对舒雅南，他真的很难办。

舒雅南说："告诉我他在哪里，我去找他。就算是分手，也得当面说清楚。这才是一个男人该有的态度！"她语气含有薄怒。

手机那端静默半晌，传来陈秘书的声音："这时候，少爷应该在香榭高尔夫球场。"顿了一下，他又补了一句，"程小姐也在。"

"好，我知道了。"挂断电话后，舒雅南一刻也不耽搁，驱车前往目的地。

这件事来得太突然太荒谬，舒雅南都不知道作何反应才是该有的态度。

宫垣这两三天一声不响，一直没联系她，她以为他在忙，她自己也忙，没去打扰他。结果……结果居然是这样？他在筹备跟另一个女人订婚！

跑车在马路上飞驰，舒雅南的脑子时冷时热，心跳忽急忽缓，像是在大海中浮浮沉沉的人，下一刻就要溺毙。

舒雅南在高尔夫球场看到宫垣时，他正坐在休息区的红木椅上，手里端着一杯茶，不紧不慢地喝着。他身穿一套米白色休闲装，高大的身体被勾勒得挺拔俊逸，姿态慵懒。

另一边程景心在挥动球杆，一杆进洞。

她回过头，冲宫垣粲然一笑。

那明亮灿烂的笑容，就像炙热的夏阳，照进舒雅南眼底，她的眼睛被刺疼了。

舒雅南走到宫垣身侧的休息椅旁坐下，看着他笑道："宫总好兴致。"

宫垣原本懒散的表情，在瞬间凝滞了。两人对视不到三秒，他别开了脸。程景心看到舒雅南，脸上有些诧异，很快微微一笑，走过来，冲舒雅南大大方方地打招呼："你好。"

舒雅南抿唇，回道："我不怎么好。"

程景心倒也不介怀，依然保持着微笑说道："我很喜欢你。我们交个朋友吧。"

"交朋友不是一个人的事。这是双向行为。很抱歉，我不愿意。"舒雅南冷冷地说。

她起身，走到宫垣身边，抓住他的手说："跟我走。"

宫垣再次别开脸，不看她，坐在椅子上没有动。程景心上前拉开舒雅南的手，语气加重，透出强势："我想跟你交朋友，不代表我容许你抢我的未婚夫。"

舒雅南没有看她，目光直直地盯着宫垣问道："这就是你的决定，是吗？"

"是。"宫垣看着天边的游云，淡淡应声。

"你看着我说！"舒雅南怒道，"既然做得出来，还怕面对我吗？"

宫垣转过头，看向舒雅南。那双眼睛，冰冷得不带一丝情感。

"舒雅南，恋爱和结婚是两回事。你可以是我的女朋友，但不会是我的老婆。你也不是小女孩了，这么简单的道理还不懂吗？"

舒雅南脸色一阵青一阵白。

他冰冷的眼神，漠然的表情，冰得她遍体生寒。

宫垣勾起嘴角："周六是我的订婚宴。如果你愿意祝福我的婚姻，可以来参加。但是，"他加重语气，透着一丝凛冽，"我不喜欢不懂事的女人。"

舒雅南几乎站立不稳。在这一刻之前，即使是做梦，她也无法想象，宫垣会对她说出这样的话。可是，他说了，而且是当着另外一个女人的面，用那么冷酷的表情那么轻蔑的语气说出来。她连语言都无法组织，更没法张口表达什么，整个人就像是疯了傻了。

宫垣站起身，揽过程景心的肩膀，悠然离去。

一对金童玉女，一对豪门二代，如此耀眼，如此登对。

舒雅南忘了自己是怎么离开，又是怎么回家的。后来苏娜找上门，将她从沙发上拖起来，抽走她手里的酒杯，厉声道："你怎么回事？请假就为了在家里喝闷酒吗？"

舒雅南重新端起茶几上的高脚杯，笑笑道："我这叫品酒。"手腕晃动着杯脚，杯中液体随之起伏荡漾，她看着那红色的液体，淡淡笑着，"品酒就像是品味人生，多有意思……"

苏娜坐到舒雅南身边，接过她手中的酒杯，一口灌下，将杯子重重地放在茶几上，说："一个人喝闷酒有什么意思？今晚咱姐俩一起出去，痛快地喝一场！"

舒雅南被苏娜拉起身，她不悦地抽出手道："谁说我要出去喝酒了？你乱激动什么。"

苏娜眼里闪过一丝心疼，说："丫头，你别憋着了。这种事……可以预料的不是吗？毕竟宫家那种豪门，太过高不可攀。好在你以前的保密工作做得够好，你们的事也没几个人知道，在舆论上不会对你造成什么影响。以后你继续走你的演艺路，我们一起朝着天后之路努力。"

舒雅南疑惑地看了苏娜一眼。

苏娜叹了一口气，说道："寰亚旗下的传媒公司已经公布了宫总和恒鑫千金的喜讯。"

舒雅南双腿发软，跌坐在沙发上。

她微微发颤的手拿起手机，打开浏览器。

门户网站的新闻标题，令她全身血液仿佛在瞬间都停止了流动，冷，彻骨的冷。

直到这一刻，她才真真切切、无比清晰地意识到，她又一次失恋了……

她又一次被男人甩了。

次日，苏娜来到舒雅南家里时，她正躺在床上睡觉。

"我允许你有个失恋缓冲期，但是，你应该用这个缓冲期好好出去透个气，调剂自己，而不是在家蒙在被子里哭。"苏娜扯开她的被子，不客气地道。

舒雅南踢了踢腿，坐起身，斜睨苏娜一眼："你哪只眼睛看到我哭了？"

的确，她素净的脸上，不见一丝泪痕，但那双眼睛肿胀得跟核桃一样。

舒雅南懒洋洋地站起身，迈着慵懒的步伐，去浴室洗漱。

她洗漱完毕，看到客厅的餐桌上摆放着苏娜带来的海鲜粥和虾饺。

"吃点东西，先垫垫肚子，等会儿出门吃顿好的。"苏娜道。

舒雅南坐在桌前，舀起一勺粥，送入口中，唇齿留香，是她最喜欢的吴记粥铺的粥。经纪人对她体贴入微的关心，她不是不明白。舒雅南叹了口气，说："娜姐，你真不用替我担心，我很好。"说着她自嘲地笑了一下，"又不是第一次失恋，多大点事儿啊，休息休息就好了。"

"真要多大点事儿，你今天就去跟我拍杂志封面照了，会瘫在家里要死不活吗？"苏娜一脸鄙夷，"行了，啥也别说了，吃完化个妆，拾掇拾掇自己，跟我出门去。"

购物和美食永远是女人的心头好。何以解忧，唯有血拼。

舒雅南化上精致的妆容，穿着香奈儿最新款的春季套装，长发披肩，戴上大墨镜，与苏娜一道穿梭在高端卖场中。这里容貌出众且打扮时尚的少女贵妇并不少见，只露出下颌弧线的舒雅南没有引起关注。

到了晚饭时间，苏娜将舒雅南带到华夏会馆。两人进入包间内，舒雅南笑道："这地方来一次开销可不小，娜姐够大气。"

"还不是为了你。"

"懂，我懂。"舒雅南打趣道，"你用心良苦。"

两人坐下没多久，苏娜的电话响了，只见她眉开眼笑地跟那边确认地点，说着包间名。挂断电话后，舒雅南问道："你找的谁啊？我可没心情应付你朋友啊。"

苏娜呵呵一笑，道："凌岩。"

舒雅南愣了一下，站起身，作势就要走："我不想见他。"

"丫头，别激动啊。"苏娜赶忙拽着她坐下，说道，"不是我约他，这几天他一直通过我问你的情况，我看他对你是真的很关心。我就想着，大家一起出来坐坐，叙个旧。"

"没兴趣。"舒雅南依然冷面。

"我说你这就不对了啊。人家分手了还能做朋友呢，你怎么就跟杀父仇人似的？一起吃顿饭怎么了？连这点气量都没有了？"苏娜数落道，"何况，分手后凌岩对你不赖啊。去年酒吧事件，他挺身而出，为你把事情扛下来，后来演唱会出事，他碍着你的面子一声不吭，就前不久说你是小三，那么多网友到他微博瞎叨叨，他第二天就发微博力挺你。"

当时，许久没有更博的凌岩在微博里说："相爱六年，我对她比对自己还要相信。舒雅南不可能做小三。"

第二天，他又发了微博："分手了依然是最亲的亲人，任何伤害她的人或事，我都不会袖手旁观。那些上蹿下跳急着给她抹黑的人都消停消停，提醒你们一句，网络造谣依法定罪可判刑。"

接连两条公之于众的微博，他坚定不移地站在了舒雅南这边，而且是以一种强有力的捍卫者的姿态。无数网友感动不已，高呼他有情有义，堪称男人典范。凌岩被网友们冠以"中国好前任"的头衔。可以说，凌岩的态度对舒雅南事件在群众心中印象的扭转，起了不小的作用。

包厢门被推开，一个身形高大，穿着黑色外套的男人走入。进入包厢时，他取下了墨镜，精神的板寸头，一双剑眉斜飞入鬓。在包间柔和的灯光下，他帅气的脸部线条被柔化，少了几分凌厉，多了几分温柔。

苏娜暗暗叹息，真不能怪那丫头当年不顾地位悬殊被他迷得死去活来。这么英姿勃发的男人，真的很少见了，有这等资质的他注定是会红的。

苏娜热情地招呼凌岩落座。舒雅南一言不发，垂眸坐着。

苏娜话多，毫不冷场。她询问着凌岩的近况。

这大半年，凌岩鲜少在国内活动，事业发展重心转移到好莱坞拍电影。他这种有颜值的肌肉帅哥，又是武星出道，可以在银幕上大秀功夫的华人男演员，很受好莱坞导演欢迎。外人只道是凌岩在国内拿了影帝，目标变得更为长远，开始瞄向海外市场。只有他自己明白，从国内一线大腕到国外从头打拼的艰辛不易。

但，他宁可在国外吃苦受累，从配角做起，以身犯险拍摄各种高难度打戏，也不愿留在国内。一次的羞辱已经足够，他不会再忍辱第二次。寰亚集团即便财大气粗，当他在好莱坞风生水起，也是鞭长莫及。

苏娜安排凌岩在舒雅南另一端坐下，热络地聊了一阵后，她一拍脑袋，说："哎呀，晚上还有个重要的安排，都给忘了。阿岩啊，只有麻烦你陪陪雅雅，我先走一步了。"

苏娜一走，包间内只剩下他们两人。

凌岩倾过身，靠近了舒雅南一些，他的手臂搭在她的椅背上，低声说："最近还好吗？"

舒雅南皱眉，想要挪开一个位置，凌岩抓住了她的手。

白皙的手掌，被攥在他的古铜色大掌中，凌岩只是下意识地抓住她，可是，当把这只手握在掌心，那仿若隔世的触感，令他心潮翻涌，眼眶泛红。

他忍不住摩挲着她的手，深吸一口气，哑声道："雅雅，过去的事情，都让它过去。给我们一个重新开始的机会，好吗？"

舒雅南用力抽出手，说道："过去的事，对我来说只是一段记忆，仅此而已。"

侍者陆续端上精致的菜肴。舒雅南没什么胃口，拿起筷子吃了几口便作罢。

"我还有点事，先走一步。"她姿态优雅地擦拭嘴角，起身。

凌岩随之起身道："就算不接受我，也不用对我避如蛇蝎。"他拉过她的胳膊，顺势揽住她的腰，眼里流露出浓浓的哀伤。

我们曾经那么亲密过。

朝夕相处的六年，在你心里，就没有留下一丝痕迹吗？

可是，这样的话，他问不出来。

他宁可她是在假装，也不想听到无情的回答。

凌岩低声说："我知道你现在心里不好受。把我当成你的亲人，让我跟你一起分担，好吗？"

舒雅南闭了闭眼，尽量以平静的语气道："谢谢你的好意。但是，我现在一切都很好，不需要有人为我分担什么。"

"雅雅，不要逞强了。"

"你够了！"舒雅南蓦然打断他的话，"我告诉你，我很好！就算第一次失恋会难受到想死，你以为第二次还会吗？我跟你六年，不也这么走出来了？这世上有谁离了谁活不了？没有你，我行；没有宫垣，我照样行！你们都离我远点！"

凌岩看着她，不但没动怒，相反眼底满是心疼和哀伤。

就是这样，他宁可看她这样歇斯底里地发泄出来，也不想她憋着满肚子怒火。即便这火是冲着他发的，他也毫无怨言。

舒雅南冷着脸走出包间，凌岩跟在他身旁。两人一前一后来到电梯旁。

一声轻响，电梯门打开了，光洁的镜面徐徐展开，一男一女踱步而出。四个人就这么猝不及防面对面。

宫垣清贵的气质，强大的气场，瞬间将凌岩的存在感压下去了。

在他身旁的程景心穿着爱马仕限量版风衣，鲜亮的红色，犹如一团跳跃的火焰，明丽动人。她脸上盛开的笑意，更为动人。

程景心看到舒雅南，笑起来："好巧。相请不如偶遇，一起吃个晚餐？"

舒雅南眼角余光扫过一旁的宫垣，微笑应声："好啊。"

四个人坐在了餐桌两端。舒雅南与凌岩坐在一边，宫垣和程景心坐在一边。

程景心笑盈盈："今天跟垣垣挑选婚纱，顺便来这里吃晚餐。"

垣垣……婚纱……几个关键词，扎刺得舒雅南心头滴血。

她不知道自己为什么会答应程景心的邀约坐在这里，她更不知道，送到嘴里的食物是什么味道。那股尖锐的刺痛，从心脏蔓延到全身，在四肢骨髓乱窜。

舒雅南脸色苍白得连妆容都掩盖不住，凌岩看在眼里，心疼得不行。他伸手揽住她的肩膀，亲昵地轻声道："我们晚上还有安排，要不你先跟朋友告别？"

舒雅南闭了闭眼，点了一下头。这一刻，她真的庆幸，还有凌岩在她身边，不然她该怎么以千疮百孔的心，面对这残忍的一幕？

舒雅南任由凌岩扶着她起身。两人刚走出所在位置，一个修长的身影拦在了眼前。

一直淡漠得仿佛不存在的宫垣，此刻散发出凛冽的戾气，盯着凌岩道："放开她。"

凌岩揽着舒雅南就要绕过他前行。宫垣抓住凌岩的手臂，猛地用力，往后翻转。只听骨骼一声脆响，凌岩的胳膊脱臼了。凌岩蹙眉，正要反击，被宫垣更快地制住。他的身手快准狠，强到凌岩无力招架。

舒雅南用力推开宫垣。宫垣好似怕伤到她，放弃抵抗，被推得往后退了两步。

下一刻，舒雅南拉起宫垣的手离去。

她死死攥着他的手，拉着他往外跑。跑到电梯处，狂按按钮，电梯门打开，她拽着他走入。

封闭的空间内，只有他们两人。舒雅南盯着宫垣看，宫垣别开了脸。

电梯门打开，她拉着他上了车子后座。

不算宽敞的空间内，舒雅南踢掉脚上的高跟鞋，直接坐在宫垣腿上。她伸手勾住他的脖颈，目光直直地盯着他，两人的眼睫毛相距不过几毫米。她一字一顿道："你再说一次，你的选择是程景心。"

宫垣目光游移，没有与她对视，淡淡开口："我的选择是……"

她的唇压住他的唇，堵住了他后面的话。

他垂在身侧的手发着抖，不断收紧，紧握成拳，呼吸越来越急促。

这个吻持续了多久，两人都不知道。他们不停地吻着，吻得难分难舍，忘乎所以，脑海里只有一个声音在说，什么都不重要了，什么都不需要了，抛开所有，一直这么缠绵下去。

随之而来的凌岩和程景心找到这辆车。他们从透明的挡风前窗，看到车内激吻的两人。

程景心的指甲掐进肉里，眼眶通红。

凌岩率先开口道："程小姐，你能接受你的老公婚内出轨吗？"

程景心咬着唇，没有作声。

"如果你跟宫垣在一起，这是必然的结果。"

"即使宫垣选择你做老婆，他爱的也不是你。你要名存实亡的婚姻吗？"凌岩又问。

程景心眼眶泛红。她知道宫垣不爱她，她比谁都清楚。何止是不爱，一丝一毫的分量都没有吧？

在火场里，他对她那么不屑一顾。后来与她联姻，他也不过是出于家族的需要。

他对她冷冷的，淡淡的，即使一起打高尔夫球，一起吃饭，一起挑选婚纱，他都淡漠得仿佛不在她身边，眼神无时无刻不是游离的。

可是，她喜欢他啊！所以这一切她都忍下来了！

她心想，只要结婚了，只要舒雅南退出了，一切都会好起来。

她只要跟他结婚，就是好的开始。

凌岩轻轻拍了拍程景心的肩膀道："走吧。我送你回去。"

他揽过她的肩膀，带着她转过身。程景心浑身脱力，被他带着往回走。

一个是她喜欢的人，一个是她的救命恩人。

其实，从火场逃生的那一刻，她就做了决定，只要宫垣选择舒雅南，她不便会再从中作梗。她不想强求一个不爱她的男人在身边，更不想忘恩负义。

但是宫垣主动来找她了，他使她重新燃起了希望。

现在，一切又被打回原点。

凌岩回头看了一眼车上的两人，眼里有不舍也有落寞。

这一刻，他终于明白，他们俩之间绝无可能了。当初，在他们的感情破裂后，她是如此干脆决绝，头也不回地离去。可是这一次，宫垣的婚讯公之于众，她依然不死心。

为了他，她的尊严、她的骄傲，悉数卸下。

• • •

Chapter 15 伪装

我没有给自己留退路……

我脑子里想的所有，都跟你有关……

我给了你未来，你为什么不要……

停车场，跑车内。

舒雅南与宫垣一吻结束，她捧住他的脸庞，贴着他的唇畔道："别再骗我。垣垣，你还是爱我的。"

亲吻不会骗人，感官不会骗人。刚刚那一刻，所有感觉都回来了。

宫垣淡淡一笑，声音还带着些沙哑："投怀送抱的女人，没有人会拒绝。"

"啪——"清脆的耳光声响起。

舒雅南朝着他的脸狠狠扇下一巴掌。

这一巴掌又重又狠，他白皙的脸庞当即浮出红印。

舒雅南捶打他的胸膛，愤恨道："为什么？是你让我相信你的！你让我不要放弃，你让我对你那么认真！"

她这么多天强撑的坚强，在面对他时全线崩溃。

不想触碰感情的心，因为他的强势闯入而沦陷。无论他的哪一部分，她都那么心疼。她无数次对自己说，就是这个男人了，无论他什么样，就算一辈子被多重人格困扰，她也要坚定不移地陪他走下去。

她要陪伴他一辈子，她要爱护他一辈子。

可是，为什么最后会是这样？

在火场里，他明明不顾一切冲进来救她，那明明是愿意为之舍弃生命的深爱。

舒雅南趴在宫垣的肩头，紧紧抱着他，不舍得放手，不肯放手。

宫垣眉头紧蹙，情不自禁地伸出手，就在快要碰到她的发丝时，又收回来了。

心好痛！

不只是他自己的心痛，还有另外一个人的心痛。

他遏制住内心疯狂的痛苦。直到所有挣扎归于平静，他缓缓抬起手，轻轻抚摸着她的发丝，平静的面容上又带了些许温柔。

舒雅南因为这温柔，将他抱得更紧。她以为他回心转意了，可是他接下来说的话，却将她彻底推入地狱。

"舒雅南，我爱你，我是真的爱你。但是，爱情不是人生的全部。我身上还有寰亚，有家族的期望，我不能为了爱情而活。娶了别的女人，我们依然可以在一起。除了没有名分，其他都跟以前一样。我依然会宠你爱你，给你最好的一切。"

舒雅南抬起头，拉开与他的距离，难以置信地看着他，仿佛看着一个陌生人。她不敢相信，这样令人作呕的话，会从宫垣口中说出。

可是他说出来了，那么认真又那么温柔地告诉她。

被无数渣男玩烂的套路，在她身上上演了。并不是什么新鲜事啊，所以富豪的小三小四小五大行其道。原来宫垣也并没有什么不一样，在利益和爱情中，他选择了利益先行。

所以，他把舒雅南当什么人了？

婚前的爱情调剂，婚后的金屋藏娇？

舒雅南笑了，笑得眼泪掉下来。她噙着泪，看着他说："宫垣，我爱你，但我没有爱到践踏人格，丧失尊严。我首先是一个人，跟你平等的人，我不是你的玩物。既然你选择跟另一个女人走入婚姻，你就没有资格跟我谈爱情。"她擦去眼泪，定定地看着他的脸，仿佛要将他的模样深深烙印在脑海里，末了，轻声道，"新婚快乐。祝好。"

她从他身上下车，推开车门，离去。

走出车库，不停有经过的人回头看她，浑浑噩噩的舒雅南这才想起来自己是公众人物，她从包里拿出口罩，挡住了半张脸，又戴上棒球帽。

她低着头走在路边，漫无目的地走着。

包里的手机不停地响，不知道是谁在联系她，她也不想知道。

街边不时有依偎的恋人走过，他们的甜蜜，他们的幸福，对舒雅南而言，仿佛昨日重现。

力气越来越少，舒雅南随便找了个路边摊，在角落坐下。

老板递来菜单，她把上面自己吃过的菜品都点了一遍。老板惊愕地道："美女，你们几个人？吃得完吗？"

舒雅南低着头没有作声。

老板讪讪笑道："吃不完可以打包。"他看这位美女，眉眼惊艳，衣着质地一流，包包上有名牌LOGO，应该是有钱人，不会耍赖吃霸王餐。

舒雅南要了一堆烧烤和小炒，又要了呛口的二锅头。

她拉下面罩，对着老旧斑驳的墙面，自斟自饮。一杯酒下肚，她被辣得呛咳出声。

呛出泪花，她还嫌不过瘾，又开始吃变态辣的食物。辣得受不了，她继续喝酒。

舒雅南咳着咳着，突然笑了起来。

原来她是这么平凡，这么庸俗。爱过一次，伤过一次，还会被伤第二次，而且更痛。

上一次她发誓要摆脱过去，她努力，她拼搏，她将事业作为人生的目标，她努力唱好歌，努力地去拍电影电视剧，努力地去玩综艺，她开始获得粉丝认可，她一步一步走得越来越高……即使这样，她还是一个普通人啊！

她没有金刚不坏之身，没有冷血寡情的洒脱。

宫垣无情抽离，她从半空中摔落在地，摔得粉身碎骨，鲜血淋漓。

对面的街角，流浪歌手唱起歌，歌声和着夜风飘过来。

当我困在黑暗里，长眠尘埃与灰烬

怎么对你说，那些你听不懂的言语

当我紧闭的双唇，只能用力去吻你

怎么对你说，那些折磨我的恐惧……

当我忘记全世界，所有只有一个你

怎么对你说，你是我存在的意义

当我攀山越岭，只为追寻你的身影

怎么对你说，你是天边最亮的那颗星……

舒雅南身体僵住，筷子摔落在桌上，浑身血液因这歌声疯狂流动，脑子嗡嗡作响。自嘲的笑容凝固，突如其来的眼泪，汹涌地往下掉。

不远处的那个人，一直在看着她，胸腔里的那颗心，痛得抽搐。

她不会知道，他有多么想念她。他恨不得时时刻刻陪在她身边。可是她不爱他，她爱的是宫垣，她一次又一次为了宫垣将他逼走……

他不能坐以待毙，他必须反击宫垣。

不！不能在这时候认输！

他要她憎恶宫垣，他要将宫垣彻底从她心中驱逐。

他要毁了宫垣的一切！他要毁了他的事业，毁了他的家庭，毁掉雅雅对他的爱！

当宫垣彻底身败名裂后，他会以一个全新的自我，一个真正的轻音，与雅雅在一起。

轻音看着趴在桌子上痛哭的舒雅南，眼里流露出痛苦之色。

雅雅，对不起……

只要你不再爱宫垣了，一切都会好起来。

他是轻音，不是宫垣身体里的傀儡，不是宫垣的影子。

他要彻彻底底，真真正正地拥有她！

是轻音，不是宫垣。

舒雅南从钱夹里掏出一沓钱，放在桌子上，戴上口罩离去。老板过来数钱——不对啊，多了很多。老板在后面追上她："美女，还没找你钱……"

她头也没回，慢悠悠地往前走，一阵大风刮过，帽子被吹落在地，她没去捡，黑色长发凌乱飞舞。

一道颀长的身影一直不远不近地跟在她身后。一辆车子闯过红灯冲过来，他眼神骤缩，飞跑上前，车子堪堪在她身前驰过。他在距离她一步之遥时，停住了脚步。

她浑然未觉，游魂般继续前行。他亦步亦趋地跟在身后。

舒雅南过了马路，走到了流浪歌手唱歌的角落，在花坛边坐下。她距离音响很近，他唱的每个音符每个旋律，都被无限放大传入她耳中，撞在她胸口。

当我害怕这世界，当我囚禁在噩梦里

你能不能不要放弃

我想对你说，几个我都在爱你

当我沉沦肆意 当我不认识自己

你能不能将我唤醒

这些都是我，爱你的几个我

当我口是心非，当我被所有人厌弃

你能不能不要放弃

我想对你说，几个我都在爱你
当我失去一切，当我被黑暗打碎
你能不能将我拼凑完整
这些都是我，爱你的几个我……

一首歌唱完，舒雅南从钱夹里拿出一沓钱，走上前，放在歌手的高礼帽里。

"继续唱这首歌……我喜欢这首歌。"她嗓音沙哑干涩，连唱歌的人都没听出这是原唱的声音。

流浪歌手遇到金主，爽快地应声："好嘞！"

舒雅南坐在花坛边，一遍又一遍地听着，脑海中是过往一幅又一幅画面。

第一次，他要她叫他垣垣时，是一副霸道又可爱的模样。

"不要叫我宫总。"

"那我叫你什么？宫垣？小宫？垣垣？"

"雅雅，以后叫我垣垣。"

他与其他人格搏斗时，为了她在挣扎。

"我不怕死。"

"但是死了，再也看不到她了。"

"我们都……再也看不到她了。"

"你舍得死吗？"

"不能，我不能死。我要守护雅雅……"

"只要有她在，我就不能死。"

他在情人节，为她送上他亲手画的油彩画。

画里的她置身于浩瀚星辰之中，双眼是星空与月色中的第三种绝色。

她在他眼里那么美，在他笔下那么美。

他像个忐忑的孩子，问她喜欢吗……

在山野之巅，她坐在他对面，看着他，写下了这首歌……

她看着旭日一寸寸爬升，光芒一寸寸移过来，直到将他完全笼罩。他坐在光里，对着她扬起嘴角。那一刻，这世间所有美好都不及他。

他说，我希望你给我一个未来。

给我一个有你的未来，不要留退路，不要离开我。

"以后每一年，都要在一起过年。"

"好，我答应你。"

"无论天涯海角。"

"无论天涯海角。"

歌手唱到第五遍时停下了，因为一旁的女人，埋着头，泣不成声。

"姐，你咋啦？别哭啊，有啥事，咱们谈谈心？"

舒雅南抬起头，泪水泛滥，打湿了面罩，哭得呼吸艰难。酒精上头，痛苦将她缠绕，她彻底失去了理智，扯下面罩，摇摇晃晃走上前，拿过歌手手里的吉他，席地而坐，脸上挂着泪，似哭又似笑地说着："我唱得比你好听，我来唱……"

在她摘下面罩的那一刻，流浪歌手就惊呆了！

舒雅南！居然是舒雅南本尊！

舒雅南弹着吉他，哽着喉咙唱起来："当我害怕这世界，当我囚禁在噩梦里……你能不能不要放弃，我想对你说，几个我都在爱你……当我沉沦肆意，当我不认识自己……你能不能将我唤醒，这些都是我，爱你的几个我……"

原本冷清的角落，迅速聚起人群。

"是不是舒雅南啊……"

"好像是 Anya……长得一样，声音也像！"

"舒雅南怎么可能在街头唱歌，还在哭啊，太煽情了……"

"一定是舒雅南，长得太像了……"

"你是舒雅南吗？可以给我签个名吗？"有歌迷激动地上前询问。

"舒雅南！是舒雅南！"

"真的是舒雅南！"

"舒雅南在街头献唱……唱哭了……"

"这是在拍真人秀节目吧？摄像机一定隐藏在什么地方……"

群众奔走相告，围观的人越来越多。舒雅南迷蒙的双目没有聚焦，依然弹着吉他唱着歌。周遭一切都与她无关，她独自沉浸在另一个世界里。

舒雅南被挤得差点摔倒时，一队保安突破人群，宫垣快步走入，将舒雅南打横抱起，大步离去。

舒雅南倒在熟悉的怀里，抬眼看到他，安心地笑了。

他抱着她上车，她缩在他怀里，双手环上他的脖颈。心里的余痛使得泪水还在不停落下，清醒时的温柔冷静理智悉数消失，酒后的她成了脆弱无助的小女孩，紧紧搂着他。

她流着眼泪呢喃着："垣垣，我们每一年都要在一起过年，无论天涯海角，都要在一起。垣垣，我没有给自己留退路，我脑子里想的所有，都跟你有关。我给了你未来，你为什么不要……垣垣，你别放弃我，我没有放弃，你也不要放弃，我们可以一起走下去。我会很努力，垣垣……"

"雅雅。"轻音抱着她，心脏绞痛。

轻音抬起手，碰到脸上冰凉咸涩的液体。他应该很生气，她这么爱宫垣，他嫉妒，他不甘，他要夺走她。

他为什么哭……

是他在哭，还是被他关起来的那家伙在哭？

轻音把舒雅南带回她的私人寓所，她吐了一地，他帮她洗澡，为她清理污物，给她煮姜汤。舒雅南迷迷糊糊，时而发脾气，时而哭泣，时而看着他咻咻地笑，时而缠着他接吻。他没有丝毫不耐烦，只是温柔应对，眼里涌动着幸福的光彩。她打他，他受着，他骂他，他听着，她亲他，他更加热烈地回吻。只要是她，只要有她，此生何求？

舒雅南睡到第二天下午才起床，脑袋昏昏沉沉，疼得快要炸开。

昨晚的记忆，停留在她坐在路边摊吃东西喝酒……然后，断片了……

发生了什么事？她是怎么回来的？

舒雅南被记忆断层吓出一身冷汗，立马拿出手机，在网上搜索。

还好，一片风平浪静，没有任何相关新闻。

她接着打电话给苏娜，向苏娜再次确认昨晚没有任何不对的事。苏娜对她昨晚的去向也不知情，可以肯定的是，无波无澜。

当然，舒雅南和苏娜都不知道，昨晚的闹剧新闻已经有人处理了。

舒雅南头痛欲裂地起床去洗澡，一边洗一边思考，她到底是怎么回来的。

手机铃声响起，响了许多遍舒雅南才意识到。

她擦着头发走到客厅，拿起手机看了一眼，是陈秘书打来的。原本想要按掉，片刻犹豫后，她又接了起来。

"小舒！你快救救少爷！"

舒雅南哑声笑道："陈秘书，你开什么玩笑？他没死没残，好得很。何况，他真的出了事又与我何干？我不过是被他甩掉的女人。"

"不！小舒！这不是少爷做的！"陈秘书斩钉截铁地道。

"你……什么意思？"

"少爷现在被其他人格侵占了！"

舒雅南整颗心猛地提到了嗓子眼，说道："怎么可能？"

那强大的气场，凛冽的气势，冷静的眼神，分明就是宫垣。

"以我对少爷的了解，他绝不可能对你提分手。小舒，你或许有所不知，就在此前，少爷还准备向你求婚。"

舒雅南愣怔地听着手机那端传来的话。

"少爷这段时间太不寻常了，不只是你们之间的事，公司里的事同样不合常理。他接连签了几个极不明智的合同。直到刚刚，我得知他正私下与人洽谈出售寰亚股份。我完全能够确定，他不是少爷。少爷是寰亚继承人，他的目标是执掌寰亚，绝不可能私售他所持有的寰亚股份！"

舒雅南越听越心惊："那他是……"

陈秘书说："这是别有目的的伪装，我们都被蒙在鼓里。圆圆是小孩，Rose是女人，Anger从不说话，西凡是个大男孩，能做这些事的人只有一个可能——轻音。他是少爷最强劲的对手，屡次挑战他。而且，他们的气场最相近，他想伪装，我们都很难辨认。"

"轻音……"

"如果不是轻音，就是出现了新人格。只有这两种可能。"陈秘书缓了一口气，说，"小舒，轻音对你一往情深。如果是轻音出现，你一定要想办法稳住他。如果是其他人格，我们再一起想办法。"

舒雅南缓缓抬起头，看向窗外的天空，脑子里在回想这些天发生的事情。

她看他时，他会逃避她的目光。

她吻他，他明明有感觉，却故意出言羞辱。

他一直在躲避她，又试图激怒她。

如果是轻音，那一切都说得通了。他伪装宫垣，陷害宫垣，想让她恨宫垣。

如果是新人格，不会因她目光躲闪，不会面对她的索吻失控。

脑海中百转千回，舒雅南豁然开朗，长吸一口气，对手机那端的陈秘书说："他不是新人格，他就是轻音。"

舒雅南从陈秘书那里得知轻音的行程，拾掇一番就出门了。

开车的路上，舒雅南心里思虑万千。她想了无数种可能性和方法，该怎么面对轻音，该怎么扭转他的行为。依然像曾经那样，对着他用力地喊宫垣吗？不行，那样只会让轻音的执念和恨意越来越深。

他曾经是那么温柔的人，他对她那么好，那么坦诚，甚至可以把心掏出来给她看。她无法想象他也会欺骗她。

而这一切，源于她对他一次次的无情放弃。

不能这么下去了。

这样只会陷入死循环。宫垣永远无法与轻音握手言和，他们会走到极度对立的两端，互相杀戮。这无论对宫垣，还是轻音，都是毁灭性的灾难。

轻音需要的是爱，不是拒绝。

舒雅南来到寰亚大厦，乘电梯往上。

八十八楼，轻音正往会议室走去，身后簇拥着一群人。气宇轩昂、气场高冷的他，与宫垣无异，任谁也看不出来，此时的他被另一个人格占据。

陈秘书跟在他身后，左顾右盼，神情焦急。稍后的会议上，他就要签股份出让合同。他没法阻止，不敢反应太大，甚至不敢拆穿他，就怕撕破脸之后他会做出更可怕的事情。

轻音就是一个不定时炸弹，智商丝毫不逊于宫垣，而且身手了得。他一旦出现，行为就在不可控的状态下。

现在只能寄希望于舒雅南了。

舒雅南是轻音的死穴。

陈秘书忐忑不安地跟着轻音进了会议室，轻音优雅落座后，其他人方才入座。面对他人的殷勤讨好，他神情冷淡疏离。

眼前这一切，包括寰亚帝国，都不足以挑起他丝毫情绪波澜。

秘书分发合同文件，陈秘书急得像热锅上的蚂蚁，额头沁出一层层薄汗。

轻音拿起合同，翻阅。

一片寂静中，会议室大门突然被推开，气喘吁吁的舒雅南站在门边喊道："宫垣！"

轻音转过头，眼神定住。

陈秘书悬着的心终于放下了，暗暗长吐一口气。

舒雅南走到轻音身边，抓住他的手道："我有很重要的事跟你说。"

"我在开会，有什么事等会儿再说。"他语气冷漠，抽出手。

舒雅南站在他跟前，俯身，两只手撑在他两侧椅背上，不断靠近他，目光逼视着他："你不理我，我今天就不走了。"

现场的会务人员有点蒙，不知道该怎么处理这种情况。他们求助的眼神看向陈秘书，陈秘书视而不见，不给予任何指示。

"舒女士，请不要影响我的工作。"宫垣冷漠的声音响起。

这些毕竟是训练有素的会务人员，一听宫垣这话，不敢在一旁干站了，两名行政人员上前，试图拉走舒雅南。他们的手刚碰上舒雅南的肩膀，舒雅南大叫："干什么？……放开我！"她反应很大，剧烈地挣扎，身体一个不稳，撞向后方的桌子——轻音脸色一变，及时起身，环住她的腰，将她抱入怀中。

舒雅南攥住他的西装，倔强地看着他。

轻音垂眸，轻轻叹了一口气。

这世上，只有一个她，能令他束手无策……

• • •

Chapter 16 婚礼

▼

原来，有一种感情，早已根植心中，经年累月，

长成了参天大树。他一直在等待，等待那个

埋下种子的人出现。

记着她的轻音，一直在等待她。

忘记她的宫垣，同样在等着她。

轻音妥协了。他暂停会议，带舒雅南去了办公室。

"有什么事？"他坐在沙发上，淡淡问道。

舒雅南走到轻音身前，看着他说："我想通了，如果你心意已决，我不会再强求。但是，在你跟别的女人订婚之前，满足我一个请求，好吗？"

轻音表情淡漠，没有作声。

"让我把轻音叫出来。"舒雅南轻轻地说。

他脸色蓦然一变。

舒雅南俯身，手指缓缓抚上他的脸庞，说道："轻音是爱我的。无论发生什么事，无论面对什么选择，他都不会伤害我，更不会背弃我。让他出来好吗？把我的轻音还给我。"

她如此真挚又恳切地看着他。

他的表情再也不复平静，连强装都没办法。

他的喉结上下抽动着，开口的声音已然嘶哑："你还记得有那么一个人吗？"

"怎么会不记得？如果没有轻音，我不会爱上你。"舒雅南捧住他的脸庞，哽咽着低语，"如果你放弃这段感情，请让他出来。这个身体不是你一个人的，里面还有轻音，有一直爱我的轻音。"

舒雅南看着他深邃的瞳孔，里面是浓得化不开的悲伤，她轻声道："轻音！你听得到我在叫你吗？我很想你啊……你带我去坐旋转木马，带我去看电影，守在我身旁陪我睡觉，好不好？我现在好难过，你快出来吧……"眼泪滑落，她哽着喉咙，声音颤抖，"轻音，你能听得到吗？轻音，你是不是怪我，是不是恨我，你是不是不爱我了……是不是……连你都不要我了？"

"不是！"轻音突然开口，断然否定了她的话。他将舒雅南用力抱入怀中，"如果不爱你，我怎么会存在？如果不爱你，我怎么会苟且在这个躯壳里？！"

他恨不得将她揉碎在骨中肉里，不断地用力抱紧她，勒得她骨骼发疼。

他闭了闭眼，喘息着粗声粗气道："雅雅，我好开心……你也有叫我的一天，我没有被你遗忘在黑暗里……"

舒雅南泪水滚落，说道："我怎么会忘了你……"她从他怀里抬起头，热切地看着他道，"我们一起走吧，轻音。抛开这一切，一起走，好不好？去我们有过共同回忆的地方，去只有我们两个人的地方。"

跑车飞驰在街道上。天色渐晚，万家灯火亮起，城市五光十色。

轻音在开车，舒雅南坐在副驾驶位上。

他一只手握着方向盘，一只手抓着她的手。她抗议道："这样不安全。"

他执拗地抓着她的手道："很安全。只要有你在我身边。"

车行三个小时后，来到了另一座城市。

车子进入一片别墅区，往幽深的方向驶去。皓月当空，繁星密布。林荫道两旁粗大的树干下是成排的路灯，明黄色的温暖的灯光笼罩着地面。

车子停在一个院子里，轻音下车后，为舒雅南拉开车门，牵着她的手走出。

出现在舒雅南眼前的是一幢欧式别墅，白墙红瓦，外观设计古典大气。二楼的露天窗外，一侧墙壁爬满了藤蔓。月光下，透出岁月的痕迹。

舒雅南脑子猛然震荡了一下，浮现出一幅画面。

同样的楼宇，矗立在炎炎烈日下。小女孩眯起眼，打量着这栋以前只在电视里看过的房子，小声地问："妈妈，我们以后就要住在这里吗？"

身边的女人点头："是呀，以后我们再也不用住在又小又破旧的地下室了。这都是雅雅的功劳。"

手掌被握住，温暖的体温，用力的抓握，令舒雅南回过神。

轻音牵着她的手走到门前，按下密码。

一楼的大门开启，大厅内的感应灯瞬间亮了，打理这栋房子的老人的急匆匆的脚步声在楼道间响起。瞧见进门的两人，她愣了愣，惊喜地道："少爷，您回来了？"

轻音略微颔首，牵着舒雅南的手走入。

舒雅南环顾四周，如今的她，经历太多繁华，对这奢华的内饰并没有什么感觉。她的脑海里浮上了另一幅画面。

小女孩和母亲被带入这栋别墅时，睁大了眼，难以置信地四下环顾。她居然会置身于这么梦幻华丽的地方，而且能住下来……

她小心翼翼地在她妈妈耳边轻声问："妈妈，我们以后会不会被赶走？"

女人回答她："雅雅好好陪伴小少爷，我们就能一直待下去……"

舒雅南有些恍惚地走到客厅中央。

铺着垫子的真皮沙发上，男孩和女孩蜷着腿面对面坐着，两人中间放着五子棋的棋盘。

又一次输掉后，女孩噘着唇说："不玩了不玩了，总是输，好没意思！"青涩的脸蛋上，是自信心受挫的沮丧。

男孩拉着她的手说："雅雅，再来一次嘛……"

接下来的一盘，她赢了，表情顿时由阴转晴，高兴得手舞足蹈。

小男孩开心地看着她笑。

不知道为什么，她突然就那么清楚地看到那个男孩脸上，稚气中带着宠溺的笑。

他是故意让着她的吧……

"雅雅……"身旁的叫声，令她回过神。舒雅南看着轻音，呢喃道，"我好像想起了越来越多的东西……"

她顺着楼梯往上，看到二楼走廊深处的那个房间，体内仿佛有一种躁动的力量，驱使着她走过去。

她推开门，一个儿童城堡般的大房间映入眼帘。

房间被分成了两部分，左边比右边高一截，顺着三级阶梯往上，正中央的大床，精美犹如中世纪的公主床，金色四柱上绑着纱幔，大床一侧是一个白色大衣橱，贴着墙壁放置。

右边那部分，靠墙是占据整整一面墙的巨大书架，书架里罗列着密密麻麻的童话书和画册。房间一角放着画架、滑板、溜冰鞋等物品，地面上铺着一块很大的拼图，中央放置着一架象牙白的钢琴。

房内没有开灯，皎洁的月光透过落地玻璃窗洒入，一切被笼上一层乳白色的薄雾。

舒雅南原地呆住站了几秒，脑海里一拨又一拨记忆如浪潮般翻涌，快要将她淹没。

"圆圆，我们以后不要待在柜子里，好不好？"

"圆圆，我们去外面玩嘛！"

"圆圆，乖哦……"

她将倒在地面的孩子扶起，说道："圆圆，不要害怕……跟我过来……"

"爸爸……他在打妈妈……妈妈会被打死……"他哭着道。

眼前的暴行还在上演，她眼眶里也噙着泪。但她捂住了他的眼睛，带着他走远。

她将他抱住，柔声哄道："圆圆，那只是一场噩梦。你看到的都不是真的，不要再去想了。"

"我好怕……"他蜷缩在她怀里，说道，"我和妈妈会被爸爸打死……"

"不会的。"她轻轻抚着他的后背，安慰她，"有我在，雅雅会一直守护着圆圆……"

"圆圆，今晚想听什么故事呀？"柔软的大床上，女孩靠在床头，手里拿着一本画册。

男孩躺在床上，脑袋枕着她的腿，手臂环住她的腰，说道："只要是雅雅讲的，我都喜欢听。"

他八岁，她十一岁。十一岁的女孩子，已经知道了男女有别，班上的男女同桌开始画"三八线"隔开距离，还经常流传着某某喜欢某某的流言蜚语。

但是这个八岁的男孩，将她紧紧抱着，她没有丝毫不适和羞涩。她一边讲着故事，一边抚摸他的发丝。他漂亮得像个瓷娃娃，那么可爱，让人没法不喜欢。

"圆圆，快点睡哦，我也要回房间睡觉了。"

"雅雅陪我一起睡好不好？"

"不好。"

"雅雅讨厌我……"

"我没有讨厌你啊。"

"你不肯陪我睡觉……"

"你别哭啊……别哭。"

"陪着一起睡觉怎么了？别说我儿子现在还小，就算他是个成年人，想要什么样的女人没有？能让你女儿陪，是你女儿八辈子修来的福气！

"如果圆圆每晚哭下去，你们可以离开宫家了！

"以后你就得带着你女儿继续过那种被债主逼得走投无路的日子。"

当她陪男孩睡在一张床上时，满脑子盘旋的都是课本里的白毛女和黄世仁……还有那些故事里没有尊严没有自由没有地位的童养媳。

这一次，他面带满足地抱紧她时，她无比厌烦。

夜半，趁着他熟睡，她悄悄挪开，然后一脚把他踢下床——

内心升起一阵报复的快感。

但是，随着那"砰"的一声闷响，她的心也慌了。

她赶忙拉开灯，往床下看去："圆圆？"

男孩因为突如其来的疼痛，下意识地皱起眉，他渐渐睁开混沌的双眼。

她关切的脸庞映入眼帘，他缓缓坐起身子，冲她咧嘴一笑。

她心里内疚极了，赶忙把他拉上床，揉着他的脑袋，像模像样地轻声斥道："你怎么睡觉呢？都滚到地上去了……疼不疼啊……"

“疼……”他轻哼着，往她怀里钻。

她看到他胳膊上撞出了一块瘀青，吓得不知所措：“完了完了，明天被管家看到了可怎么办……我肯定得挨骂了，怎么就跟我一起睡觉的时候摔着……”

“雅雅别担心，我明天会藏好。”他人小鬼大地安慰她，还冲她咧嘴笑。

她心里更内疚了。在那之后，她再也没有把他踢下床的冲动了。

时间久了，她习惯了跟他一起睡觉。再后来，有一次他回本家，那几天她不用陪着，一个人在床上倒是辗转反侧睡不着，总觉得少了点什么。

老师教他学钢琴，他不肯。

她对他说：“圆圆，我也喜欢钢琴呢，我们一起学好不好？”

于是两人一起听着老师讲授。练习时，两人挨着坐在钢琴前，四手联弹。而她在这个时候，充分展现了她的音乐天赋。钢琴老师对她赞不绝口。

他就很逊了，仿佛天生没有音乐细胞，对音域毫不敏感，五线谱怎么教都看不明白。四手联弹时，她常常训道：“这不是高音，是低音……你怎么又弄错了……你弹得轻一点，不要那么重啊，键盘都要被你敲坏了……”

后来他索性噘着嘴道：“反正我不喜欢，我不弹了，雅雅一个人弹，我在旁边听。”

她很清楚，如果他不弹钢琴，她不会再有机会跟着学习。她获得的条件，都是因为他。她太喜欢音乐了，她不想就此失去。

见他负气，她抱着他哄道：“圆圆很有潜力哦……我最喜欢听圆圆弹奏了……”

他沮丧地道："骗人，我都弹不好。雅雅，我就听你弹，我不学了，好不好？"

"不好不好！我就想听圆圆弹奏！"她不依不饶地说。

"圆圆，以后我叫你轻音好不好？"

"轻音？"

"嗯，轻音。好听吗？"她笑眯眯地道，"我期待有一天，轻音能弹奏出轻灵浪漫的音乐给我听。所以，现在不能放弃，要努力练习哦。"

他看着她的笑靥，脸渐渐红了起来。他抓着她的手，鼓起勇气说："如果……有那么一天，雅雅可以做我的新娘吗？"

她"扑哧"一笑，不以为意地道："好啊。可是，轻音现在要加紧练习哦。"

"嗯！"他双眼亮晶晶的，用力点头。

他端端正正地坐在钢琴前，吃力地弹奏起来。在她给他取小名的那天，他坐在钢琴前，连续不断地苦练了几个小时。她坐到他旁边，揉了揉他的脑袋："圆圆好努力哦。走啦，我们该去吃晚餐了。"

他的手终于从钢琴上挪开，抱住身旁的女孩子，一脸幸福地笑道："我是轻音，我将来要娶雅雅做新娘。"

她一愣，只是为了激励他练琴，才娶了这么个小名，他倒是比她记得还牢。

她跟着笑起来："嗯。轻音加油！"

两双漂亮的小手，在黑白琴键上游移，他没有她的灵气和悟性，却凭着刻苦的练习，跟上了她的节奏。

七岁到十岁的三年相伴，他渐渐成为一个会说会笑的孩子。随着他年岁渐长，情况好转，他的父母不再打闹。十岁那年，他参加重点中学的入学考试，取得了第一名的好成绩。宫母格外高兴，带他们俩去一座海岛城市度假。彼时，宫父也在那里出差。宫母打算全家人一起为他庆祝。

但是，当她打开房门时，看到了另一个女人。

两个女人发生剧烈冲突，甚至动起手来。他为母亲担心，上前拉架。

他猛地被推开时，她及时抱住了他，剧烈的冲力之下，两人一起往后栽倒，她的脑袋撞上了尖锐的器物。

那一瞬间，剧烈的疼痛传来，她的意识渐渐模糊。

视线里只有他的身影在晃动，他满脸惶恐，哭着喊着："雅雅……雅雅……你流血了……好多血……"

她强撑着意识，抓住他的手道："轻音不怕，我没事……"

"雅雅……你不要死掉……求你了，不要死……"

"不会……雅雅要保护轻音……不会死……"

舒雅南身体一阵虚脱，差点摔倒在地时被轻音及时扶住。他打开了房内的灯光，顿时，四下亮如白昼。舒雅南从记忆的幻境里脱离而出。

她愣怔地看着轻音。

轻音眼里又是担忧又是关切地问道："雅雅，你怎么了？"

他抱着她，拾级而上，终于把她放到了大床上。

舒雅南跌坐在床中，回忆不断在脑海里翻涌，顷刻间泪如雨下。

"雅雅，你怎么了，怎么哭了？"轻音捧起她的脸庞，为她擦拭泪水。

舒雅南扑入他怀里，将他紧紧抱住。她的脑袋在他怀里蹭着，哭着道："轻音、轻音，你一直记着我们的过去对吗？"

他嘴角牵起一抹温柔的弧度，轻抚着她的发丝，柔声道："当然。我的世界里，除了我们的一切，再无其他。"

"对不起……我居然把你忘了……对不起，让你一个人守着这份记忆……"当她完全想起这一切，想起那相依相伴的三年，他对她的依恋，她给他的陪伴。

她终于明白他为什么叫轻音，他为什么一直说要守护她。

"没关系，我会记着雅雅。"轻音抱着她，脑袋倚在她肩头，贪恋地嗅着她的气息，说道，"无论发生什么事，我都不会忘记雅雅。"

舒雅南哽咽不能言。

他年少的依恋，她只当是没有朋友。他信誓旦旦的话，她只当他是童言无忌。她从没有想过，她在他的心里，究竟有多少分量。而她的离去，又给他造成了多么深的伤害……以至于他不敢再想起她，却创造出了一个轻音。

一个为她而生的轻音，死死守着他们记忆的轻音。

舒雅南在床上跪坐起身，将轻音的脑袋抱入怀中，她就像小时候哄他那般将他搂在胸前，抽噎着说："轻音，我想起来了！我们的记忆，在这个房间里的一切，我都想起来了！对不起，我不该忘了你……让你一个人守着这一切……以后再也不会了，我们会一起记住过去的一切，我们还要一起迎来未来的每一天，你再也不是被遗忘的那部分。"

他依偎在她怀里，轻声道："雅雅，轻音可以娶你做新娘吗？"

"可以……可以！"她哽着喉咙，连连点头。

当天晚上，两人在这张旧日的大床上相拥而眠。

舒雅南在轻音睡着后起身，走到露台上，给陈秘书打电话。

"少爷怎么样？"那边陈秘书焦急地问道。

平缓了心绪的舒雅南低声道："陈秘书，我需要你帮我一个忙。"

"你尽管说。"

"给我们安排一个教堂，举行一场婚礼。"

"什么？"陈秘书大惊失色。

"这是我欠轻音的婚礼。不需要任何亲友到场，只我和他就好。"舒雅南眼眶再次湿润，轻声道，"这是属于我们俩的婚礼。"

那边沉默半晌，应声："好。我马上安排。"

天空湛蓝，万里无云。微风和煦，花香馥郁。

圣彼得大教堂，这一天不对外开放。

男子穿着一身白色燕尾服，修长挺拔，气宇轩昂，独自站在教堂中央。

片刻后，大门开启。神父挽着一名女子的手臂，缓缓走入。女子身穿白色婚纱，长发盘起，戴着头花。覆面的薄纱后，隐约能看到一张化着精致妆容的绝色脸孔。

万道金阳从他们身后洒入。

被光芒笼罩着的新娘，犹如从天而降的仙女。男人的瞳孔不断扩张，心跳越来越快。他猛地用力捂住自己的胸口。

宫垣，不要抢走我最幸福的时刻。

不要在这时候出现！

舒雅南在神父的带领下，走到了轻音身旁，两人双手相执。

神父在上方说："我奉圣父、圣子、圣灵的名义向你们问话，请你们如实回答我。轻音，你愿意娶舒雅南为你的妻子吗？永远敬她、爱她、保护她，即使她年华老去，青春不再，你依然能与她携手相伴一生，到老也不离弃吗？"

轻音抽动着喉咙，眼眶一片湿润，他深深地凝视着舒雅南，应道："我愿意。"

"舒雅南，你愿意嫁与轻音以他为你的丈夫吗？永远敬他、爱他、顺服他，无论他健康与疾病，无论他富有与贫穷，都与他风雨同舟，相濡以沫，一直到老吗？"

"我愿意。"舒雅南同样哽咽应声。

轻音拿出一对戒指。这对银戒指，是他从老宅离开前在房间里找出来的。

当时，他推开书架第三层的玻璃橱窗，从一个玩具盒里拿出一个小盒子。他打开盒子，里面躺着一对银戒指，戒指的内沿分别刻着"轻音 雅雅"的字样。

他拿给她看，献宝般说："很久以前我就买了，一直藏在这里。"

她轻戳他的脑袋："你这个坏小孩。小小年纪就想着娶老婆。"

晨光中，他的笑容格外幸福，格外温柔，说道："那时候，我最大的心愿就是赶快长大。长大了，就可以娶到雅雅，一辈子都不分开。长大了，就换我来守护雅雅，做雅雅英勇的骑士。"

教堂里，两人为彼此套上戒指。

为她套戒指时，轻音的手一直在微微颤抖。

神父的祝福在耳旁回荡，他撩起她的面纱，低下头，吻上她的唇。

他闭着眼，深深地用力地吻她。眼泪滚落，沾湿了两人的脸庞。

一吻结束，他眼眶通红，哑着嗓子道："雅雅，谢谢你⋯⋯在我走之前，给了我最美好的一切，让我再无遗憾。"

舒雅南愣了一下，紧紧抓住他的手说："轻音！你别走⋯⋯"

"你想起了过去，宫垣也会想起来。"他嘴角牵起苦涩的笑，说道，"总有一天，我会彻底消失。雅雅，你爱的是宫垣。我想要你的爱，只能成为宫垣的一部分。"他捧着她的脸庞，与她额头相抵，"雅雅，我知道这是你最想要的。你给了我这么美好的一场梦⋯⋯我也要给你，你想要的一切。"

他轻声呢喃："雅雅，我一直都在。一直都在⋯⋯"

教堂外的草地上，舒雅南早早吩咐陈秘书准备了一架钢琴和一台落地麦克风。

轻音坐在钢琴前，掀起的琴盖上夹着一张乐谱。穿着白色婚纱的舒雅南，走到了与钢琴遥遥相对的落地麦克风前。

"轻音，没有你，就没有我的音乐之路，没有我现在的事业和人生。"她忍下眼眶里的泪，深深凝视着他，"我曾经说过，当你能弹出轻灵浪漫的音乐时，可以娶我做新娘。我亲爱的丈夫，现在弹给我听，好吗？"

灿烂金阳下，他们凝视着彼此。

他白皙修长的五指，在琴键上游移。

前奏过后，她开嗓唱起那首忧伤浪漫的《生如夏花》。

一曲毕，他起身走向她，朝她伸出手道："雅雅，我是轻音。二十年前，我的心愿是长大后娶你做新娘。"

舒雅南戴着白色蕾丝手套的纤细手掌，放入他的大掌中。

他抱住她，在她耳边说："雅雅，我也是宫垣。二十年后，我的心愿依然是娶你做新娘。"

舒雅南蓦然抬起头，惊疑地看他。

他嘴角弧度比阳光更温暖："我想起来了。我拥有了轻音的全部记忆。"

舒雅南怔忪，像是不知道该哭还是该笑，更像是不知所措。

半晌，她张口道："轻音走了吗？他是不是走了？是不是再也不会出现了……"舒雅南越问越崩溃，泪如雨下，泣不成声，"轻音他，是不是走了……我们的婚礼还没结束，我还有好多话想对他说……"

宫垣抬手擦去她脸上的泪，捧着她的脸庞说："雅雅，我没走，我就是轻音，我在这里。"

"你不是，你是宫垣……"

"我是被你改变的圆圆，是你赋予生命的轻音，是要与你共度一生的宫垣。"他凝视着她，抓住她的手放在胸口，说道，"我们都没走，都在这儿，都是我。"

舒雅南愣愣地看着他。

"傻丫头，这都是你的功劳，你怎么还哭鼻子？"他刮着她的鼻子取笑道，"宫垣就是轻音，轻音就是宫垣，因为他们共享了彼此内心的秘密。明白了吗？"

她的悲伤渐渐退去了些，表情依然迷惘。不是她不明白，而是要把迥异的几个人看成一个人，需要过程。

宫垣笑着将她拥入怀中，说道："有些事我也是到现在才明白。"

"比如说？"

比如说，为什么这么多年他总觉得心里有个缺口，面对其他女人的投怀送抱，毫无感觉，甚至心生厌恶？

比如说，为什么跟她在一起，他会不受控制地被她影响？

比如说，为什么几个人格都与她有着剪不断的羁绊？

比如说，为什么她的一颦一笑，都能使他走火入魔？

原来，有一种感情，早已根植心中，经年累月，长成了参天大树。他一直在等待，等待那个埋下种子的人出现。

记着她的轻音，一直在等待她。

忘记她的宫垣，同样在等着她。

"比如说……"宫垣轻笑，"我爱你，胜过爱自己。"

· · ·

Chapter 17　真相

少年如兽般嘶吼着，却没有说出一句话来。

被至亲至爱之人亲手撕碎的灵魂，鲜血淋漓。

黑白不分的世界……

混乱颠倒的一切……

《传奇》上映半个月，全国票房累计破十亿。电影主要投资方新世纪娱乐联合另外两家投资公司，举办了一场盛大的庆功宴。

这一晚，风头最盛的人，非舒雅南莫属。就连老牌影帝在她身旁，也只成为陪衬。

舒雅南是《传奇》里戏份最重的女一号，作为首次"触电"银幕的演绎新人，能取得如此成绩，可谓是大获全胜。

最令人欣羡的是，她影视双栖，在歌坛同样玩得风生水起，去年底推出的个人专辑热度持续到现在，依然没有退烧之势。这次《传奇》的同名主打歌由她献唱，又掀起了一轮街歌热潮。

庆功宴上，新世纪总经理亲自宣布，舒雅南全国巡回演唱会即将启动。届时不仅有舒雅南的倾情献唱，MISS 五姐妹会合体出现在大家眼前。

舒雅南站在聚光灯下，面对媒体狂闪的镜头，如同头戴皇冠的女王。

新世纪总经理高调宣布："今天，我们有幸请到集团副总经理宫垣先生莅临，请大家掌声欢迎。"

舒雅南的笑容微微凝滞。

宫垣？他来凑什么热闹？

伴着热烈的掌声和意外的惊呼声，宫垣出现在大厅中。

合体剪裁的烟灰色高级定制西装，将他颀长挺拔的身形完美展现，凭着出众的外貌，卓尔不凡的气质，宫垣迅速吸引了全场的目光。

媒体记者们皆诧异不已。寰亚集团涉足各大领域，资产雄厚，新世纪娱乐不过是附加产业。寰亚少东居然亲自来参加一部电影的庆功宴？

宫垣走上展台，在麦克风前说了几句。官方性言语结束后，他话锋一转："当然，我今天来这里还有更重要的事情。"

他微笑着走向舒雅南，在她身前单膝跪地，手中举起一个红色丝缎锦盒。盒盖掀开，硕大的钻石在灯光下璀璨流光。他看着她的双眼，一字一顿清晰地开口道："舒雅南女士，你愿意嫁给我吗？"

舒雅南愣住了，她完全被他搞得措手不及。

他又问了一遍："你愿意嫁给我吗？"眼底带了一丝紧张。

台下的媒体记者都疯了，闪光灯"咔嚓"个不停，形成一片闪耀的光海。

这场求婚的爆点太多了，不仅是豪门阔少与女明星的浪漫恋情……就在前不久，寰亚旗下的官方媒体发布了这位豪门阔少与另一位豪门千金订婚的消息，那几天受此消息刺激，恒鑫集团刚上市的一支股票不断飙升。

怎么……突然就换了个女人？

舒雅南错愕地茫然四顾，突然在人群中看到了她的爸爸妈妈和弟弟。

她的弟弟和爸爸笑逐颜开，正在那儿冲她拼命点头。

宫垣有点急了，他抓住舒雅南的手，眼神恳求地看着她："雅雅……"语气还带了那么点撒娇的意味。

舒雅南回过神，点点头道："我愿意。"

宫垣站起身，取出钻戒，为舒雅南套上。他动作温柔细腻，小心翼翼，薄唇弯起动人的弧度。

闪亮的光海将他们包围，宫垣毫不介怀，甚至捧起她的脸庞，吻上她的唇。

舒雅南不好意思，想要避开，他不但没有作罢，反倒加深了这个吻……在众人目光注视下，在无数摄像机前，他将她紧扣怀中，热切地亲吻。

记者们很好奇有关寰亚官方媒体公布的订婚事件，但在宫大少爷跟前，又不敢问出来。这位可不是好惹的主儿。就在众人憋着满腹好奇时，狗血事件另一位女主角程景心出现了。她亲自为舒雅南送上鲜花，预祝她演唱会圆满成功。

她对媒体笑着说道："我跟 Anya 是很好的朋友，宫总也是我的好朋友。之前订婚的消息是媒体的小失误，弄错了对象。但是，寰亚和恒鑫的战略合作伙伴关系不会改变。"说着，她看向宫垣，宫垣对她颔首微笑。这一来一去的眼神，完全展现出了好友间的默契和心照不宣。

晚宴中途，舒雅南与程景心不约而同地走到露台处。

两人相视一笑，舒雅南说："谢谢你。"

程景心晃动手中的水晶杯，优雅地笑着："该说谢谢的人是我。我黑了你一把，又连累你被困火场，可你在生死攸关的时候救了我。明明危险近在眼前，你还背着我跑。"程景心仰起脸，深呼吸之后，说道，"我是第一次体会那种濒临死亡的恐惧，也是第一次，被你的不离不弃感动。"她回过头看向舒雅南，"Anya，如果我是男人，一定会不顾一切跟宫垣抢你。"

男人低低的咳嗽声响起，一双手臂揽上舒雅南的腰，宫垣站在她身侧，睨着程景心："这么看来，就算你是女人，我也得防着你。"

程景心"扑哧"一笑："Anya，你可要好好调教你家宫总。连女人的醋都吃，以后你跟男演员拍戏怎么办？"

她笑着离去。她转身后，笑意还停留在脸上，眼底却在瞬间盛满落寞。

宫垣轻啄舒雅南的唇瓣，她低声斥道："怎么事先都不跟我说一声？还把我家人都带来了，学会自作主张了嘛！"

"仅此一次。"他讨好地笑，"以后一切都由老婆大人说了算。"

晚宴后半程，舒雅南与宫垣陪着她的家人率先离去。舒雅南知道家人在那种场合吃不饱，带着他们去了一家颇有特色，走高端路线的川菜馆。

几人在包间落座，宫垣的手机响起，他起身到包房外接电话。

舒雅南拿着服务员递上的菜谱点菜，还点没几道，王琴就在一旁说："够了够了，不要点多了，就我们几个人，吃不完多浪费！"

舒小弟不开心了："我吃得完。"

舒雅南笑着揉了揉他的脑袋，说道："你尽管吃，吃不完也没关系。"

舒小弟吐吐舌头，吐槽道："老妈好抠门的！姐你可是大明星，她还这么一副穷酸样！"

舒雅南笑了笑："妈妈当年过惯了苦日子，养成了勤俭节约的习惯。虽然我们现在不缺钱，但也不能铺张浪费，听妈妈的话，没错。"

舒小弟对这个同母异父的姐姐相当崇拜，很顺从地"哦"了一声。

点单后，舒雅南起身去洗手间。

她出了包房，就见宫垣站在走廊一侧，操一口娴熟的英文对着手机那端说着什么。虽然她口语不太好，但也差不多能听到一些股权收益之类的关键词。她暗暗吐舌，看来在收拾轻音留下的烂摊子。

她从洗手间回来时，宫垣的手机刚好放下。他迎上前，将她抱住，在她的脸颊落下一个接一个吻……

现在的宫垣太黏人了，自从那天的婚礼仪式后，他就赖在她家住着，撵都撵不走。她说反对婚前同居，他说两人已经在神父跟前发过誓。她说那只是走形式，他就扛起她往卧室床上扔……

她赶通告录节目时，他就在房车内一边办公一边等她，堂堂宫大老板几乎成了全职跟班，业余总裁。她怕影响他工作，不让他陪着，他的回答是："不在你身边，我心神不宁。"又说，"心神不宁，我就什么都做不好。”

舒雅南从脸红的记忆里抽离，推开宫垣，嗔道：“好了，爸妈都还在里面等着呢。”

她拉着他往包间走去。

包间里，舒雅南的父亲笑得合不拢嘴，不仅因为这个准女婿家世了得、气质不凡，更因为他对他们处处透出尊敬。这种天之骄子，对待他们这种平庸的娘家人能有这种态度，已经很让他受宠若惊了。但是，舒雅南的母亲看起来不那么兴奋，反而忧心忡忡。

舒建华说：“你瞎操心什么！你看那俩孩子，感情多好！再说了，咱们女儿差了吗？好歹是大明星啊！”

“我们雅雅不一样啊！”王琴欲言又止，“我答应过宫家……”

“我知道，你答应过小宫的父亲，不跟他们宫家往来，但现在是小宫深爱雅雅，非她不娶啊。这天下哪有父母拗得过孩子的，宫家最终还是会妥协的。”舒建华乐观地劝道。

王琴眉头紧皱，低声道：“这事儿可说不清，他自己都不是亲生的……”

“什么？”舒建华大惊失色。

正推开门的宫垣，脚步顿在原地。

他面色一变，快步上前道：“阿姨，您刚刚说什么？”

王琴没想到宫垣突然进来了，当即意识到自己说错话了。

舒雅南也愣住了。

宫垣走到王琴跟前，尽管他语气诚恳，但那凌厉的语气和逼人的气势，依然令人心生惧意。

“阿姨，请您把知道的都说出来。”

“我……就是……就是那时候偶尔听到人说……”她含糊着应声，

很快又摆着手说，"一定是假的！那些人看先生和夫人都没空关心你，瞎编出来的……"

这话一出口，宫垣脸色更难看了。

他静默了几秒，开口道："叔叔阿姨，你们慢慢吃。我还有点事，先走了。"

经过舒雅南身边时，他说："回头跟你联系。"

说完，他头也不回地大步离开包间。

包房里的超低气压直到他的脚步声听不到了才渐渐消散。王琴拍着心口，用力抽了一下自己的嘴巴，说道："我这该死的嘴！"

舒雅南坐到母亲身边，严肃地看着她："妈，你实话告诉我，你说的是真的吗？"

王琴苦着脸道："那些大户人家的传闻，我怎么敢肯定是真是假？当时我跟宫夫人的保姆关系最好，听她说宫夫人在醉酒后会歇斯底里地大喊大叫'我为什么要给那个女人养儿子'之类的话……"

舒雅南脸色变了又变。

"女儿啊，我这臭嘴不会给宫垣惹什么事儿吧……"王琴后怕地问。

舒雅南回过神，微笑道："不要担心，他的事情他会处理好。"

舒雅南很快转移话题，不让父母纠结于此。

接下来几天，舒雅南的时间被高强度的工作占满。虽然她知道宫垣那天走的时候状态不对，她很想了解他的情况，但是，这种事关乎他的家事和身世，她不知道怎么去问。于是，她给他时间和空间自我调整。在他没找她之前，她不想去打扰他。

第三天，宫垣给舒雅南打电话，约她一起吃晚餐。舒雅南为了调节他的心情，特地提出在他家吃，她亲自为他下厨。

舒雅南结束电视台的节目录制，下到停车场，宫垣在车内等候。

上车后，他抱住她，给了她一个深深的热吻。

一吻落下，他在她耳边吐气道："好想你……"

她贴着他的肩窝，感受着他的体温，悬了几天的心总算是稳稳落回胸腔。

"有你就好了……"他蹭着她柔软的发丝呢喃道，"什么都无所谓，只要你还在我身边。"

车子驶入宫垣的宅邸，两人手拉手依偎着走入客厅，却见厅内灯火辉煌，不仅有侍立的保姆，还有一男一女坐在沙发上。

已经找回记忆的舒雅南很快认出来了，这是宫垣的父母。他的父亲，之前已经见过。至于他母亲……虽然二十年后恍如隔世，她却依然记得她清秀的眉眼，樱花般的唇瓣。

宫垣看到母亲，吃了一惊，眼神变得难以捉摸。

"圆圆……"宫母与他目光交会，激动地站起身，就要走上前。

宫垣就跟没看到他们似的，揽着舒雅南的胳膊往里走。

宫志诚特地把宫母从国外接回来，希望她说服宫垣离开舒雅南。宫垣突然提出跟程景心取消婚约，又在众目睽睽之下向舒雅南求婚，闹得尽人皆知。虽然他与恒鑫达成了战略合作关系，双方利益并没有因为联姻失败而受损。但是，他一旦娶了舒雅南，手中的好牌就降了一个档次。他要在老爷子有所动作之前，把这件事扭转过来。

眼见宫垣堂而皇之地搂着舒雅南走入，宫志诚已经沉下了脸色，而他对父母视若无睹，更令他怒不可遏。

"不孝子，你眼里还有你的父母吗？"宫志诚抄起桌上的一本刊物朝宫垣后背砸去。舒雅南在宫垣怀里瑟缩了一下。

宫垣顿住步，平静的表情一点点撕裂开来。

宫志诚再次厉声道："这个女人进不了我们宫家门，你趁早死了这条心！有本事你就跟宫家断绝关系！"

宫垣轻轻拍了拍舒雅南的肩膀，示意她安心。

他松开她，转过身，朝宫志诚走去，眼底温存消失，只有不断加重的阴霾。他走到他跟前，两人之间隔着一张茶几。

宫垣看着宫志诚，一字一顿地冷冷开口："你也死了这条心。我的女人不会成为第二个邓卓卓。"

舒雅南愣住了。

邓卓卓？不是几十年前风靡一时的歌星吗？

宫志诚表情骤变："你……"

李蕊整张脸霎时血色褪尽。

宫垣嘴边勾起讥讽的笑："至于我的女人能不能进宫家，那是我的事，不用你操心。你同意或不同意，都不重要。"

"你……到底知道什么了？"宫志诚问，神情难掩紧张和愤怒。

宫垣笑，笑容冷得令人发怵。

邓卓卓，八十年代红极一时的歌星，以清纯甜美的外形，博得老少喜爱。她与富商宫志诚相恋，产下一子。但因为宫家的反对，两人一直未婚。孩子两岁时，宫家前来夺孙，发生了一场意外，邓卓卓惨死于车祸中。宫志诚在宫家授意下，火速与同为豪门后代的李蕊结婚。李蕊什么都好，唯独不能生育，于是两家一拍即合。李家承诺把宫垣当亲外孙一样疼，为了表明态度，给了他大份额的李氏股份。

宫老爷子认定宫垣为接班人，不仅因为他出色的能力，还因为他能整合两大家族的资源力量。此外，也为了让李蕊安心把宫家子孙当亲生儿子。

这件事知道的人不多，而知道的人都对宫垣隐瞒得密不透风，直到……他无意中听到王琴的话，开始着手调查自己的父母，才得知了这一切。

宫垣的目光在他父母身上游移，眼神尖锐："过去的事，我不想再提。但你们对我的管束，到此为止了。"

李蕊走上前，拉着宫垣的手道："圆圆，你不要听人胡说……你是我儿子……你就是我儿子……"

宫志诚猛地扯过宫垣，劈头就是一巴掌，骂道："你这个不孝子！我们含辛茹苦把你养大，你现在连父母都不认了！"

舒雅南吓得猛地一颤，刚想要上去阻拦，宫母快她一步，挡在了宫垣身前。她推搡着宫志诚："你住手！不要打我儿子！"

"滚开！"宫志诚厉喝，将她往一边拽去，训斥道，"这孽种就是从小被你惯坏了！现在翅膀长硬了，天天忤逆他老子！"

"不要……不要打我儿子……"宫母泪眼婆娑，执拗地阻拦，抓住了宫志诚再次扬起的手。

宫垣身体虚软，往后退了几步，粗重的呼吸剧烈起伏，瞳孔不断收缩。舒雅南察觉到他有点不对劲，赶忙上前扶住他。

"垣垣，你还好吗？"她忧虑地问。

但他好像听不到她的话，眼神茫然，渐渐地那种茫然渐渐成了无止境的黑洞，黑洞里漫出了滔天火焰！

宫志诚用力推开纠缠的李蕊，她跌坐在地。

就在宫志诚过来时，舒雅南率先一步挡在了宫垣身前，急道："有话好好说，不要动手！"

"这里没你说话的份！"他毫不客气地将她推开，舒雅南力气不敌，接连往后退了几步。

宫垣表情陡变，愤怒的脸庞几近扭曲。宫志诚刚要扇下巴掌，被他在半空接住，他另一只手扼住他的喉咙。

"你……"宫志诚脸色阵青阵白，艰难得出声，"混账……你要弑父吗……"

宫垣眼里燃烧着滔天怒火，手臂上青筋暴起。宫志诚呼吸艰难，他手下的力道却丝毫没有减缓。他那股子狠劲儿，就像是要把他掐死。

愤怒的眼神，扭曲的表情，深渊般黑不见底的双眼……这是……舒雅南心头一跳，赶忙上前抓住宫垣的胳膊，急忙叫道："Anger，你快放手——放手啊——听话，放手！"

宫垣手一松，宫志诚立马后退几步，他呛咳着冲到玄关处，按响警报器。

片刻间，近十名保镖出现在厅内。

"快……抓住他！"生命受到威胁的宫志诚，好半晌脸色还是煞白一片。

这虽然是宫垣单独居住的宅邸，但为了在他发生人格异动时能控制住他，宅内雇了一批保安，直接听命于陈秘书和宫志诚。

宫母跑上前，抱住宫垣，对宫志诚斥道："你干什么？这是我们的儿子！你怎么能让人抓他？！"

宫志诚气急败坏："他是个怪物！"

"不是！"宫母大声反驳，这句话比之前任何一句都要铿锵有力，带着怒意，"我儿子不是怪物！"

Anger眼神剧烈而混乱，他喘息粗重，表情复杂。

他看着抱住自己的女人，身体不可抑制地发着抖。

不要说话……什么都不要说……

圆圆，妈妈求你了……帮帮妈妈……

只有你能救妈妈……

宫志诚厉声道："他不是你儿子！他已经知道了，他生母是卓卓！"

Anger 猛地一颤！

"不是……他是我儿子……他就是我儿子……"李蕊哭着喊道，"那个女人已经抢走你的心，休想再抢走我儿子……"她双臂紧抱着宫垣。情绪激动的她并未发现，此时的宫垣，浑身都在发颤。

"这个狼心狗肺的东西，刚刚还想掐死我！"宫志诚愤怒地咆哮，"我当初就不该让他活下来！如果不是为了这个孽种，卓卓也不会死！"

"Anger……"舒雅南站在一旁，担忧地看着表情越来越扭曲的宫垣。他的身体在发颤，嘴唇在颤抖。

他猛地爆发出一声野兽般的咆哮，推开宫母，往一旁跑去。

几个保安围堵而上，试图拦住他。他狠狠地挥出拳头，眼眶赤红一片。他像疯了一样攻击那些包围他的人。

抓住他……他杀人了。

这个男孩很危险……小心。

不要说话……你不能说。

一旦开口，你会害死你妈。

无数声音涌上，混杂着喧嚣的巨浪，冲击着他的心神。

宫垣与一群保安疯狂扭打，他就像一头濒死的困兽。他不停地攻击，不停地伤人，即使自己被伤到也毫无所谓。

舒雅南冲入混乱中，将宫垣抱住，喊道："Anger，冷静点！"

发疯的宫垣在她怀里安静了下来，但他的身体依然在颤抖，眼底一片赤红。

"不是我……不是我……"

"你说什么？"她听到他颤抖的嘴唇里发出了声音。

Anger 说话了？

舒雅南又惊又疑，再次追问："Anger，你在说什么？"

Anger 转头看向舒雅南，蓦然咆哮出声："他们都逼我——人不是我杀的——不是我——"

李蕊猛地跟跄了一下，跌倒在地，就连宫志诚脸色都变了又变。

"不是我……不是我……"Anger 一边叫着一边无助地后退。

记忆的潮水，疯狂地翻涌，将过往血淋漓地撕裂开来……

那一天，在那间海边度假别墅里，李蕊与宫志诚的情妇发生激烈冲突。舒雅南被伤至昏迷，宫垣心急惶恐，向母亲求助。那一刻，他母亲正与情妇激烈地扭打，她陷入歇斯底里中，突然拿起茶几上的水果刀，朝那个女人身上扎去。

鲜血疯狂涌出……女人跌倒在地，痛苦地扭曲着。

地面上殷红的血液蜿蜒如小溪。

李蕊吓傻了，呆呆站在原地，水果刀"砰"的一声掉在地上。

赶回来的宫志诚恰好看到这一幕，而在宫志诚身后，还有同行的几个朋友。李蕊吓呆了，他看着走进来的人，手足无措，半晌说不出话来。

宫志诚大惊失色，眉头紧锁。

他很快让自己冷静下来，走上前，拿起那把水果刀，放到宫垣手中，冷声问他："是你吗？"

宫垣吓得手颤抖，哆嗦着说："不是我……不是我……"

李蕊嗫动着唇，想说什么又没发出声音。宫志诚转头看向她，压低声音斥骂："愚蠢！"

他随即换了较为平和的语气道："圆圆还小，不用承担刑事责任。"

他顿了一下，意味深长地看着她，"如果是你，结果就不一样了……"

不仅很有可能面临牢狱之灾，还会令李家和宫家发生大地震。李蕊是李家唯一的掌上明珠，这种后果，两个家族都承担不起。

很快，救护车和警察都到了。情妇被伤到要害，当场死亡。

李蕊指着宫垣说："孩子是无心的……这个女人想伤害我……孩子为了保护我，才错手杀了她……"

警员们围向宫垣。

宫垣步步后退。

他满脸惶恐，下意识抓紧了手中那把水果刀，不断靠近舒雅南。

救护人员将舒雅南抬上担架，他冲上前，想要陪在她身边。警员们迅速围上来，将他擒住。

抬着舒雅南的担架越来越远，他挣扎得愈加厉害了，喊着："放开我——你们放开我——我要跟雅雅一起——放开我——"

"小朋友……你先放下刀……"

"你得跟我们去警局一趟……"

"小朋友……你杀人了……"

"不是我——我没有杀人——我没有——"他疯狂地叫喊，死命地挣扎。他努力地看向站在客厅一角的宫垣和李蕊，表情惶恐，无助地哭着，大声叫道，"爸爸——妈妈——我没有杀人——我不要被警察抓走——"

宫父沉声道："我正巧赶到案发现场，是目击证人，这孩子不小心伤了她……但他还是个孩子，护母心切，不懂事。希望你们能酌情处理，网开一面。"

"我儿子只是为了保护我……他没有蓄意伤人……"李蕊颤声道，"是那个女人太可恶！她妄图杀害我！我儿子是为了我，正当防卫！"

"这些去跟法官说吧。"警员道。

"爸爸你撒谎……你跟妈妈一起撒谎……不是我……我没有杀人……我没有杀人……"宫垣哭着喊着，"我没有杀人……我不要被抓走……"他喊得喉咙嘶哑，却没人听他的话。

他看向大门外，被抬上救护车的担架，那里是他相依为命的女孩，她就要消失在视线里……

他突然爆发出极大的力道，挣脱了控制他的两个警员。他疯狂地往外跑，泪水爬满脸庞，绝望地哭喊着："雅雅……雅雅……你不要走……爸爸妈妈要警察抓我……雅雅……救救我……雅雅……"

因为他的剧烈反抗，他双手被手铐锁了起来。

昏天暗地的世界，颠倒黑白的一切……

"圆圆，对不起……求你帮帮妈妈。"

"你乖乖认罪，我们会想办法让你早点出来。"

"圆圆，不要乱说话。"

"你乱说话，会害死你妈妈。"

"开庭的时候不要说话。"

"不管是不是你做的，你都必须认下这个罪名。"

"不要反驳……不要说话。"

"拒不认罪会使你的罪名更重。"

法庭上，律师们侃侃而谈。

"他护母心切，在母亲与被害人冲突时，对被害人下手。"

"这孩子精神错乱，是冲动性杀人……"

"他有极强的狂暴性，当时与警员激烈对峙，力气大得惊人。"

"他还是未成年人，心智发育尚不成熟，并且一直患有抑郁症和自闭症……"

他的父亲母亲也说话了……

"作为孩子的父亲，我感到十分沉痛。平日里忙着工作，疏忽了家庭教育，导致这场悲剧发生。我们愿意接受法律的惩罚……"

"都是我这个做母亲的不好，我不该那么冲动，与人发生冲突……是我害了我的孩子……"

少年突然变得异常狂暴，旁边的两个警员强力制压，才将他按住。

少年如兽般嘶吼着，却没有说出一句话来。

被至亲至爱之人亲手撕碎的灵魂，鲜血淋漓。

黑白不分的世界……

混乱颠倒的一切……

"Anger、Anger……你怎么了？"舒雅南着急地叫道。Anger倒在她怀里，疯狂颤抖，愤怒的表情不见了，变成了悲伤。

他哑着嗓子颤声道："不是她儿子……所以对我那么狠心……颠倒黑白，把我推出去……让我在那个可怕的地方待了一年。"

宫父坐在一旁，点了一支烟，用力抽上一口，沉声道："宫垣，这事儿不能怪我们。这是从大局出发，最好的处理方式。"

Anger转过头，蓦然低吼出声："是你们亲手毁了我！"

"宫垣无法承受，他选择遗忘，甚至篡改自己的记忆！他按照你们指定的方式，像个傀儡一样活着！他不知道他的父母贪生怕死，为了利益，把他推出去，承受可怕的一切！"

Anger讥讽地笑着，颤抖着后退，眼里是无尽的苍凉和绝望："可是我什么都知道……我知道你们最丑恶最虚伪的嘴脸……"他走到李蕊跟前，噙满泪水的双眼死死盯着她，"你骂我打我，我以为是自己不够好。你用我顶罪，我那么害怕……可我更怕你不要我！我替你承受了这一切。为了你，我做了十几年的哑巴！宫垣扭曲他的记忆，认定人是他杀的……可是我想不通啊，你怎么能这么对自己儿子！"他爆发出苍凉的笑，"原来这一切的理由是那么简单……我根本就不是你儿子！从头到尾，我只是你的出气筒！"

"圆圆……你是我儿子……"李蕊哭着道，"我一直把你当亲儿子看待……"

"我不是！"Anger厉喝，"是你儿子，你怎么舍得骂他打他？怎么会对他转嫁你所有的痛苦？你怎么能狠心……把杀人罪推到他头上？你怎么会……做一个残忍的加害者？"

"不是……儿子……不是这样的……"李蕊愣怔地摇头，泪流满面。

Anger不断后退，不断地远离她，凄厉地笑着："宫垣，你看到没有？这就是你分裂自己也要维护的双亲！宫垣，你这个可怜虫！醒醒吧！我再也不要替你承受这些了！"

宫垣眼神恍惚，整个人陷入巨大的旋涡中。

他一个踉跄，差点栽倒在地时，被舒雅南扶住。

对上那双关切的泪眼，他眼底的混乱在那一瞬间得以平息。

"雅雅……"粗哑的喉咙轻唤出声，仿佛一个快要溺毙的人突然抓到了浮木。他猛地将她抓住，欣喜地叫着，"雅雅！雅雅……"

"是、是，我在！"舒雅南不断点头。

"雅雅，我们离开这里好不好？"他满怀期待地看着她说，"离开这里，走得远远的。"

"好、好……"舒雅南哽咽着点头。

• • •

Chapter 18　你我

当我失去一切，

当我被黑暗打碎，

你能不能将我拼凑完整？

这些都是我，爱你的几个我。

夜晚的街道，路边街灯投下深深浅浅的光晕。绿化带里树影婆娑，枝叶摇动。路边行人悠闲漫步，马路上一辆又一辆车飞驰而过。

红色跑车内，Anger 在开车，舒雅南坐在副驾驶位。

舒雅南笑道："一直以为你只会开机车，原来连跑车都会。"

Anger 抿了抿唇，没作声。

车子从主干道开到分支小道，绕过大半个城市，来到上次舒雅南带 Anger 吃的夜市摊附近停下。

两人下车后，Anger 准确无误地带着舒雅南来到上次吃的摊点，甚至坐在了上次坐过的位子上。

舒雅南不得不感叹，这家伙是个实打实的吃货呀！

在遭受了那么痛苦的事情后，他的治疗方式是吃？果然……是好样的！

老板拿着菜单过来，盯着舒雅南看了好一会儿。Anger 接过菜单，瞪了老板一眼，老板立马移开目光，不好意思地轻咳几声。他想：应该是看错了吧，大明星怎么会来他这种小摊点？

Anger 把菜单递给舒雅南，舒雅南说："不行啊，你上次都进医院了，你不能吃这些。"

Anger 看着她，眼神执拗。那态度摆明了就是说，我想吃！我要吃！

舒雅南陪他出来散心，是想让他心情好一点，不忍心拒绝他。她避开海鲜，点了其他很多吃的，再三跟老板叮嘱："油少点，不要放太多辣，不要太咸，味精也别放。"

她一开口说话，老板基本就确定了，她真是明星舒雅南！

他拿了菜单，还站在桌边，大老爷们跟小姑娘似的，搓着手纠结了好半天，对舒雅南说："大明星……你能给我签个名吗……"

"好啊！"舒雅南爽快地应声。

老板立马颠颠儿地拿了一个本子和一支笔，油乎乎的本子是他的记账本，他翻出干净的一页，递给舒雅南。

舒雅南签完字，他又说："那个……咱们能合照一张吗？我这辈子还没跟明星合过影。我老喜欢你了，就你那个电影，我们全家人去看的。"

在舒雅南答应下来之前，Anger 霍然起身，恶狠狠地盯着他。老板吓得后退两步。

舒雅南拉了拉 Anger，笑眯眯地说："拍照而已嘛，有粉丝喜欢我，是开心的事情啊。"

老板感动得热泪盈眶："你人真好！"他马上叫来店里的帮手，站在舒雅南身边，快速拍了一张。

拿了签名又拿了合影，老板对舒雅南的招待格外上心，没多久，一大盆烤串端上来了。接着是烤鱼、烤肉，满满摆了一桌，虽然没有海鲜，但比上次看起来更丰盛，更让人食欲旺盛。

舒雅南笑道："何以解忧，唯有——吃吃吃！"

舒雅南夹起一个鸡翅膀，咬了两口抬起头，发现 Anger 看着她。

"怎么不吃啊？"他特地把她带到这里来，难道不是为了吃？

Anger 盯着她的鸡翅。

"你想吃这个？"舒雅南问。

他点头。

"盘子里还有呢。"

他没作声，依然盯着她碗里的鸡翅，目光灼灼。舒雅南能从他那眼神，"脑补"出他跟鸡翅的三生三世爱恨情仇。扛不住他的眼神，她把鸡翅夹起来，送到他嘴边，他张口咬下。

"我的大宝宝，慢点吃。"舒雅南调侃道。

Anger 嚼着肉，耳根缓缓浮上红晕。

为了缩短距离，舒雅南倾过身，伸手给他喂食。吃了几口后，Anger 起身，坐在了她身边。

"这样坐很怪哎⋯⋯"舒雅南哭笑不得。

但是，Anger 吃任何东西都要她投喂，她就像在照顾一个大龄宝宝，挨着坐在一起还真不算什么。

夜风徐来，两人你一口我一口地吃着东西。舒雅南看到他眼里浓重的神色在渐渐转淡，知道他的情绪在缓缓舒展。

无声的温情，独属于他们俩的相处方式。

但是现在的舒雅南跟那时候的舒雅南不一样，她的名气太大了，没吃多久，来往的路人都发现她了，不仅有要签名要拍照的，还有索性坐在隔壁桌子围观她跟帅哥一起吃东西的。

为了围观吃路边摊的明星，这家小摊很快就挤满了人。

又一个人打断他们进食，想要签名时，Anger 忍无可忍站起身，舒雅南被他的浑身躁怒吓了一跳，这是要打人吗？她紧跟着站起身，想要抓住他，结果他朝着老板的方向大喊一声："打包！"

这是离开宫家以后，他说的第一句话。

舒雅南差点笑岔气。

Anger 提着两大袋餐盒，凶神恶煞的表情成功击退了那些围观的路人，老板怕舒雅南受到骚扰，一路送到她上车，连声道："慢走啊，下次再来。"

依然是 Anger 开车，舒雅南坐在副驾位置。

她不知道 Anger 要把车开去哪儿，也没问他。就这样，随着他的心意，想干什么就干什么。反正她是豁出去了，奉陪到底。

一个小时后，Anger 把车开到了海滩边。

下了车，Anger 牵起舒雅南的手，两人在沙滩上漫步。舒雅南脱掉高跟鞋，甩到一边，赤脚走在细软的沙子上。Anger 扯开脖子上的领带，扔掉。

天幕上繁星密布，远处的海平面悬着一轮圆月。

夜风习习，吹拂着舒雅南的长发。

她记得这里，那一次他们就是来到这里，她一遍遍地给他梳头。

"说出来了，心里是不是好受多了？"舒雅南轻声问道。

她一直知道，Anger 心里藏着很多愤怒与痛苦，他不得解脱，无法宣泄。她想不通他为什么要做个哑巴。她一次又一次试图引导他说出心里话，却一次又一次感受他不得救赎的痛苦。

今晚他终于说出来了，原来真相是那么残酷。

原来，他不说话，不是出于仇恨，是出于对家人的守护。

所以，浑身戾气的他，总有那么呆萌的一面。他就是一个孩子，不理解这个世界，拼命与之对抗却又牢牢守护家人，承受着他不该承受的一切。

"对不起……"Anger 突然开口。

"嗯？"

"是我害你受伤。"Anger 看着脚下的沙子，低声说。

"所以，你第一次见我，就认出我了，是不是？"

"是。"

难怪！这么一想，很多疑问就豁然开朗了。难怪他面对她总是很乖，难怪他唯独对她不一样。

舒雅南站在 Anger 跟前，对他说："你看着我。"

Anger 抬头看她，她在他眼前转了一圈，笑嘻嘻地道："你看我是不是好好的？我有受过什么伤吗？没有。"

Anger 动动唇，像是想说什么，又不知道怎么表达，讷讷不知所言。

舒雅南抓着他的手，看着他的眼睛说："那些身体上可以修复的创伤，根本不值一提。"

"你知道吗？我很感激我的生命里有你出现。感激老天在二十年后让我们相逢。"她目光灼灼地看着他，"我这辈子最幸运的事，不是会唱歌弹琴，不是成为大明星，而是有了你。当年的那个你，多年后的那么多个你，每一个我都那么喜欢……"她低声笑，"每一个都是我的宝贝。"

Anger 伸手，将舒雅南抱入怀中，紧紧抱住。他炽热的胸膛，他传递出的感情，她都接收了。

"对了，我来给你梳头。这可是你的迷之爱好。"舒雅南将 Anger 拉到沙滩上坐下。

她从包里拿出化妆包，抓着梳子，跪坐在 Anger 身边，给他梳头。还没梳两下，Anger 拉下她的手说："好了。"

"这么快就好了？"舒雅南可不信，说道，"上一次我给你梳了大半个小时。"

"你的手，会累。"他一字一顿地说。

"不累，一点都不累。"舒雅南笑道，她低下头，亲了一下 Anger 的额头，"就算累一点，我也愿意。因为这样能让你开心。你开心了，我就很开心。"

是的，她愿倾尽温柔对待他。她想给他所有她能给的。

舒雅南一边给 Anger 梳头，一边跟他说说笑笑，聊着自己工作上的趣事。

梳累了，舒雅南倒在沙滩上，Anger 躺在她身边，两人一起看着满天星斗。

突然，天边一颗流星划过，落在了海平面上。

舒雅南坐起来，喊道："流星！快许愿！"

Anger 问："你有什么愿望？"

舒雅南站起身，跑到了海边，对着大海，大声喊道："Anger——忘掉痛苦好不好——"

Anger 起身走到她身旁，动了动唇："雅雅。"

舒雅南对着大海喊道："你说什么，风太大，我听不到——"

Anger 胸膛起伏了几下，突然喊出声："雅雅——"

舒雅南更大声地回应："我在！"

"雅雅——"他放开喉咙高喊，"雅雅——"他一次比一次大声地喊，"雅雅——雅雅——雅雅——雅雅——"

喊声夹杂在夜风里，吹拂在她耳畔，散落在空气里，飘向远远的海平面。

"雅雅——雅雅——雅雅——雅雅——"虽然喉咙已经沙哑，但他依然一声接着一声，不知疲倦，不知停歇地疯狂叫喊。

"我在——我在——我在——我在——"舒雅南抓紧他的手，高声回应。

两人的声音交织在一起，飘散在夜风中……

黑暗中，一个男人走出，暗暗道：Anger，谢谢你，为我承担了这么多，这么久。

我以为我承受了生命所有的不幸和痛苦，原来，真正的痛苦，一直被我藏起来了。

我以为你们是我的包袱，是我挥之不去的噩梦。原来，你们才是真正救赎我的人。

Anger 扯开嘴角：你这个懦弱的可怜虫。

宫垣：我曾经懦弱过，现在不会了。我们可以勇敢地面对一切。我们身边还有雅雅。伤痛都会过去，未来还有幸福。

雅雅她，一直都在。

你听，雅雅在叫我们。

"Anger——不要再 anger 了——忘掉痛苦——忘记愤怒——"

"我们要微笑——快乐——幸福——"

"我们的未来——一定会幸福——幸福——幸福到爆——"

"我要带你去吃好多好多好吃的东西——"

舒雅南抱着宫垣的胳膊，对着大海不停地喊着。夜风吹乱她的发丝，她的双眼在发光，比夜空中的星子还要亮。

宫垣猛然一震，眼神急剧变幻，仿佛在瞬间经历了沧海桑田。

浪潮一波接一波地涌来，水天相接之处，灯塔的光芒照耀着深蓝色的海面。

他转过身，看向舒雅南。舒雅南冲着他笑："我的心愿喊出来了，好开心！"

他看着她，跟着她笑。

"你答应我，以后多多微笑，我可以无限期为你免费梳头哦。"她抬起手，拨弄着他的头发，说道，"对了，Anger，我们商量一下，你以后就改名叫 Smile，怎么样？"

宫垣拉下她的手，攥在掌心，看着她的双眼道："雅雅，我是宫垣，Anger 他，走了……"

舒雅南吃了一惊，呆呆地看着宫垣。

片刻后，她猛地抽出手，用力捶打他："浑蛋……"才刚开口，声音已经哽咽，"为什么要赶他走？你知道 Anger 有多痛苦吗？他还没有开开心心地笑给我看！他每次出来……不是打架受伤就是被你的下属弄晕。他一个人承受了那么多，没有人知道。"

宫垣将舒雅南抱住，轻轻抚着他的后背，哑声道："对不起，雅雅。"

舒雅南伏在他肩头，难受得大哭："为什么走得那么快？我还没有跟他好好说再见。我舍不得……真的舍不得他们……"

宫垣将她抱紧，说道："Anger 说，让我一定要加倍爱你，把他的那份补上。"

"不要再让西凡走，好不好？他那么可爱，喜欢了我那么多年。无论我出于高潮还是低谷期，他都义无反顾地支持我。不要让他走，好不好……"

"好、好。"宫垣应声，"一切都听雅雅的。"

六月初夏，天气已然闷热。

咖啡店里，氛围宁静，格局雅致。此时店内的位置一眼看去，空空如也。只有一个靠墙的角落，面对面坐着两个人。

舒雅南搅拌着咖啡杯里的奶和糖，淡淡地道："我不知道你为什么约我。但是，我可以先回答你，无论什么条件，无论威逼还是利诱，我都不会离开宫垣。"

李蕊蓦然抬起头道："你误会了，我约你只是……"她面露痛苦之色，"已经半个月了，宫垣始终对我避而不见……"

舒雅南轻咬下唇，说道："或许他现在……确实无法面对你。"

"雅雅……"她恳求地看着她，"帮帮我，好吗？如果是你的话，圆圆一定会听，他从小就听你的话。"

舒雅南没作声。

"我真的好想他，如果他还是恨我，就算打我骂我，把我送进监狱都没关系。这么多年，我从没安心过，每天半夜醒来都会听到他痛苦的叫声……我知道是我的懦弱害了他，可是我真的爱他啊！"李蕊情绪失控，边哭边道，"他从小由我来带，我怎么会不爱自己的孩子……如果不爱他，我不会去你们学校，给他挑选伙伴……如果不是心疼他，我不会把你送到他身边……"

舒雅南跟李蕊同为女人，虽然她还没做母亲，却能感受到李蕊的心情。

她低声道："我尽量劝他。"

"谢谢你，雅雅……谢谢你……你是我的恩人……"

舒雅南才答应下来，李蕊就忙不迭道谢，言语间满是感激。

舒雅南不由得感到心酸，对一个母亲来说，连儿子都见不到，是何其残忍的事情。

可是，宫垣……

宫垣的枷锁，能解开吗？

当晚，宫垣与舒雅南缠绵深吻时，舒雅南推开他，喘息着问道："你妈妈……唔……"

宫垣再次堵住她的唇，吮吸着她的唇瓣，哑声呢喃："不要提她……"

舒雅南瞬间酥麻，但她强撑着意志从宫垣身下逃开，避到一旁道："你先听我把话说完，你妈妈……"

"够了！"宫垣厉声打断她。

舒雅南愣住了。

意识到自己语气重了，宫垣又上前将她抱住，轻声哄道："雅雅乖，不要再提那些扫兴的事好吗？我们的世界，只要有我们俩就好。"

"无论如何，你见她一面吧。"舒雅南说。

宫垣默不作声。

"就当是满足我一个请求，好吗？"舒雅南眼巴巴地看着他，环着他的腰撒娇，"垣垣，宝贝垣垣，答应我嘛……"

半晌，宫垣无奈地轻叹："好吧。"

"那我来约时间。"舒雅南亲上他的脸颊。

他将她扑倒，在她耳边吐着气："可是这件事会让我不开心，你要怎么弥补我？"

为了达成目的，舒雅南心一横道："随便你要什么补偿！只要我能给！"

"这可是你说的……"宫垣弯起嘴角，眼里闪着不知餍足的光。

一周后，西餐厅内。

"垣垣还有点事，正在加班。"舒雅南解释道，"他会议结束就赶过来。"

这是一家不直接对外开放的会员制餐厅。能进来的人非富即贵，明星在他们眼里也与一般人无异。舒雅南进来后就放心地取下了墨镜和面罩。

今天她穿了件嫩绿色抹胸裙，长发绾成漂亮的蝴蝶髻，珍珠耳坠垂于耳侧，美丽又清新，姿态优雅地端坐在位子上。

李蕊看着她，欣慰地笑起来："谢谢你，雅雅。"

舒雅南回以微笑："是我要谢谢您。如果不是阿姨，我不会与垣垣相识。"

虽然小时候有过诸多抱怨，甚至偶尔心底会产生憎恶，尤其是当李蕊对她母亲颐指气使的时候。

但是，更多的是满足和快乐。

圆圆的自闭令她心疼，圆圆的可爱让她快乐，圆圆的聪明令她刮目相看，圆圆的呆萌使她喜欢得不得了……圆圆对她的依赖，更让她有种非同一般的责任感。所以那时候，在他有危险时，她才会会义无反顾甚至忘了自身安危去保护他。

如今，当初依赖她的小男孩，已经成长为将她用力拥在怀里，宠爱她、保护她的男人。这延续的缘分，是多么神奇的命运。

能够拥有如此深爱的他，她感恩每一个让他们遇见的人。

李蕊看着舒雅南，轻轻一笑："宫垣父亲把我从国外接回来，其实是想让我说服他放弃你……"

舒雅南沉默地听着。

"但是，我从一开始就没有这么打算。"她的笑容染上了一丝苦涩，"这只会造成三个人的悲剧。我不想让你成为第二个邓卓卓，也不想让程景心成为第二个我……这种痛苦，我已尝够。我不会让这种灾难在我儿子身上延续。"她又笑了笑道，"不过，我相信，即便所有人都反对，圆圆也不会放弃你。"

"是。"舒雅南应声，"这点我跟您一样确信。"

李蕊看着舒雅南自信又笃定的笑脸，那眼角眉梢的幸福感，无法掩饰地流露而出。她眼里沁出泪花，喃喃道："相爱的人多勇敢，多幸福啊……"一片落寞的眼底，闪动着羡慕的光芒。

舒雅南沉吟着开口道："阿姨，我能冒昧问您一个问题吗？"

李蕊轻轻颔首。

"您为什么不提离婚呢？那时候被家暴……"

李蕊浅啜一口咖啡，目光散落在空气中，静静的目光不带一丝波动地说："爱情，会让人失去理智……"

李蕊从回忆里抽离，眼眶已噙满泪水。

她深吸一口气，对舒雅南说："你放心，我一定会全力支持你和圆圆在一起。我手上有一部分寰亚股份，我会把我自己和李家持有的股份全部放到圆圆名下。到时候联合程家的力量，圆圆就是寰亚最有话语权的人，别说宫垣他父亲，就连宫老爷子也拿他没办法。"

"谢谢。"舒雅南诚心诚意道。

"这是我现在唯一能为圆圆做的，我们毁了他的童年，几乎毁了他的人生。如今能弥补他的，至少要让他拥有爱情。"

"谢谢。"舒雅南再次道。

"雅雅，以后的路就靠你陪他了。"李蕊叮嘱道，"圆圆是个很脆弱的孩子……他会很敏感，很没有安全感……请您，一定要好好爱护他，不要再让他受到一丝一毫感情上的伤害。"

舒雅南点头："我会的，以前有的地方做得不够好，但是，我们一直在学着怎么更好地去爱对方。"

李蕊笑起来，眼神中满是温柔和慈爱，她轻轻拍了拍舒雅南的手背道："你已经很好了，不然，圆圆怎么会那么爱你呢？！"

舒雅南脸上露出一丝羞涩："那是他笨……"

"我倒觉得他聪明得很，知道给自己找个好媳妇。"李蕊轻笑。

两人之间的交谈，越来越轻松随意。舒雅南察觉到李蕊时不时往外面看去，知道她很想快点见到宫垣，便拿出手机打算催催她。

手机刚拿出，一个人影出现在视线里……

舒雅南赶忙招手，他却视若无睹，也不理会引导的侍者，径自走向一桌相对而坐的男人。他在其中一人身旁坐下，托腮看着对面的帅哥，眨着眼睛，声调软糯地说："帅哥，我在你身上，看到了一道光……"

舒雅南心猛地跳了一下！

手机"砰"的一声掉在了桌上。

李蕊顺着她的目光看去。

"Rose！"舒雅南跑到宫垣身旁，扯起他，对那位不知所措的英俊男人不断道歉，"抱歉抱歉……我男朋友有恶作剧的喜好，你们继续用餐。"

她拖着 Rose，拉到了自己的位子前。

"臭丫头，你好讨厌哦！"Rose 拗不过她，埋怨道，"我讨厌你讨厌你讨厌你！"

"雅雅……"李蕊脸色惊疑不定地开口。

"你应该知道宫垣这个状况吧……"见李蕊忧心忡忡，舒雅南展颜一笑，"别担心，他已经好很多了。"

她愤愤地瞪了 Rose 一眼，又道："就这个讨人厌的 Rose，她喜欢帅哥，喜欢恋爱，喜欢红裙子，喜欢跳舞！天哪，我都无法理解，宫垣怎么会有这种人格？！难道他潜意识里想当女人吗……"

"Rose……Rose……"李蕊颤抖着重复。

"阿姨，您怎么了？"

李蕊看着宫垣道："你是 Rose？你是剑桥大学毕业的 Rose？"

Rose 冲她眨眼一笑："难道你也是？"

"是啊……"李蕊眼泪滚落，"我也是……剑桥大学的 Rose，那时候的我，喜欢漂亮的男孩子，向往轰轰烈烈的恋爱……我喜欢红裙子……喜欢跳舞，喜欢参加舞会……"

舒雅南愣住了。

这些跟陈秘书对她描述过的 Rose 的情况如出一辙……

她愣怔地看着李蕊，又看看宫垣，突然间明白了什么……

吃过晚餐后，三人一道去逛商场，Rose 比他们俩还兴奋。但每次他想试穿裙子时，都被舒雅南从更衣室里拽出来。

"臭丫头，你是在嫉妒我的美貌！"

"丫头，你太过分了，我不就想穿裙子吗……"

"香丫头，人家想穿裙子，求你了，满足满足我嘛……"

Rose 从激烈抗议变身小绵羊，拉着舒雅南的胳膊，一再求情。李蕊一直在旁边看着他们，像是想说话又不敢说话，时不时把脑袋别到一边去擦突然涌出的眼泪。

舒雅南不为所动，Rose 生气了，坐在休息处的沙发椅上，说道："不让我穿漂亮衣服，人家不逛了，你们自己去！"

舒雅南抚额："你就非得现在穿？咱们可以买，你想买多少都行，回家随便你怎么穿。"

"在家里穿给谁看呀？你？"Rose 翻了个大白眼，"没兴趣。"

舒雅南哭笑不得。

Rose 低下头，抬起手，搓着鼻子，声音发酸："下一次出来还不知道什么时候……圆圆，Anger 他们都走了……我可能也要走了……我就想穿裙子，凭什么不准……"

舒雅南心头猛地一震。

李蕊没听懂她的话，但看她那副委屈兮兮的可怜兮兮的娇小姐模样，仿佛看到三十年前的自己。

她快速拭去泪水，稳住情绪，对舒雅南说："他喜欢，就随他吧。"

舒雅南走上前，蹲在 Rose 跟前，轻轻握住她的手说道："对不起，你是 Rose，你不是宫垣。你想干什么，我们陪你。想穿裙子，我们这就去买。"

她接受不了自己男人在大庭广众之下穿裙子，被人指指点点当作变态，所以她一再阻止 Rose。但是，这一刻，她突然觉得什么都不重要了。为什么要在意外界的目光？还有什么能比自己开心更重要？

他们一个一个都走了，她都来不及好好告别。

每一次相伴，都可能是最后一次……

舒雅南和李蕊带 Rose 去买裙子，她试了一件又一件，毕竟，以宫垣的体形想买一条穿着合身的裙子，挺不容易的……但三人都逛得乐此不疲，这一件不合适就换那一件再试，这家店没有就换另一家店。Rose 在店里的落地镜前转圈，笑容满面。遇到男性导购员，她还得抛个媚眼。

导购员们为了混口饭吃，硬着头皮，笑眯眯地接下了媚眼。

Rose 终于试到一件合身的裙子，鲜艳的红色，波浪大裙摆，宽松的设计，非常适合她的体形。她连转几圈，喜欢得不得了。

舒雅南对李蕊提议："我们也买红裙子穿上，陪 Rose 一起玩，怎么样？"

"好、好……"李蕊连连点头。

舒雅南和李蕊这种标准的好身材，买红裙子就很容易了，只要看得上，没有穿不了的。没一会儿，舒雅南换上衣服从更衣间里走出来。

刷卡时，她左看右看，没看到 Rose 的身影，心里有种不妙的预感……

果然，当她绕了商场半圈后，看到正在跟某位男士搭讪的 Rose。

Rose 与人聊得正欢，一阵低气压逼来，她看到了不远处的舒雅南正虎视眈眈地盯着她。她讪讪地笑，收回了搭在男人肩膀上的手，说道："那我们下次见……"

她朝舒雅南走去，又回头给男人抛了个媚眼。

"丫头，人家就是来上厕所，遇到熟人聊几句，人家很乖的啦。"Rose挽起舒雅南的胳膊，讨好道。她怕这个母老虎，怕她一个不高兴把她身上的红裙子扒掉。

出乎意料的是，舒雅南不仅没训她，反而说："既然穿了裙子，干脆去化个妆吧。这样更搭，你搭讪的成功率更高。"

Rose难以置信地瞪着她。

"不想化妆？"舒雅南慢悠悠地问。

"想！我想！我想！"Rose从巨大的惊喜中缓过神，将舒雅南抱住，用力亲了她脸颊一下，说道，"乖丫头，我好爱你！"

于是，舒雅南带着Rose去了专业造型设计室，给她戴上假发，配上合适的妆容……

当Rose走出来时，舒雅南简直不敢相信自己的眼睛！

这瓜子脸，这大长腿，这头黑发……异域风情的绝色美女啊！

就连李蕊也看呆了，连声道："真美……真美……"

经过化妆打扮之后的宫垣，一眼看去，与女人无异。

吃过晚餐，三人穿着绮丽的红裙，犹如三姐妹，去了一家慢摇酒吧。

舒雅南为了不被人认出来，特地化了一种与本尊出入很大的丑妆。

舞池里，音浪喧嚣，Rose拉着李蕊跳贴面舞。李蕊被感染了，玩得很开心，年近五十的她仿佛年轻了十几岁，焕发出青春的气息。

他们这对热辣的姐妹花，引起了不少人围观吹口哨。

舒雅南给李蕊点了一首歌，李蕊有点放不开，不想上台演唱。在舒雅南和Rose极力怂恿下，又喝了几杯酒的李蕊面带桃花地走上了中央舞台。

带了节奏感的《甜蜜蜜》，经过李蕊沉淀了年代感的嗓音唱出来，别有一番味道。舒雅南和 Rose 就是她最忠实的粉丝，两人举起双手摇摆，跟着她一起唱起来。

李蕊越唱越投入，脸上笑容盛开，甚至跳起舞来。

好久没有这么开心了……

自从离开剑桥后……自从步入那场浩劫的婚姻……

她彻底失去了自己……再也没有了快乐，没有了自己的喜好……

原来做自己的感觉这么好……

"嗨，小妞儿，今天满足你了吧？"舒雅南坐在 Rose 身边，抬手挑起她的下巴戏谑道。

Rose 转过头，对她轻轻"嘘"了一声，在她耳边道："你看，她笑得好美呢……"

舒雅南顺着她的目光看去，下了舞台的李蕊正端起一杯特调鸡尾酒送入口中，颈部线条在暗柔的灯光下如优美的白天鹅一般。她晃动着酒杯，与那个老外调酒师用英文侃侃而谈，嘴角弯起的弧度，美而不自知。

舒雅南环住宫垣的腰，脑袋压在他的肩膀上，看着李蕊轻声道："垣垣，你还是爱你妈妈的……"

宫垣眼神迷离，看着那个笑盈盈的女人。

"妈妈……为什么你都不笑……"

"因为妈妈心里装了很多痛苦，笑不出来了……"

"我能帮你装一些吗？圆圆来帮妈妈装，好不好？"

"妈妈，妈妈……你看，我拿奖了……"

小男孩兴高采烈地冲到露台上。

女人站在窗边，夕阳西下，她一袭红裙，回过头，对他弯唇一笑。

"嗯，乖。"

妈妈，我想要你开心，我想要你笑……

一直这样下去吧……做一个快乐的女人……

Rose倒在舒雅南肩头，在喧嚣的声浪中，缓缓闭上了眼。

黑暗中，宫垣看着Rose缓缓走向他。

"谢谢你，圆圆……妈妈对你那么坏，你还爱着我……"

"妈妈……"宫垣动唇，泪水模糊了双眼。

宫垣不断变小，变成牙牙学语的小孩子，母亲将他抱在怀里，轻轻哼着歌哄他睡觉。被打得鼻青脸肿的她，摸着他的脑袋，轻声低语。

"圆圆，这个世界不简单，这个世界很粗暴，这个世界充满了可怕的意外。但是呀，我们不能因此丢掉人性最柔软最温暖的部分——爱的能力。圆圆，无论发生什么，不要害怕，不要退缩，爱能抵御一切伤害。"

半年后，舒雅南收到一封海外来信。

雅雅，你问过我，为什么当初被家暴不离婚。我也曾一遍遍问自己：为什么？

那时，他是个不幸的男人。他失去了最爱的女人，在那个女人尸骨未寒时，他又被家族逼迫娶了另一个女人……他多么不幸啊。

他酒后念叨着那个女人的名字，他把我当那个女人的替身……我痛苦得犹如万箭穿心，可是，想到他承受着更多的痛苦，我竟然想要为他分担。

我们的缘分，不是始于家族联姻，在多年前的剑桥校园里，我就认识他了。

初相遇，那风度翩翩温文尔雅的男孩子，吸引了我全部的目光。但他被另一个女人吸引了全部目光，一个在伦敦街头卖唱的华人女孩。

他们坠入爱河，爱得轰轰烈烈，毕业后他把她一起带回国，她喜欢唱歌，他把她送入娱乐圈，他为她创办娱乐公司，一手把她捧成家喻户晓的歌星。那时候的他，爱情美满，事业有成，意气风发，我只能在宴会上远远看着他。他是遥远的一颗星，是可望不可即的。

我把那份倾慕压在心中，作为一个梦珍藏起来，从不敢奢望我跟他有什么故事。

后来，姻缘从天而降。我想都不敢想的事成真了。即使知道他的过去，知道他心里住了一个人，我还是义无反顾地嫁了，嫁给了绮丽的爱情梦。

他本不是那种充满戾气的狂暴面目，是那个女人的死改变了他。

婚后一年又一年，历尽漫长的无止境的折磨，我终于明白，他的心早就随那个女人死去，只剩下一具行尸走肉。他在残忍地对待一切，报复这个世界。而妄图用一己之力改变他感动他的我，是多么可笑……

终于，一切都结束了。

雅雅，当你看到这封信时，我已经不在这世上。请不要为我难过，也不要告诉宫垣。我准备了很多书信、明信片，你要一年一年地给他看，一年一年地读给他听，直到你们四十岁、五十岁、六十岁……

我被神经衰弱困扰了很久，这些年身体越来越不好了，我知道自己支撑不了多久。最可怕的不是身体的疾病，是我的心病。我永远无法原谅自己当初对圆圆的伤害。圆圆是一个天使，我是可怕的魔鬼，我亲手把他推进地狱里。

感谢老天，你出现了。

你是圆圆的救赎，是他幸福的归宿。从此以后，漫漫人生路，你们相亲相爱，相互扶持，再也不会有孤独、寂寞、痛苦。

我终于可以放心地走了。

祝好。

永远爱你们的母亲。

．．．

尾 声

8月8日，舒雅南全球巡回演唱会第一站。

八万人的体育场内座无虚席。

无数荧光棒在疯狂挥舞，场内的尖叫声此起彼伏。这场别开生面的演唱会，有十几套重金打造的炫目服装，有一流的视听效果，有国际顶尖制作团队保驾护航。舒雅南如花蝴蝶般不断变装，在台上尽情演唱。

中场时，大银幕上播放 VCR（视频短片）——倾尽所有，赴你十年之约。

VCR 里放着舒雅南早期出道的一幕幕，她签名卖碟，她与 MISS 几姐妹在街边搭起的舞台上献唱，她每到一处粉丝便会疯狂尖叫……

舒雅南与台下几万观众一起看着大屏幕，眼底含着泪水。

最后一幕，出现了 Anya 全国粉丝后援会的特写。

几十个人穿着学院风服装，衣服前印着大大的"丫丫粉丝后援团"LOGO。他们手里拿着各式各样的道具，表演了一段异常热烈的啦啦队之歌后，摆出姿态各异又分外齐整的造型，齐声高喊："丫丫SAMA，我们爱你——"

一头金发的男子出现在镜头里，振臂一呼："我们是？"

众人整齐划一地响亮回答："护雅亲卫队！"

"我们的口号是？"

"为雅疯狂，展翅飞翔！"

"我们的目标是？"

"丫丫冬天的暖宝宝夏天的小冰糕！"。

"嗨一个！"。

"耶——"

台下的观众被这群粉丝逗乐了，馆场内爆发出一阵阵笑声。舞台上的舒雅南，用力捂住嘴巴，泪水再也忍不住。

VCR 结束后，她拭去泪水，说："谢谢一直以来支持我的粉丝……我希望，你们都不要离开……一直、一直，陪着我……"

西凡，不要离开……

她抽动着喉咙，再也说不出来话，只有眼泪止不住地往外流。

舒雅南离场后，邀请来的重量级嘉宾易子涵在舞台上劲歌热舞。

她没有第一时间进入化妆间，而是找到经纪人苏娜道："刚刚那个 VCR 是什么时候录制的……"

苏娜说："你的粉丝后援团送来的。"她又掏出个小 U 盘，说道，"对了，还有这个，说是送给你一个人看的……也不知道是什么东西。"

舒雅南马上连接上一台电脑，打开 U 盘里的那段视频。

屏幕里，那个染着满头金发，拥有灿烂笑颜的男孩子出现了……

"嗨，丫丫 SAMA，好久不见！当你看到这个视频时，一定是我很久没出来了……宫垣活得太压抑了，所以他创造出了我。"他说着说着声音低下去，"当他好起来的时候，也是我消失的时候……"他突然凑近镜头道，"丫丫 SAMA，你在哭对不对？千万不要哭啊……"

舒雅南在屏幕这端，哽咽着点头。

"没有了西凡是一件好事呀，说明宫垣拥有了快乐！以后丫丫的头号粉丝就是宫垣了，他要是敢不支持你，不崇拜你，一定要暴揍他一顿！"镜头那端，西凡笑容变得温柔，"丫丫，我的女神，谢谢你。做你的粉丝，我很开心。"

"西凡……"舒雅南伏在电脑前，哭得泣不成声。

"丫丫 SAMA 要一直快乐，一直幸福，这是西凡最大的心愿！"

坐满八万人的体育场，场内响起了众人耳熟能详的《爱你的几个我》前奏，全场氛围再一次沸腾了。

舞台中央缓缓升起。

光线渐渐明亮，舒雅南穿着蓝色曳地长裙，坐在一架象牙白的钢琴前，裙摆如海浪翻涌，铺满了舞台中心。交织变幻的蓝色灯光打下来，天蓝浅蓝深蓝蓝紫层层交叠，光芒中央的女人，宛如出水洛神。舞台下方，宫垣坐在正中的位置，静静地看着她。

　　舒雅南在自己弹奏的乐声中，开口吟唱。

当我困在黑暗里
长眠尘埃与灰烬
怎么对你说
那些你听不懂的言语

当我紧闭的双唇
只能用力去吻你
怎么对你说
那些折磨我的怒惧

当我忘记全世界
所有只有一个你
怎么对你说
你是我存在的意义

当我攀山越岭
只为追寻你的身影
怎么对你说
你是天边最亮的那颗星……

音落，浪漫唯美的音乐环绕满场。

宫垣眼底湿润，与全场所有人一起唱起来。

当我害怕这世界

当我囚禁在噩梦里

你能不能不要放弃

我想对你说　几个我都在爱你

当我沉沦肆意

当我不认识自己

你能不能将我唤醒

这些都是我　爱你的几个我

当我口是心非

当我被所有人厌弃

你能不能不要放弃

我想对你说　几个我都在爱你

当我失去一切

当我被黑暗打碎

你能不能将我拼凑完整

这些都是我　爱你的几个我……

・・・

番　外

S市。天和陵园。

舒雅南陪宫垣来祭拜他的生母——邓卓卓。

S市是邓卓卓的家乡，落叶归根，死后在故土下葬。

当初红极一时的大明星，香消玉殒后多少人扼腕叹息。而那些为博眼球不顾一切的新闻媒体，添油加醋，主观臆断，大肆书写，制造出八点档豪门狗血剧。

故事里的她，攀附豪门做小三，后被扫地出门，抑郁成疾，因车祸逝世。那个男人的信息被保护得很好，只有她一个人成为靶心，沦为人们茶余饭后的消遣谈资。

是的，宫志诚为了争夺家产，就连为她正名都不敢。他唯一做的，是将所有怒意发泄在妻子李蕊身上。

众人守口如瓶，宫垣对自己的身世一无所知。

直到一个又一个悲剧酿成……

天空下着蒙蒙细雨，浸湿了青石板路。

宫垣与舒雅南皆是一袭黑色大衣，宫垣一只手撑着一把黑伞，一只手将舒雅南的手握在掌心。

春寒料峭，冷风卷着雨丝拂面而来。

宫垣双唇紧抿，眼里仿佛浸了水雾。距离墓地越近，他将她的手抓得越紧。

再下一级台阶，往左就是邓卓卓的墓地，很意外地，他们看到了另一个人。

宫志诚坐在墓前，嘶哑模糊的声音伴着细雨传来。

宫垣顿住脚步，表情复杂。

宫志诚听到脚步声扭过头，眼底欢喜乍现。他起身迎上，正要靠近时，宫垣一脸漠然，绕过他，往墓碑走去。

他仿佛根本看不到他。

宫志诚转而看向舒雅南，脸上挂着讨好的笑，动了动唇，正想说什么，舒雅南与他擦肩而过。

不是她不尊重长辈，宫垣的立场就是她的立场。

半年前的事还历历在目……

宫垣知道真相与父母摊牌，过往的伤害，加上宫志诚对舒雅南的不接纳，父子俩彻底站在对立面。

宫志诚为了废掉不受掌控的宫垣，借着心腹之手，将他多年来的诊断资料在董事会上披露，引发了商界大地震。一名精神疾病患者不可能作为一家大型上市集团的接班人培养，甚至高层管理的位置都坐不下去。

之前被瞒得密不透风的宫老爷子，大为惊骇。宫家人反应各异，有为宫垣痛心的，有为空出位置高兴的。

就在众说纷纭，集团股价大幅下跌，股东们纷纷要求宫垣引咎辞职时，舒雅南坚定不移地支持宫垣，在公众平台上为他发声。她陪同他公开前往国际顶尖权威医院就诊，在公信机构监督下，出示了诊断书。

无论是身体还是精神，他都是正常且健康的，智商测试高达 200。

再反观以往业绩，宫垣担任新世纪娱乐负责人和集团高管期间决策英明，为公司创造了巨额利润。他夜以继日兢兢业业工作，可谓集团上下的表率。

宫垣打了个漂亮的翻身仗。宫志诚为了争权夺势，对亲生儿子下手且不顾集团利益，彻底惹怒了宫老爷子。最后被驱逐的人是他，连股份一并收回。

李蕊去了国外，宫志诚去求她，希望她借助娘家的力量帮他一把，她不为所动。

就这样，宫志诚成了一无所有、众叛亲离的人。

此时此刻，在邓卓卓墓前，他对宫垣献上笑脸，谄媚，宫垣视而不见。

宫垣将鲜花放在墓前，表情凝重：母亲，对不起，我现在无法跟他和解。他的懦弱和贪婪，断送了两个女人的一生，他不配被原谅。

"卓卓……儿子来看你了……"宫志诚在一旁道，"每年来祭拜你的时候，我就想着，什么时候能让咱们儿子过来……总算是等到这一天了……"

宫垣蓦地回头，这一眼不是宫志诚意料之中的感伤，而是盛满愤怒，含有警告意味。宫志诚到这一刻居然还妄图利用他的生母来引发他的恻隐之心。

宫垣对着墓碑深深鞠躬，起身，牵着舒雅南的手离去。

直到两人走远，宫志诚彻底绝望。

他得到消息说宫垣这几天会过来祭拜，于是守在这里等偶遇。

他以为在卓卓的墓前，宫垣会原谅他。

然而，现实无情又冰冷，一如他曾经做过的一切。

因果终有报。

舒雅南婚后不久怀了宝宝，可把宫垣高兴坏了。

大总裁成了"家庭煮夫"，每天黏在老婆身边，随叫随到。

舒雅南怀孕期间接到一个好剧本，她知道宫垣不会同意，瞒着他悄悄去洽谈。

注意力全集中在老婆身上的宫垣哪那么好忽悠，在她正式签约前就发现了。

签约这天，他堵在家里，不让舒雅南出门。

外面经纪人和助理坐在保姆车里干等着，一个接一个电话打过来。

别墅内，舒雅南抱着宫垣的胳膊撒娇："这是一部文艺片，导演说了，没有任何危险戏，我主要就是内心冲突情绪表演，宝贝儿，相信我，没问题的呀。"

宫垣端坐在沙发上，拿着平板电脑看新闻，用沉默对抗。

"老公，你不理我，你不爱我了。"舒雅南声调变得委屈，泫然欲泣。

宫总天不怕地不怕，就怕老婆掉眼泪。

他放下手机，抓住舒雅南的手，语重心长地说："等你生了孩子把身体养好，随便你接什么戏我都不管。现在是关键时刻，为了咱们孩子着想，不要冒险好吗？"

"没有冒险啊，一点都不危险，阳春白雪的文艺片。"舒雅南软磨硬泡撒着娇，"我可喜欢陈导了，一直想跟他合作，好不容易才有这个机会，错过了我会特别遗憾。圈里很多姑娘都是怀孕还在工作呀，我也可以的。"

"你跟他们不一样。"宫垣斩钉截铁道。

"哪里不一样嘛……"她轻哼。

"你有特别爱你，特别担心你的老公。"他看着她的眼睛说。

迎上宫垣的目光，舒雅南的心一下子化了。

"知道老公最疼我了，可我好想把握这个机会。"舒雅南依偎在宫垣怀里，抓着他的衬衣轻扯。

别的女人在婚恋中是越来越成熟，舒雅南倒是反过来了。

从一开始遇见宫垣时的伤痕累累，隐忍坚强，到现在……遇到麻烦就跟老公撒娇，越活越天真，越活越有少女心，像个不谙世事的小女人。

经纪人苏娜常说："你就作吧，这是被老公宠上天的女人的特权。"

她还说："我在圈里这么多年，你是我知道的第一个既活跃在银幕上又有幸福美满婚姻的女人。"

大多数一线女星都不得不面对事业和家庭的两难抉择。唯独舒雅南，得到丈夫的全力支持。她在哪里拍戏拍得久了，他就能把办公室搬过去陪她。

像现在这种情况，肚子里有了宝宝，宫垣怎么都不放心，自然会反对她接戏。

可是老婆这么轻声软语哄着求着，宫垣实在招架不住，想了想，提出一个折中的建议："你实在想跟陈导合作，可以先把合同签了，等你生了孩子身体养好了再进组拍摄。"

"那么久，黄花菜都凉了，人家哪会等我？你以为陈导缺人吗？多少一线演员在争这个女主角。"

这部电影是豪华大制作，国际名导演，加上本质是大女主戏，女主角是核心，并非给男主角作陪打酱油的那种。各家小花都在争夺这个资源。

宫垣抚摸着老婆的头发，像是在给她顺毛，说道："只要你同意，我帮你把合同谈下来。"

"你能行？"

"不信我？"宫垣挑眉。

"那好，我拭目以待！"舒雅南笑。

很快，宫垣顺利帮舒雅南签下了合同。

舒雅南雀跃的心只能压抑住，安心养胎。

虽然不拍戏不出通告，她也没闲着，每天要研究食谱研究育儿经，在专业人士指导下适度运动，抽空就看书和写歌。

暑期影院正在热映她主演的电影，电视上是她演的电视剧，广告上新闻媒体上各大音乐软件社交软件上，满是她的身影。

舒雅南在微博上晒出每天的食谱和跟肚子里宝宝分享的书籍，千万粉丝们跟她一起期待宝宝的降临。

舒雅南每天脸上挂着笑，心情好，身体也好，宝宝不闹她，没有过度的妊娠反应。

苏娜时不时来看望她，羡慕地道："当初我生孩子可没你这么享福，每天照样风里来雨里去，临产前几天才脱岗，产后出了月子就工作。"

舒雅南看似很同情实则很欠打地说："我也想啊，我有一颗劳动人民的闪闪红心，可是老公不让啊！谁能说服我老公就好了。"

苏娜把这番对话发在微博上，@舒雅南。

舒雅南转发，@了宫垣，配文：所以，谁来劝劝我老公？

不过几分钟时间，转发留言数量呈几何倍数增长，就连宫垣那个象征性的微博都被挤爆了。不过，粉丝们一面倒地支持宫垣。

"霸道总裁，给呵护女神的宫总点赞！"

"女神，你就老老实实地待产吧啊，别闹腾了，小心总裁打屁屁哦。"

"宠妻狂魔宫总表示，谁说都不好使！我的老婆我做主，罢工！"

"什么时候一起上真人秀啊，好想看南宫夫妇撒狗粮啊。"

"同想看！就怕南宫夫妇的身价，节目组请不起。"

"求上真人秀，给粉丝发福利，比心。"

"南宫夫妇配一脸，我决定一起粉了！"

留言数从几千到几万到破十万，只是一个小时之内的事。

苏娜边刷微博边感叹："妞儿，你可真红啊。"

"今天才知道？"舒雅南笑道，"好歹是你的王牌，不红像样吗？"

苏娜被逗乐。两人现在的相处模式更像是好朋友，工作关系都被淡化了。当初她事业跌入谷底时，她努力将她重新带入圈子。如今她红了，也不耍大牌，处处记着她，给她丰厚的回馈。彼此是并肩作战的战友，也是十几年的知心朋友。

几个月眨眼间过去了，到了临产期，宫垣陪舒雅南住进医院。

为了不被记者和狗仔打扰，宫垣选择了国外一家高端私人医院，全程没有对外透露消息。

舒雅南和宫垣的家人，纷纷不远万里赶过来。

婴儿的啼哭声响起，宫垣第一时间冲进产房。

护士抱着婴孩，正要给他看，他仿佛看不见般，直接冲到病床前，看到舒雅南安然无恙地躺在那里，紧绷的表情才缓和下来。

舒雅南脸上布满细汗，宫垣弯下腰，一只手抓着她的手，一只手轻轻给她擦拭，柔声道："老婆，辛苦了，现在还难受吗？"声音温柔得快要滴出水来。

舒雅南心中暖流涌动，感觉之前的痛苦挣扎都不算什么了。

为了这个男人生孩子，怎样都值得。

她摇了摇头，扯出一抹微笑："我很好……"

舒雅南顺利产下一子，体格健康，足有六斤八两，取名宫晔。

她生产后住进月子中心，即便专业人士再三表示方方面面都会照顾稳妥，宫垣还是陪在舒雅南身边，重要会议就通过视频会议解决。

舒雅南怕耽误他工作，说："我挺好的，你不用总陪着我。"

宫垣坐在一旁，一边喂她吃着营养滋补小零食，一边道："不行，我得陪着。他们照顾得再好也不是我，就算你的身体不需要我，你的心也需要我。"

舒雅南嚼着奶片，嘴角藏着笑，心想：老公是什么时候变成情话能手的？

以前那个高冷的宫大总裁，真是如大江东去不复返。

"我还得盯着你，该吃的补品都得吃，别因为怕长胖偷偷倒掉。"

被抓住小辫子的舒雅南脸红了红。这他都能发现，她以为做得很隐秘了。

她很快反击："男人就是嘴上说得好听，真要胖了就看不顺眼了。"

宫垣知道舒雅南有以前那段的心理阴影，也不多争辩，他决定用事实说话："那我先长胖给你做表率怎么样？我一个胖子，还有资格嫌弃别人胖吗？"

舒雅南一时间哑口无言。

她抬头看了看宫垣，从上到下很认真看了一遍，然后停留在脸上，很严肃地说："不准你糟蹋这张好脸，它是专属于我的福利！"

宫垣态度坚决地道："反正以后你不吃的补品我就吃。"

舒雅南认输："行嘛，该吃的我都吃。"

虽然她觉得宫垣对她照顾过头了，每天都处于营养过剩的状态，不过也就这段时间，等出了月子再好好健身也不迟。

宫垣从生产前就在等一个人，可直到孩子快满月，还是没出现。

舒雅南知道他在等谁，却不忍告诉他真相。

两口之家变成三口之家，有些事还跟以前一样，比如夫妻俩的甜腻和腻歪；有些事又跟以前不一样了，比如家里有个小魔王，常常手忙脚乱。

生产前是宫垣限制舒雅南的活动，生产后是舒雅南自己想要更多的时间陪宝宝。拍完那部电影后，她减少各类活动安排，推掉几个通告，只为了有更多的时间呵护孩子。

舒雅南已经很宠孩子了，但宫垣更胜一筹。像是要把自己当初没有幸福童年的缺憾弥补在孩子身上，他对儿子格外用心。为此，他甚至在公司闹出过笑话。

高层会议上，宫垣一个接一个炮轰业绩不过关的总监。其间，从包里掏文件，结果掏出了一个奶瓶……

紧张严肃的会议气氛瞬间荡然无存，几位高层努力憋着笑。

宫垣不但没有马上把奶瓶收起来，反而陷入沉思之中……

出门前有没有给晔儿喂奶？

看这半瓶的量，像是吃过又像是没吃过。

宫垣对会上众人道："我好像还没给儿子喂奶，咱们长话短说，速战速决。"

那些被炮轰的人长长松了一口气，感谢宫小公子，比救火队员还管用。

会议结束后，宫总马不停蹄开车回家。

自此，他除了"宠妻狂魔"，还有"全职奶爸"的称号。

宫晔三岁生日，宫垣提议带宝贝儿子去美国迪士尼乐园玩。

舒雅南欣然同意。两人带上助理和保姆，一行人出发前往。

舒雅南在国外比在国内自由很多，虽然也会被粉丝认出来求合影，但不会像国内这样动辄引起人潮骚动交通拥堵。

三岁的宫晔活泼开朗，活蹦乱跳的，一点都不怕生，又很懂礼貌。他继承了父母的好基因，粉雕玉琢的小娃娃，广告商纷至沓来，被他爸妈一并拒绝。

小家伙在游乐场玩得很开心，他爸爸宫垣也很开心。

宫垣把孩子放在肩头，跟他嬉闹，曲玥看着他们父子俩，不由得想到了圆圆……

圆圆，现在有晔儿做伴，你一定很开心吧？

你不会再寂寞，不会再孤独，你有了最好的小伙伴。

深夜，小家伙熟睡后，宫垣跟舒雅南商量："我想抽空去看看我妈。她一直在美国休养，不知道怎么样了。"

舒雅南知道，宫垣一直惦记着母亲。

从那次离开后，她再也没出现，只不断有礼物和手写的信件寄回来。

不知真相的宫垣觉得母亲身体不便，也没多想。

但是，此时面对宫垣的提议，舒雅南陷入了两难境地。

是告诉他真相，还是借故阻拦他见母亲，继续维持这个善意的谎言？

最终，她选择了说实话。

几年了，她相信以宫垣现在的心理状态，能去面对人生聚散的无常。

柔和的灯光下，舒雅南坐在沙发上，声音低柔地慢慢地给他读她母亲的那封遗书。

宫垣低头，手掌撑着脑袋，哽着喉咙，紧闭双眼，仍有眼泪滑落。

舒雅南放下手机，靠近宫垣将他轻轻抱住。

宫垣埋头在她怀里，久久悲恸无言。

"爸爸，妈妈，你们怎么还不睡觉？"宫晔从房间里走出来，半夜被尿尿憋醒，出来发现爸爸妈妈都在。

宫垣从舒雅南怀里抬起头，别过脸迅速拭去脸上的泪痕。

但宫晔还是看到了，他小跑着上前，扑到宫垣怀里。

宫垣怕他摔倒，小心翼翼地将他抱起来。

宫晔捧着爸爸的脸，清澈的大眼睛里满是关心和担忧，问道："爸爸，你怎么哭了？爸爸做噩梦了吗？"小手摸在宫垣脸上，奶声奶气地道，"爸爸不哭、不哭……坏蛋来了，晔儿保护你！"

"晔儿，你不保护妈妈？"舒雅南在一旁故意说道。

宫晔扭过头，忙道："我也要保护妈妈！"

"可是爸爸妈妈是两个人，你一个人怎么保护？"

"我很厉害！我可以打败一群坏人！爸爸妈妈我都能保护！"宫晔从宫垣身上跳下来，小短腿"嗒嗒嗒"跑到客厅一角，拿起他能发光会变色的宝剑，喊道，"我有宝剑！"他边说边比画招式，小手挥舞着光剑，嘴里念叨着，"怪兽，看招！"

"晔儿好厉害，带妈妈一起飞！咱们是无敌二人组！"舒雅南跑过来，拿起另一把玩具剑，跟宫晔一起朝丑萌丑萌的大布偶冲过去。

母子俩玩得不亦乐乎，哈哈大笑。

宫垣坐在沙发上，看着他们俩，眼眶温热，心中一片柔软。

悲恸被温情冲淡……逝者已矣，生者如斯。

他要用一辈子爱护他的妻子儿女。